MELMOTH FURIEUX

SABRINA CALVO

LA VOLTE

Aux enfants perdus
Aux enfants retrouvés

« Prêtez-moi votre dos,
Allant à travers le tissu.
Faut-il descendre cette pointe
Jusqu'en bas ? »

MADELEINE VIONNET

///... // ...

je ne couds rien de tout ça pour nous tu es trop fragile pour le cri tu ne sens pas le pli qui se défait dans notre ventre quand ils nous déchirent tu ne connais pas le goût qu'ils placent là où nous avions fait notre nid

— sœur ne perds pas espoir

nous, ces robes

belles en ce feu qui dévore

.... /

Eurodisney ouvre ses portes le 11 avril 1992 à 10 heures du matin. Une journée de fanfares – du sinistre à perte de vue. Les hôtels dégueulent de VIP de journalistes d'agents de voyages. Tout le monde a son poncho jaune. Tout le monde se pèle le cul.

Des canalisations sautent en fin de matinée. Elles inondent de putride le conte de fées ; des bugs mécaniques sur plusieurs attractions, des opérateurs en bottes d'égoutier – on parle de parents blessés – de rats en grappe. Des enfants pleurent : un Dingo dingue leur a mis des gifles à la sortie de *Peter Pan*. Le grand chien a disparu, laissant derrière lui des bouts de son costume, des chaussures trop grandes. Une oreille.

Deux bombes détruisent plusieurs pylônes d'électricité en fin d'après-midi. On blâme ces mystérieux anarchistes qui deux ans plus tôt avaient saccagé le centre d'accueil provisoire bâti près du site pendant la construction. Ces mêmes activistes qui avaient lancé des œufs sur le PDG Michael Eisner quand il était venu à Paris célébrer l'entrée du parc en Bourse. Leur message était clair : *Barre-toi, Souris Noire.*

À 18 heures, on manifeste aux portes de l'Hôtel de la Reine. Masques à gaz, des disques de carton peints sur des coupes de cheveux géométriques. Banderoles graffées de lignes qui tracent le rongeur en larsens de feutre fluo. Des caricatures de personnages débauchés. Des slogans orduriers, qui accusent le gouvernement français de collaboration avec l'ennemi. On dénonce la désacralisation des tombeaux mérovingiens sous les champs de betterave.

Huit cent quarante caméras filment l'inauguration en Mondovision – un direct sur deux cent dix-huit chaînes internationales. Montée sur place par l'équipe américaine de Burbank, l'émission est un patchwork de séquences préenregistrées et de live taillé sur mesure pour l'audience de chaque pays. La France a mérité son royaume enchanté, après des décennies de rareté médiatique entretenue une copie de VHS à la fois.

Au pied du château de la Belle au bois dormant, Jean-Pierre Foucault et David Hallyday lèchent le cul d'une brochettes de vedettes : Cher en froc BDSM cuir ouvert, les patineurs Duchesnay option meringues, Gloria Estefan en meneuse de revue, Angela Lansbury – pauvre théière – Tina Turner en petite petite robe noire et Anne, Anne. Égérie de l'année, en nano perfecto vinyle bleu et combi courte blanche sur baskets montantes – *high energy*.

À 20 heures, l'autocrate Eisner est rejoint sur le podium par son ennemi juré, Roy E., neveu d'Oncle Walt. Les deux hommes se livrent une guerre sans pitié pour le contrôle de la compagnie. Eisner en mode pur corpo – il a choisi une cravate trop grande, brodée d'icônes abstraites. Roy E. porte un costume élimé sorti de la naphtaline par une secrétaire retraitée à qui son oncle l'avait confié la veille de sa mort, en 1966 – c'est précisément ce même costard que Walt Disney avait porté lors de l'inauguration du parc américain.

Pour imposer sa vision, Roy E. choisit les mots symboliques que l'oncle fondateur avait prononcés en 1954 pour la dédicace de son premier parc, à Anaheim en Californie.

« À ceux et celles qui viennent en ce lieu béni : bienvenue. Disneyland est votre terre. Ici, la vieillesse ressuscite les souvenirs chéris du passé... et ici la jeunesse pourra savourer les challenges et les épreuves du futur. Disneyland est dédié aux idéaux, aux rêves et aux dures épreuves qui ont fondé l'Amérique... avec l'espoir d'être source de joie et d'inspiration pour le monde entier. »

Les nababs coupent ensemble le ruban inaugural avec une paire de ciseaux d'or – Eisner tient, Roy E. tranche. Dans un halo morbide, portail d'une dimension diagonale, un avatar de la Souris Noire apparaît aux portes du château – marcheur sur le seuil, toutes dents dehors.

Clameurs et célébrations. D'un geste de la main, la Souris salue la foule. Dans le sillage de sa queue-de-pie, elle volte dans Fantasyland – activant le rituel antédiluvien qui incarne sa gloire. L'arrivée du démiurge abruti.

Une troupe d'enfants s'engouffre à sa suite sur le pont-levis. Public et pom-pom girls envahissent le Royaume. Des bouquets illuminent la nuit.

Et les hurlements.

Sous une arche, trente-trois secondes après le ruban, une tragédie annonce la banqueroute et la Chute du parc – les émeutes, le grand incendie, le retour du suzerain noir et notre victoire finale. Un sacrifice qui devait secouer les fondations mêmes de la république répressive. La fission ouverte d'un atome en plein cœur de l'imaginaire. Mais toute image d'archive bannie, que reste-t-il aujourd'hui de ce geste ? Des murmures, rumeurs de complots. Des échos. Si l'on tend l'oreille pendant le générique de fin de la retransmission française de l'inauguration, au-dessus des vivats et des festivités, des rires et des explosions dans le ciel, il est possible d'entendre un son dissonant, des cris de terreur. De voir le chatoiement. Et l'ombre sur le stuc. Il ne s'agissait pas comme l'a écrit la presse le lendemain d'un feu d'artifice raté. Ce soir-là, des témoins ont vu le bûcher, des flammes lécher les murs de sucre d'orge. Ce soir-là, immolé au pied du château, un supplicié a maudit le parc pour des générations.

Commune libre de Belleville, après-hier en Mars

barricade de crimée
BOTZARIS
Peguet de la Mouzaïa
RUE DE CRIMÉE
ZONE 1
BUTTES CHAUMONT
tour du romantisme
barricade des identités
AV SIMON BOLIVAR
RUE DES SOLITAIRES
FILASSE
JOURDAIN
barricade impossible
PYRENÉES
barricade des lascards
ZONE 5
CANTINE POPULAIRE
tour des chaffis
33
BELLEVILLE
COURONNES
RUE DES COURONNES
barricade du porc
MENILMONTANT
RUE DE MENILMONTANT

Forêt du chapeau rouge
CANAL DE L'ANCIEN PERIPH
ST-GERVAIS
HOPITAL AUTOGERE
ZONE 2
FABRIK
LAVERIE ROUGE
PDF
QUI VIVE
TELEGRAPHE
PORTE DES LILAS
RUE DE BELLEVILLE
ZONE 3
Nosyeux
city stade communal
Forêt des saint simoniens
ST-FARGEAU
Mare
ZONE 4
barricade des apaches
COMMUNE LIBRE DE BELLEVILLE

COUDRE AVEC LE FEU

Refluer le long de mon souffle.

Fragments de songe : fuir une reine en robe compliquée, drapée de cartes et de vomi de dentelles. Cannibale, elle ouvre la gueule pour m'arracher la tête.

J'attends dans les ténèbres du lit. Je me sens à peine, c'est compliqué. Faut que je sorte de cette tombe. Je glisse en silence pour ne pas réveiller Biya qui dort étalée sur le dos, la bouche ouverte. Une lune éclaire le parquet vers la salle de bains.

Laver cette figure à la verveine. Tout froid, bulles. La clé de sol attachée à la plus longue mèche de mes cheveux se balance doucement.

Miroir, oh miroir, que vois-tu ce matin ?

Que de la trouille, Fi.

Je pisse hypnotisée par ce bruit qui sort de moi en bouillon de canard WC. Je finis le rouleau de PQ en laissant traîner le carton comme la merde que je suis. *Statement.*

Faire couiner la bouilloire. Boire mon café à la fenêtre. Les eaux de Belleville glissent et glougloutent le long des trottoirs. Des reflets orange dans le crépitement d'humide sur le pavé. L'ombre des arbres déplace un miroitement.

Me prend soudain l'envie d'aller brûler Eurodisney.

*

Je m'affaire dans l'obscurité couverte d'un plaid. Je remugle une série de notes dans les marges du fanzine, là où j'ai conçu l'ébauche du plan. Comment, avec qui. Je sais déjà ce que je dois faire et comment le faire. Je le sais depuis des années. Je dois juste accepter de le faire. Ce serait tragique de ne me satisfaire que de la possibilité d'une action.

Tout me semble insurmontable.

J'ai très envie d'un deuxième café, d'un énorme pétard. Mais faut pas. J'ai cette anxiété qui monte et me pétrifie au matin et arrache à mes paupières décollées une prière : *fais que ça se passe bien*. Que personne ne meure aujourd'hui. Je résiste à l'envie trois dixièmes de seconde en me répétant que ma volonté est plus forte que mes addictions. Une bougie posée sur l'étagère de la cuisine. Vite un Nescafé parce que bon faut que je me dilate.

Au poste d'observation. Ciller dans le faible bleu de l'aube. Le carrefour est calme. Le tag d'un pote sur le mur d'en face et un ballon jaune sorti de je sais où poussé par le vent qui se lève. Les façades sont des cases anonymes où je ne lis qu'un mépris. J'avale un mélange de shoot qui tend ce qui me reste de nerfs en boule de neige. Quand le ciel passe à l'ardoise, lune et réverbères en crèvent.

Bordel où j'ai mis ma weed ?

*

L'eau froide de la douche est une série de coups qui laissent sur ma peau des bleus effacés par le savon. Je sèche un corps brisé de partout. Une fleur au pistil en forme de tête de mort a éclos sur ma cuisse, autour de la hanche pour se terminer tiède sur le ventre. Calligraphie où s'épanouissent des bords sanglants.

Dans la chambre Biya boudeuse sur le matelas, occupée à démêler des hameçons de ses dreads.

— Tu veux jouer?

Elle m'attrape le sein droit. Je me dégage et me pose, la jambe repliée. J'attrape du fil, une aiguille sur la table de chevet. Je couds pensivement dans le mou d'un tee-shirt déchiré qui traîne, ce même tee-shirt que je portais lors de ma fuite de l'Orée du Bois. Je me souviens de la main qui l'avait saisi, qui avait tiré – et de ce tissu qui avait cédé et qui était resté là-bas avec tous les autres. Une fureur me noue les tripes en corde de pendue.

— Tu vas encore faire la gueule, Fi?

Biya c'est le genre de meuf qui joue du tuba avant de se pieuter. Elle se retourne pour regarder un épisode de *Dream On* enregistré sur Canal Jimmy hier soir. On pirate le satellite avec le combo télé-VHS que nous a bricolé bz. J'ai l'impression qu'il y a tout qui hurle en moi, brûler, tout brûler maintenant là tout de suite de mes mains tout broyer dans la cendre et lacérer ce qu'il reste de chair carbonisée avec mes ongles serrer les dents refouler le fatal mais continuer à enfoncer l'aiguille rapide piquer nouer tirer malaxer tout casser tout briser réduire en miettes la tour luciférienne du château de la belle endormie au putain de bois dormant.

Je tire une latte.

— Je vais brûler Eurodisney.

Biya bouge à peine.

— T'es rien qu'une grosse mytho, Fi.

Hausser une épaule.

— Et je t'ai dit de pas fumer dans la chambre.

— Tu me casses les couilles.

Je saute dans un jean noir qui traîne, dans des Jimmy Choo en skaï et dans mon cuir tout bouffé. Un paquet de tabac, du shit et la trousse de couture dans le petit sac banane en travers du torse. Bam.

Biya me scrute, allongée sur un coude.

— C'est ça, va retrouver tes potes de maternelle.

Notre aube finit dans le mur. Dans cette petite chambre avec nous dedans. Je lui avais fait le serment de ne plus jamais crier. Mais je crie, je crie, je hurle – y a tout qui sort, une gerbe que je peux pas maîtriser. Après toutes ces heures passées enlacées, je comprends que c'est bien moi la connasse narcissique.

*

Je remonte le long du parc de Belleville, honteuse dans mon écharpe en point jaune mousse et un sac de fringues sales. Des oiseaux partout. On dit qu'il y a des perroquets et des paons avec toute leur petite famille et des putains de croquettes laissées par les vieilles du quartier.

Je prends discrètement l'allée Plantain. À mi-chemin dans le calme de cette fente étroite, il y a un mur sur lequel on colle des poèmes et des dessins. Des corps nus et des slogans. Je déchiffre lentement ce qu'ils me disent de nous. De nos combats, de nos espoirs.

Rue Chantal Akerman. Je me pose sur le muret en face du numéro 33. Au premier étage, les rideaux rouges ne bougent pas. La baie vitrée est sale. On dirait qu'il n'y a jamais personne. Depuis quelques jours, je vois de la lumière, la première fois en six mois. Pourtant je n'ai jamais vu entrer personne par la porte donnant sur la rue, ni par celle du garage. Les voisines n'ont jamais vu passer qui que ce soit par ici. Pas de système d'alarme. La sonnette ne fonctionne pas.

Au-dessus de la porte d'entrée, une ferronnerie : la face de la Souris Noire sculptée, figée dans un sourire éternel. Trois cercles noirs. L'Ennemi qui nargue, qui me défie – l'arrogance. Je deviens hurlement et j'ai le rictus et le serment dans mon poing fermé – brûler son royaume – broyer ses derniers murs. Je suis bouillonnement je suis ce poing vengeur que je fermerai autour du cou de ce démon qui t'a englouti.

*

L'Étang, c'est trois étages rue de la Mare. Au rez-de-chaussée, entrée sur cour, une arche et des enfilades de pièces, une grosse partie des murs abattue depuis longtemps. Personne n'aime les murs ici. Les têtards ont un gros problème avec les murs – une bande de gamins en parka qui passent leur temps shootés au pixel. Sacs patchés et boom box kustom Nu-Li – la capuche revient à la mode après des semaines de casquettes crantées et les collerettes et les cuirs cloutés – odeurs de friture et bootlegs de Prince à fond de solo – *Just My Imagination*. Chats, chiens, rats, souris, lézards, un écureuil même. Personne ne dort jamais dans l'Étang. C'est fiesta computer et Chocapic toute la nuit.

— Fi !

bz s'extirpe entre deux étagères d'Amiga bidouillés.

— Fi, p'tin, j'ai –

— Je vais brûler Eurodisney, je dis en traçant vers l'atelier.

Le petit gars saute pour garder la cadence.

— Cool! Quand?

Il porte un bonnet à rayures tricoté et une écharpe de trois mètres jaune moutarde d'où émergent deux yeux noisette. Le reste c'est du poncho à franges chilien, greffé de barrettes de RAM, de touches de clavier TKL.

— Dès que je trouve un pied-de-biche.

— Ton plan secret?

— C'est ça.

bz je l'adore. Onze ans. C'est ma boule d'amour mais le pauvre, je crois qu'il n'a pas sa place ici. Il est tellement sensible – comme un câlin.

— Tu me dis, hein.

— Oui chaton.

Je l'embrasse sur le front. Je le regarde s'asseoir dans un coin, tout à ses programmes de jeux d'aventure. Des mondes où il se protège de la Métrique et de la mort.

Après le capharnaüm des salons, les placards dégueulant de matos et de boîtes de jeux de plateau incomplètes, je retrouve mon antre, mon ventre. Un atelier avec une machine à coudre Sayonara 2000 baptisée Mamie, posée sur un petit bureau en bois finlandais. J'ai une surjeteuse achetée pour rien à la halle quand c'était encore possible de sortir du quartier, une planche à repasser vert pomme avec des petits chiots morts dessus et une grande table haute où j'ai jeté ma vie au milieu des patrons, des chutes, des épingles. Il y a un tas de combis à repriser dans un coin de la pièce, dans des sacs et des cartons, des fonds de culotte, des uniformes, des robes à trois sous.

Posée sur un tabouret, coudre à m'en faire saigner le bout des doigts. Les rotations du poignet entre les ongles suspendus et le fil et l'aiguille. J'entre dans ce souffle doux de patience et d'attention où chacun de mes gestes est apaisement. Une tâche lente qui engage mon corps entier, penché sur l'ouvrage. Là dans la matière je trouve sensualité, je trouve expression du silence qui enfle et gonfle et déforme pour tirer, ouvrir et devenir. Cette pratique que j'ai faite mienne à ta mort, pour t'honorer et te conjurer à travers moi. Dans ma maladresse et mes approximations, j'ai trouvé le calme et la fin de l'angoisse. Je perds la notion du temps.

J'ai faim.

Illième café dans la cuisine en panique. Des avalanches d'assiettes et de caisses remplies de légumes périmés. Il y a des tas de brioches dans un coin, la récup a été bonne – tout le monde essaie de partager. Je me fais une tartine de beurre ramolli avec un peu de pâte de coing. Je mâche lentement, en imaginant que chaque mastication est un bout de Biya qui ne veut plus de moi, qui ne voudra plus jamais de moi. Qu'est-ce que je croyais ? T'es une grosse conne, Fi. Personne peut te supporter.

Je vais finir mon festin dans le salon. Les plus matinaux y terminent leur nuit en désordre. Pifou est enfoncé dans son fauteuil, il joue à Ecco sur une Lynx retapée. Comme beaucoup des têtards, Pifou est un orphelin. Ivre de Rice Krispies et de cravates Gucci couleur banane c'est lui qui a ouvert le lieu. À mon arrivée dans le quartier, pour négocier une place au squat je lui avais bricolé une petite chemise mesh toute custom. Puis j'avais raccommodé tous les doudous des têtards. Alors ils m'ont vite adoptée.

— Elle t'a virée ? il dit dans un sourire, sans lever les yeux de son écran.

— Mm mm.

— Tu vas dormir ici alors.

Haussement d'épaule. Du bout de sa ranger il me désigne son doudou sur la table basse. Une araignée sinistre avec des grands yeux émerveillés. Celle qu'il a gardée tout ce temps, celle qui lui dit les choses importantes dans les ténèbres du soir. Ça me brise le cœur de faire ça, de réparer son enfance. Vendre des rayons de lune voilà l'effet que ça me fait. Je soupire et je décroche des fils de ma manche, pis une aiguille qui traîne, j'en laisse partout anyway. Assise sur le tapis je recouds au fil rose la mousseline suçotée. Parfois je m'interromps pour tirer une latte sur le joint qui tourne. Dans les salles voisines, ça hacke en silence.

— Il me faut une barre à mine, je dis.

— Pourquoi faire ?

— T'inquiète

— T'as qu'à demander à Gaston.

— Je croyais que tu pouvais pas le saquer.

— Et Lou ?

J'hésite une nano sec de trop dans mon point.

— T'es pas en titane alors.

Je renifle en mordant dans le fil.

— Dis.

Il se penche entre les feuilles de palmier déchirées.

— Tu crois que brûler ce putain de parc ça va te sauver ?

Dans la clarté de ma pensée ouverte aux gouffres, tout refouler. Tout.

— L'espoir.

Il me mate, fasciné. Je lui ai dit des choses, à Pifou. Sur toi. Sur nous. Sur ce qu'ils t'ont fait.

— Espoir mon cul.

— Il en faut bonhomme.

— Regarde autour de toi, fillette.

Fi, trente-cinq ans, regarde autour d'elle.

— Qu'est-ce que tu vois ?

— Des marmots à fond de vecteurs qui savent pas s'habiller.

— L'impermanence, Fi. Un jour tout ça va disparaître. On va se rendre à ce qui fait la vérité de ce pays, les fleurs ensanglantées dans les ruisseaux. Tu savais que les communards portaient des cravates ? Rien ne change, tout rouille.

Je trouve ses yeux pour la première fois. Verts comme du miel de sapin au printemps.

— Putain mais qu'est-ce que tu racontes ?

Pifou, quinze ans, se met à chialer.

— Pas glop.

Je passe le reste de la journée une alarme en vrille à l'intérieur du crâne – mix de bottes boueuses et de coups de feu. Par terre dans l'atelier, face au Stockman toute broken, ses formes épinglées de partout. Je ne sais pas ce que je cherche. Soulever une montagne trop lourde qui veut échapper à la gravité peut-être. J'ai tout mon système nerveux qui déraille, je me maintiens à la weed et au souffle. Allez Fi faut t'y mettre. Te laisse pas faire. Vraiment : m'arracher à la pesanteur, les racines dans le ciel pour faire descendre sur nos épaules une grâce. Je ne sais même pas si j'ai le tissu pour.

Je m'épuise les doigts sur ce qui ressemble à un châle qui devient péplos antifa. Je trouve deux fibules rouillées dans mon sac fourre-tout que j'enfile aux épaules pour tenir la soie – une pièce que je traîne depuis des semaines sans trouver sa forme. Elle glisse comme ruisseau alors entre mes doigts. Je lui trouve un tour, une fois, deux. Twistée puis serrée et je termine nouée autour du cou. Ça ne ressemble à rien mais toute mon énergie passe dans cette torsion, jetée sur un corps hérissé. Comme si je me sculptais moi et toute ma violence.

*

Allez. Pause.

Dans le salon, j'attrape Camille des yeux. Neuf ans, toutes ses dents, dans un ensemble boléro-corset-jupe en néoprène et un masque de tortue qui lui cache la moitié gauche du visage. Elle dit qu'elle ne veut pas qu'on la remarque.

— Coucoudilou !

Elle ne lâche jamais son doudou.

Un patchwork de dodo.

— Tu as vu Lou ?

— Chez Luna.

— kk.

Pifou à quatre pattes en train de chercher des allumettes sous le sofa. Lou n'est pas là, ouf. Je ne veux pas lui dire. Rien lui dire. Elle va se faire du souci. Elle va vouloir venir. Elle va chouiner, je déteste quand elle chouine, Lou.

— Je sors.

— Ramène de la biberine !

Sur la place un groupe de mektons zone devant les Voltigeurs. Je les salue de la tête, je pécho un pochon de Ball. J'entre dans le troquet. Le long du comptoir, une meuf attablée derrière qui lit du – Zola ? Pour une paire de chaussettes, je troque un briquet et de la biberine. Il y a des tables au fond. Gaston dans un coin banquette cuir avec trois chiens d'aveugles lapant du café filtre. Lui : ses lunes oculaires révulsées, à fond de narguilé, chemise au col cassé ouverte sur moquette. Personne ne frise comme Gaston. Il me fait signe de m'asseoir près de son teckel endormi. Ferme ta Gueule il s'appelle ce chien. Je le connais pas beaucoup Gaston. Je l'ai observé, l'été dernier, quand je travaillais sur mon banc. Il glisse une pièce dans le juke-box au bout de la table en alu. Un caniche jappe.

la nuit est chaude
la nuit est chaude
elle est sauva-age

Il me scrute.

— Quoi ?

— T'es pas du coin.

— L'Orée du Bois.

— Ah, l'utopie.

Je me roule une clope.

— Ça fait combien de temps que t'es à Belleville ?

— Un an.

Rictus. Ferme ta Gueule tourne la tête.

— Pourquoi tu traînes avec ces mômes ?

— Ils sont plus en colère que moi.

Il réfléchit. Gaston il est avec Place des Fêtes et Place des Fêtes se prend la tête avec Combat qui se prend la tête avec Banane.

Des solos se disputent les espaces ouverts. Et nous, moi, les têtards, on est au milieu.

— On m'a dit que tu cherchais une barre à mine.

Allumer ma cigarette. Inspirer.

Penser aux flammes.

— Quand ?

— Cette nuit, je dis en me levant.

— Viens nous voir à l'AG, d'accord ? J'ai parlé au collectif, tu sais qu'on a une section couture.

Ça me coûte quoi de lui mentir ?

— OK.

— Gare aux spectres, fillette.

Je sors, purée de frustration. J'aurais aimé lui dire que pour nous, l'Orée, ça n'a jamais été une utopie. Au-delà des villes il y a les barres d'immeubles, les forteresses grises et les résidences barricadées et nos ruines, les dystopies ou les paratopies, les protopies, rétropies, hétérotopies et les pantopies, les Ur-Topies et Syntopies, écotopies et flipper-topies, toupies-topies et topaz-topies. Offert aux vagues du libre perverti, le pays a laissé pousser les rêves et les cauchemars en friche. Personne n'a bronché quand gouvernements et corporations ont fédéré leurs forces pour mettre sur pied un écosystème féodal. Le pays disloqué était le modèle – tout puzzle, tout fragment.

Il fait nuit tôt. Je chope une 8:7 à l'épicerie pis je retrouve mon muret. 33 rue Chantal Akerman : rien ne bouge. La façade est une géométrie de carreaux blancs, de stries jaunes, la moitié supérieure en mosaïques de bris triangulaires. Le bâtiment d'origine date de 1926. Selon le cadastre, la façade a été refaite en 85, détruisant la mezzanine pour construire l'étage et l'oriel, cette grande vitre fermée dont les fenêtres ne s'ouvrent jamais. Une lumière filtre derrière la ferronnerie illuminant ses lignes creuses. La Souris m'invite. Moqueuse.

Tu me cherches, tu m'as trouvée.

##

Nous camperons sur le Périphérique. Des tentes aux grandes voilures sur le tarmac. Hauts les fanions de Gwynplaine et ceux des copines de la colline. On balancera du son sans pitié entre les tours et au néon bancal des enseignes publicitaires. Nous sous les étoiles, Paris derrière et devant : les champs, les cités perdues et le château tout au bout de notre route. Combien serons-nous ? Toute la Commune, c'est sûr. Les voisins, toutes les bandes. Les têtards et les autres collectifs. Et les Pueri. Une croisade d'enfants. Ensemble, nous allumerons des feux sous l'étendard. Nous porterons des habits faits de poches triangulaires et de cordes délacées. Nous danserons, nous chanterons désaccordées. Ce sera merveille de voir bz et Lou venir vers moi en accolade de victoire. Toutes les trois réunies.

NÉPENTHE

Je me réveille en boule au pied du mannequin. Enroulée dans le voile du péplos pour pas crever de froid. J'ai la tête en sirènes devenues larsen, chenilles de grues dans la terre retournée. Écho d'une reine folle qui en veut à ma tête. Je passe une main sur mon cou. Pas décapitée. Ressaisis-toi meuf.

Trouver un équilibre. J'attrape un foulard bleu déchiré que j'enroule quatre fois puis je le tresse sur le côté comme pour être sûre que ma tête va pas tomber quand je me lèverai. Je rejette le péplos. Je l'ai déchiré quand je m'y suis blottie. Je le regarde traîner, mue de moi.

J'entends des rires et des bruits de vaisselle dans le fond du squat. Il est quelle heure ? Tard. Tôt. Les montres n'existent pas dans l'Étang. Pifou dit que quand tout commence à se ressembler, le jour, la nuit, c'est qu'on fait quelque chose de bien de sa vie. Je finis une canette de 8:2 qui traîne et je ferme mon blouson. Je récup une lampe torche, une barre de Yes à moitié dévorée. Un dernier regard pour l'atelier – go.

Je marche pas droit. Le couloir tangue. Je vois passer des corps d'une pièce à l'autre. Pifou debout sur la table du salon me regarde passer sans rien dire, les yeux vitreux. Sa cour est un bordel de corps enchevêtrés, de bécanes et de fringues. Un rang de télévisions passe des mash-ups de *120 minutes*, mouvements synchrones de gestes, de guitares et de silhouettes fuselées qui s'abattent sans fin. *The Sprawl* de Sonic Youth. Haut-le-cœur. Allez Fifi, courage. Je m'accroche au mur. Je ne sais pas si j'arriverai à sortir. Odeur de fripes et d'ordures, de frites et de polymère. J'envisage d'aller m'affaler et de me remplir de jeux vidéo jusqu'au matin, mais non. Je reste focus sur ce qui m'émeut.

Je trouve une bouffée d'air frais qui me retourne le ventre en crêpe tatin. Je m'assois sur le trottoir pour vider ma bile. Je me lâche entre mes genoux et tout coule hors de moi.

— Meuf.

bz vient d'apparaître emmitouflé dans une parka bleu nuit. Il n'a pas l'air aussi défoncé que les autres.

— Wat.

— T'es sûre que ça va?

— Fais pas chier.

Alors il fait pas chier et reste là à me regarder vomir tranquille comme pour s'assurer que je vais pas disparaître en laissant juste mes Jimmy Choo. Mais je me calme, le reste d'angoisse s'échappe et je retrouve un semblant de salive claire au bord de mes lèvres.

— Tu veux pas rentrer, tu veux pas, dis?

Je me redresse, d'un coup, vaillant petit soldat.

— Viens.

Je remonte la rue de la Mare vers la place Krazu. bz derrière, inquiet. Je sais qu'il me fait confiance. Je sais qu'il m'aime. Il me l'a dit une fois qu'on était sur le toit dans cette fête géante. J'ai ri je lui ai dit que je pouvais être sa mère il a juste répondu qu'un jour il serait plus vieux.

— Attends-moi là.

J'entre aux Voltigeurs. Il y a tout un tas de gars en jogging capuche foulard qui font leurs comptes. Une barre à mine m'attend, empaquetée dans un ruban d'or. Je ressors en la planquant dans mon cuir. bz marche sur place en se réchauffant les mains, mitaines de laine de bouc.

— Fi...

— T'inquiète, je te dis.

Je l'emmène rue Akerman. Je retrouve le muret, mes cadavres de bière, et je me pose là, pensive. Il n'y a plus de lumière au 33. Est-ce que j'ai rêvé?

— Fi, c'est disco galère ton plan. Il va pleuvoir.

J'ai envie d'être sûre.

Que rien ne bouge.

— Pourquoi on est là ?

Je désigne la façade du menton.

— Je veux entrer là-dedans.

— Je croyais que tu voulais brûler Eurodisney.

Je sors mon briquet Bic.

— Commençons quelque part.

— Mais pourquoi ici ?

— Tu passes devant tous les jours et tu ne le vois pas ?

— Beuh…

— Regarde, je lui dis en montrant la ferronnerie de ma canette.

Il regarde et ça fait tilt.

— Les trois cercles de la Souris Noire.

— Wow.

— Ça fait six mois que j'espionne, je dis en prenant une gorgée de bière. Personne ne se souvient jamais avoir vu ce bâtiment. C'est un angle mort sur le trottoir.

Il y a des stickers et des plumes de mouette collées sur la porte du garage, des affiches déchirées, des panneaux d'interdiction de stationner. J'ai sonné chez les voisins, j'ai pu rentrer dans les cours attenantes. J'ai longé le bâtiment, un long rectangle sans fenêtres. Sans terrasse. Ma seule option, c'est cette porte.

— C'est une annexe du Club 33.

— Gné ?

Je lui explique que le 33 est un club très sélect mis en place par Walt Disney dès la fondation de Disneyland en 54. Une sorte de carré VIP des amis de la Souris Noire, tout un tas d'avantages. C'est vraiment le top de ce que les dirigeants des parcs peuvent offrir à leur clientèle privilégiée. Certains membres paient très cher pour les activités « spéciales » – la liste d'attente court sur dix ans. Quand la Souris a décidé de construire un parc en France, c'est ici qu'elle a fondé cette ambassade. Au 33 rue Chantal Akerman, à Belleville.

— Comment tu sais tout ça ?

Je décide de ne pas lui parler du zine, plié dans la poche de mon cuir.

De pas lui parler de toi.

— On va rentrer voir ce qu'il en reste.

— On va pas faire ça maintenant, hein ?

Je vide la canette, la jette dans un buisson.

— T'es complètement faite, Fi.

Je pose un doigt sur son petit nez tout rond, tout rose.

— *Watch me.*

Je traverse la rue.

La porte. J'y vais cash.

Crac.

— Et voilà.

— P'tin, Fi !

J'ai l'impression d'ouvrir un cadeau d'anniversaire. Comme une porte en moi qui d'un coup me donnerait accès à une zone inconnue. Mehdi, baby. Je fais tout ça pour toi. Je t'ai juré que jamais je ne les laisserais s'en sortir. Tout ce que tu as voulu dénoncer, je vais l'exposer comme les entrailles d'une chèvre explosée au soleil – bouffée par les rats.

Couloir.

Je sors la lampe torche.

Devant nous, une silhouette.

— What da.

Une sorte de calice noir évasé. Une sombre tige effilée couronnée d'une ampoule XXL. Élégante, stylée Art déco. Au beau milieu du couloir. C'est elle que j'ai vue briller ce soir. Sa présence est une aberration.

— Fi, j'aime pas ça.

Le couloir doit faire cinq mètres de long sur un et demi de large. Murs tagués, il y a eu du passage. Porte éventrée sur la gauche – le garage. Je glisse le faisceau de ma torche : un immense débarras. Impossible d'entrer là-dedans sans débroussailler un passage entre les fauteuils empilés, les étagères, une échelle, des cartons jusqu'au plafond. Il y a peut-être un secret tout au fond.

Plus tard.

— On continue.

La porte au fond du couloir est fermée, pas longtemps.

Re-crac boum et voi-là.

Des marches d'escalier.

— Fi, j'ai peur.

— On craint rien.

Je lui montre le poing américain que j'ai enfilé à ma main gauche. En cuivre. Il y a encore un peu de sang coagulé – souvenir d'une fête dans ce bar à la frontière ouest de la Commune.

Les marches, doucement. Du bois qui craque. bz qui claque des dents. Pauvre bibou, courage ! Micro-corridor en haut, tomettes, une porte entrouverte. Glisser le long du mur ;

pousser la porte

– du bout des doigts.

— Hello ?

Personne.
On entre.

Une odeur pique le nez. Du clou de girofle ? Premiers instants, premiers regards : une moquette, un seau à champagne renversé. Un loft de luxe. Une haute verrière de poussière et de mouches. Des portants de fringues. Des meubles en morceaux. Des paravents déchirés. Une immense et longue table jonchée de débris. Des ordures. Il y a des pots, des plantes mortes. Des dossiers de chaise immenses, des arabesques. Des couleurs de conte de fées pourries par le temps. Des bouteilles et des bougies fondues. Tout un service à thé, grande porcelaine, en miettes. Des couverts éparpillés. Un décor de goûter d'anniversaire, des cadeaux éventrés, vides. Du papier partout.

— Non-anniversaire, je murmure.

Il me faut un temps pour trouver mon souffle. J'essaie de faire taire en moi le tam-tam dément qui émerge des tréfonds. Une odeur de brûlé, des hurlements. Des feux d'artifice.

Tout est vrai.

— Fi j'ai peur.

— bz, tu as plus de dix ans, tu devrais pas avoir peur comme ça tout le temps. Tu vois pas que je suis là pour te protéger ? Fais-moi confiance.

— Oui d'accord mais j'ai peur.

Sur la moquette rongée de partout, deux déguisements. Boursouflés, émiettés. Je m'accroupis pour en regarder un.

— Twiddledee, dit bz.

Je leur ai montré *Alice au Pays des Merveilles* en Laserdisc le mois dernier. Il a mis trois jours à redescendre.

— Et l'autre c'est son con de frère jumeau.

— Twiddledum.

— On va sûrement trouver le chapelier fou et toute la putain de bande.

Je ferme les yeux, une chanson me revient, entêtante, un air de mon enfance, ritournelle, une folie. Le goûter de non-anniversaire organisé par le chapelier fou auquel Alice s'incrustait. Je fouille ma mémoire pleine de tiroirs, ressuscitant la scène dans sa démence : une table trop longue, des sièges tordus au milieu d'une clairière... Un lièvre de Mars. Des gâteaux impossibles, des couverts. Une berceuse, chantée par...

... un loir endormi.

Je me dirige vers le set de thé. Je soulève le couvercle de la théière. Y plonge mon nez. J'y mets les doigts. Je sens quelque chose, au fond, quelque chose de mou, que je peux saisir, tirer, sortir... Une petite peluche de loir trempée. Une cicatrice cousue sur son museau, rictus. Elle semble trop lourde, pas simplement imbibée. Je tâte. Quelque chose à l'intérieur. Des ongles je lui ouvre le ventre. Une boule à thé, des feuilles trempées bien tassées. Une odeur de girofle. Amertume mêlée de javel. Encore chaude.

On avance vers le fond dans la trajectoire de la lampe. Là, sous un immense palmier en plastique, un sac de couchage au milieu d'un fatras d'ordures. Des conserves de petit-salé et de cassoulet ouvertes, des restes de végétaux mêlés de fibres et de plastique.

— Le luminaire était allumé tout à l'heure, je dis.

— Peut-être un vagabond.

— Et il serait rentré comment ?

— Il y a sûrement un trou.

bz tire un chiffon sale de sa salopette. Il le triture rêveusement. Je ne l'avais jamais vu sortir son doudou avant ce soir.

Dans le fond du salon, une série de poutres et de colonnes de bois forment une unité d'habitation complète composée de petites pièces en alvéoles – une sorte de décor de théâtre. Une cuisine rudimentaire, vidée de tout électro. Des marches mènent d'une cellule à l'autre. Des cases à occuper – peut-être d'anciens bureaux miniatures. Des planches sur tréteaux, des canapés déchirés, toute mousse sortie. Des plantes artificielles, découpées. Aucun tag sur les murs.

— Je comprends pas, miaule bz.

— Le Club 33 c'est une enclave.

— Tu parles de la Souris ?

— Elle a amené ici la classe politique, Chirac et tout le toutim. De gros pontes qui sont venus dire amen aux plans d'ouverture du parc, à qui on graissait la patte.

Les historiens disent qu'un Club 33 n'est rien d'autre qu'un salon privé. La plupart sont au cœur même des parcs, mais le club de Paris, depuis le début, il a été prévu hors les murs. Un geste pour apaiser la méfiance française à l'égard d'une Amérique coloniale.

— Mais c'est quoi toute cette déco ? dit bz.

— Une mise en scène, peut-être pour amuser les politiciens et les hommes d'affaires, je sais pas. Ils devaient organiser des non-anniversaires… Le dernier a peut-être mal tourné.

Je ne veux pas imaginer ce qui a pu se passer ici.

J'entends la litanie. Les rires déments.

— Après la faillite d'Eurodisney, la Souris a été désorganisée. Peut-être qu'ils ont décidé d'évacuer le Club tout de suite après.

C'est pure intuition. Juste ce que j'ai compris en lisant ton zine, en remplissant les blancs de la double page de mes propres cauchemars.

La plus grande échelle de bois verticale mène à une niche tout en haut de la structure. On fait attention en escaladant. Au sommet un vestibule avec un tas d'affaires sales en cafoutch dans un coin. Un rideau de velours écarlate. J'ai les tempes qui battent fort. De la pluie clapote sur la verrière à un rythme irrégulier. Impression de solitude absolue. bz reste sur la dernière marche, sa petite tête dépassant du plancher. J'avance vers le rideau en tenant la barre à mine devant moi, prête à défoncer le crâne de ce qui se trouve derrière. bz se décide à grimper, ses quenottes en groove de terreur. Pas envie de prendre trois secondes pour le rassurer.

J'ouvre le rideau.

Un cabinet de travail en longueur. Un plafond biseauté.

Et tout au bout un mannequin de couture. Un vieux modèle tout rongé, composé de plusieurs pièces assemblées. Fragile comme feuille de chêne à l'automne. Il y a des bouts de fils partout autour, des aiguilles entre les lattes. Dans le halo de ma lampe, le mannequin est un corps sans peau, assemblé par une série de cicatrices. Je m'approche au plus près, franchissant sa zone d'intimité pour me poser sur ses hanches. Il est creux, sa surface très fine. Presque du carton. Je le caresse. Dans l'emmanchure je devine la caverne thoracique où, écrite à l'intérieur de la peau, je lis le début d'une phrase.

là où nous avions fait ce nid

J'inspire et je garde ma respiration. Longtemps. Assez pour devenir ma propre apnée. J'entends bz remuer derrière moi, son petit souffle interrompu. Je glisse la lampe dans l'ouverture sous l'épaule du mannequin pour continuer de lire.

que nous avons bâti de nos mains ce nid de tendresse pour nous protéger du monde

Ça me tombe dessus. Ce scandé quand tu me parlais pendant les longs après-midi où tu préparais tes collections.

Cette écriture. C'est la tienne, Mehdi.

— Fi.

Je suis en pleine hémorragie de réalité.

C'est impossible. Ça ne se peut pas.

Tu es mort.

— Fi...

J'ai soudain l'impression qu'il y a quelqu'un d'autre dans la pièce avec nous.

— Fiii p'tin je me chie dessus.

Je me retourne et lentement je vois se lever ce que je prends d'abord pour un grand porte-manteau gris. Tout dégueu, deux immenses oreilles qui pendent, une touffe de cheveux blonds, des gants blancs déchirés. Tout droit penché sous le plafond du minuscule vestibule. Ce que j'avais pris pour un tas d'affaires sales... Dans la contre-plongée de ma torche, il se déploie hypnotique et sans ombre – trop réel. Bloquer ma respiration devient barrage contre la panique. Un grand échalas de lièvre tout crotté. Impossible. Je ne laisse pas la peur me pétrifier mais je bouge trop tard : ma main agrippe le vide. Le lièvre me bouscule glisse jump dans le vide. Il atterrit au bas de l'échelle. Je cavale derrière. Le lièvre devant désarticulé comme un de ces personnages de cartoons. Il est au salon avant moi, il enjambe les débris du goûter, rejoint la porte. Je ne le laisserai pas s'échapper, il est presque à portée – je tends la main, j'essaie de le saisir c'est sa queue que j'attrape. Je tire et il me pousse d'une patte arrière. Je perds l'équilibre, je roule sur mon épaule, un mouvement d'aïkido à la con que je foire total. Dans le couloir le luminaire est renversé, la porte grande ouverte. Décadrée, la rue penche. Je regarde en haut, en bas. Rien. bz débarque, essoufflé. Il y a du rose sur ses joues. Je lui dis de prendre le haut de la rue, moi je prends le bas. Mais je sais déjà que le lièvre de Mars a disparu. Il reste un bout de son costume dans ma main : le pouf sale de son pompon de queue. Une phosphorescence.

##

Nous profiterons des premiers rayons de mai. Nous traverserons les champs à perte de vue. Main dans la main, épuisées, nous avancerons dans le blé sans faillir. Puis ce seront les hameaux, les communautés isolées. Les poches de résistance. Nous formerons des colonnes portant drapeaux, fanions et toujours de la zik, jamais ça s'arrêtera. C'est notre façon à nous de leur dire : on a gagné. Vous nous entendrez passer dans vos maisons, les chants, les voix jeunes qui éclatent et l'espoir qui porte et guide. Nous amènerons nourriture et soins aux plus faibles, aux familles aux fenêtres. De nouvelles bandes gonfleront nos rangs, rien ne pourra plus nous arrêter – nous serons la marée du vivant qui se jette inlassablement – des remous de nous échos de l'écume bouillonnante, roulements.

LA PEAU INVISIBLE

Matin. Réveil dans un coin du parquet. Je prends des inspirations qui font mal, comme si je remontais à la surface de moi-même depuis des profondeurs enténébrées. bz a dormi contre moi, petit chat. Je défais ses mains. J'ai posé le pompon du lièvre sur le plan de travail. Il n'émet plus aucune phosphorescence. Quand nous sommes rentrées, elle a accompagné notre lente descente vers le sommeil. Je l'ai regardée faiblir et puis j'ai trouvé le néant.

Je me traîne à la salle de bains pour pisser la bière de la veille. Assise là, je sais que je n'ai pas rêvé. Je me souviens du cabinet penché, du mannequin et de sa peau arrachée. Du porte-manteau aux yeux fous. L'écriture à l'intérieur du mannequin. Le non-anniversaire. L'atmosphère de démence, de ce qu'ils fêtaient là. Je sens remonter en moi la bile et la colère, mais cette fois-ci elle semble teintée d'une nouvelle couleur : un bleu pâle qui émerge de la nuit noire de mon âme. Est-ce que c'est toi Mehdi, revenu d'entre les morts ?

J'ai besoin d'air, j'ai besoin de Lou.

Au salon Pifou m'agresse direct.

— Viens manger quelque chose.

Il a fait des tartines de Nesquik avec du beurre salé sur du gros pain de mie. Il est fan de Groquik, la mascotte de la marque de chocolat en poudre. Il dit que c'est son âme ce personnage.

— Gaston a dit aux gars des Cascades que tu allais rejoindre PdF, il dit, la bouche pleine de poudre brune.

Je mastique lentement ma plâtrée, mélange d'angoisse et de sucre.

— C'est vrai Fi ?

Haussement d'épaule. J'ai mal, là où je suis tombée quand le lièvre m'a poussée.

— Pourquoi pas ?

— Tu leur as dit pour ton frère ?

Je retourne la tartine et la colle sur la table.

Ça fait schpouik.

Sur le perron. Enfin de l'espace. Un type joue l'hymne de *Superman* de John Williams sur sa trompette. Longue plainte célébrant un ailleurs dont je me passerais bien. Un coup de tonnerre au loin. Ça va nous tomber dessus mais tant que ça reste sec j'ai envie de me sentir voler. Je remonte la rue de la Mare, je passe devant chez Mise, la retoucherie fermée où j'ai commencé quand je suis arrivée au quartier. C'est là que j'ai réparé les premiers doudous des têtards. Je retrouve la vitrine devant laquelle je m'asseyais pour coudre des boutons, l'été dernier comme un joli souvenir : moi, l'inconnue, qui de cette place regardait se mettre en place la Commune, bastion de sensible face aux forces implacables de la Métrique. J'existais en creux de tout ce qui jaillissait, de mon inertie attentive : témoin des bagarres et des styles, des rêves et des mouvements sincères.

Une petite rousse dans une combi spatiale porte-jarretelles en peau de phoque gazouille sous le micocoulier place Krazu. Lou, ma Lou. Je m'assois en face sur le trottoir du bar des Cascades. Je l'écoute finir son couplet, une traduction d'un morceau de Bauhaus. Hey mais oui, c'est *Crowds*.

Je te chante en chansons démentes
Toi et tes stimulations

Du coup je me roule un joint, le ventre en kick de reflux gastrique. Je me souviens de mon premier et dernier concert de Bauhaus. Toi et moi et les autres dans la fosse et Daniel Ash s'est penché vers moi et je me suis sentie fondre et tu m'as serré la main et je me suis dit qu'on était là ensemble frère et sœur dans la nasse. C'était quoi, trois ans avant ta mort ? La famille venait d'emménager à l'Orée, tu cherchais du taf et tu venais de décrocher ton premier entretien à la Défense. Je te l'ai jamais dit mais j'avais prié pour que tu sois pas pris. Je savais que ça nous amènerait que du malheur de bosser pour ces crevures.

Prends ce que tu peux de moi
Arrache ce que tu peux de moi

Anesthésiée par des années de shit et de bullshit jobs, je suis venue à Belleville après l'errance de celles qu'on a chassées de leur maison. Je sais que notre bois brûle encore, là-bas, mais les cadavres de nos potes, de notre famille, sont des torches dans la nuit qui éclairent mon chemin. Je me souviens, juste avant que les camions ne viennent tout écraser, que j'étais montée sur le toit de l'Orée pour regarder briller le parc au loin. Au cours de toutes ces années, je l'avais observé tous les jours,

Monstrueux rappel de notre soumission.

Je serai toujours là, aussi forte que toi
Et je m'en irai, et ce sera ta faute

Lou vient se poser près de moi. Ses lacets mauves sont défaits. Je lui tends mon paquet de tabac.

— Bon matin, Fi.

— Toi aussi ma chérie.

Elle me pique une roulée.

Elle me regarde jouer avec le pompon.

— C'est quoi ?
— Un tissu que je connais pas.
— T'es couturière, nan ?
— Ça brillait quand je l'ai arraché à…
Ses yeux étincellent.
— … Quand je l'ai trouvé dans ce manège, tsé.
Elle a senti mon changement de ton. Je ne veux pas lui dire pour le 33, ou pour toi. Depuis qu'elle est arrivée au quartier, il y a trois mois, elle a pris une place immense dans nos vies – son rire, sa voix. Nous avons partagé un intime en quelques jours. On avait préparé ensemble des repas à la Cantine pour les nouvelles recrues qui s'entraînaient aux Buttes-Chaumont. On s'était coordonnées sans un mot, juste avec nos regards. Parfaitement synchros. Comme si je l'avais toujours connue.
Je sais tout d'elle. Quasiment. Elle ne sait rien de moi.
— Je suis sûre qu'il y a quelqu'un qui peut t'aider, elle me dit.
— Faudrait descendre sous nos défenses.
— Je viens avec toi si tu veux.
— Oh, Lou, je ne sais pas, c'est dangereux.
— Je chouinerai pas.
Je fais un de ces sourires débiles qui lui disent tout l'amour du monde.

On passe devant le 33 juste pour m'assurer que je n'ai vraiment pas rêvé. La serrure est toujours défoncée. Je n'ose pas entrer. Derrière la porte, il y a le luminaire, sceptre noir renversé. Non non, je ne dirai rien à Lou.

On monte au Belvédère. Les tours sont rassurantes – nos yeux, à travers le souffle méditatif des vigies. Pas d'armes ici : on voit loin.

On se pose à la balustrade pour un moment de silence – il y aura de l'animation plus tard en journée, quand tout le monde aura bien bu et qu'on sortira les enceintes pour mettre Jan Hammer à bloc et que les gradins de la maison du peuple de l'air se rempliront pour l'assemblée quotidienne, les grosses engueulades, les cris, les fiestas. Des keums font de la muscu dans un coin. Lou semble contente d'être là, avec moi, dans cette cabane dans le ciel. Les nuages dessinent des mèches sur son front, qu'elle écarte du doigt. On dirait que rien ne la touche, que sur elle tout passe.

La colline de Belleville est un peu moins haute que la butte Montmartre où sur les cendres de la Commune ils avaient construit le chou à la crème géant du Sacré-Cœur. On ne le voit pas d'ici, de cette terrasse brutaliste avec vue dégagée sur tout Paris : Montmartre est dans notre angle mort. Comme si les deux collines ne pouvaient plus se blairer. Montmartre est devenu le point névralgique de tout un système symbolique qu'il suffirait d'abattre pour faire tomber l'édifice. Les messes qui en ce moment même y sont récitées sont des cris de ralliement pour les ignorants de ce pays, ses fanatiques et ses fidèles toutous. Ce serait fête de faire sauter cette porcherie mais je sais que c'est impossible. Il y a là-bas des tanks et des robocops.

Le tonnerre se rapproche, bleu profond en brouillon de craie. On reste un moment à regarder dériver les mouettes. Elles ont leurs habitudes sur nos toits. Elles pensent trouver du poisson dans les ruisseaux de gouttières et fouillent les poubelles pillant les boîtes de conserve. Je sens les camions et les gyrophares plus bas dans le quartier, agglutinés autour des derniers spots de contestation, des barricades. Affrontements, parfois. Des grues monstrueuses dans la distance refactorisent la ville quartier par quartier. J'aperçois la tour de l'Alchimiste dans le panorama, la tour Saint-Jacques. Il y a des foules qui se réunissent là-bas, je sais. Des enfants et des ados. Pueri. Je me laisse envahir par la perte. Un bref moment de lucidité et j'imagine ce qu'aurait été ma vie si j'étais restée dans ma cité effondrée. Mon cœur détruit de l'intérieur. Tous mes potes crevés sous les chenilles des chars, les cages d'escalier en flammes, nos jardins en cendres. J'ai du mal à me concentrer maintenant que remontent les visages. Pifou a raison : je suis venue ici pour trouver un espoir et je n'ai que moi et mes obsessions. Soudain j'enrage mais ces piliers de béton, cette vue plongeante sur le parc semé de présences m'inspirent un répit – tendrement, d'instinct, je trouve le chemin du souffle.

*

J'ai l'habitude d'épouser les contours des lacets du parc en délié. C'est une colline sacrée, on dit. Peut-être : pour moi c'est un chemin à faire et défaire. Mes pensées qui s'enlacent et se promènent et se nouent et se dénouent. C'est un parc de silence et de végétation sauvage, difficile. Une feuille et je sens que c'est l'alarme dans ma tête qui finalement s'éteint dans les bassins vides, bleus de chats en vadrouille. Des grosses flaques de câbles. Des caisses couvertes de sacs partout dans les fourrés, une odeur de weed et des échos de Drexciya dans les cabanes aménagées sur les pentes douces, dans les escaliers. Les réverbères décorés de rubans, les vœux cramés. Lou renifle des fleurs d'hiver sous le préau du bunker – où des mektons stylés comme des insectes ont étalé une friperie.

On sort par le portail Rue Ramponeau, sous la plaque qui célèbre l'anniversaire de la première Commune. Celle qui en 1871 avait été écrasée dans le sang, annonçant le destin de la nôtre, faible enclave de sens dans une ville bouffée par sa propre terreur. J'espère qu'on va s'en sortir. J'espère que Lou va s'en sortir. On n'est pas armées, nous. On n'a que nos cours d'auto-défense féministes et nos combinaisons noires recousues, nos cocktails molotov qu'on préfère boire et des pistolets à eau citronnée. S'ils décidaient ce soir de charger, tout ça serait foutu. Pifou a raison, décidément. J'arrive pas à croire que j'y crois encore. Peut-être que c'est ça, l'alarme, peut-être que c'est ça, Eurodisney qui brûle dans mon ventre. Un dernier geste beau pour conjurer le malheur.

Au croisement de Ramponeau et de Tourtille, où le flot doux rencontre le tumulte du boulevard qui nous sépare de l'amalgame techno, il y a la première barricade des lascars. Des étendards flottent au vent. J'en ai cousu certains. Je m'étais portée volontaire quand pendant un week-end on avait tissé du noir et du rose pour envelopper nos corps. Les kids ont dressé des amas de trottinettes et de meubles criblés de sentinelles qui défient les CRS de l'autre côté, derrière leurs boucliers-cabanes. Le stand-off dure depuis des semaines. Tout le monde retient son souffle, c'est comme une bulle à 200 mètres de profondeur, dans les ténèbres d'un océan inconnu.

Maintenant, on fait gaffe – on entre dans la DMZ. Ici les keufs sont plus nombreux – et il y a les miliciens. On dépasse le vieux commissariat abandonné. On passe chez Gamma, un ami couturier – il a exposé des kimonos dans les deux vitrines de chaque côté de sa boutique atelier. Chaque atelier me fait penser à toi. Notre apprentissage avec Mamie. Ton atelier sur rue à l'Orée.

Tu voulais habiller le béton du trottoir, le couvrir de sublime et qu'il se fasse piétiner et que tu puisses tout repriser encore.

Gamma vient nous ouvrir pour nous proposer un thé. On le boit assises entre les fragments de patrons et les toiles à peine bâties, suspendues sur des corps. Gamma a été formé à la retouche et à la couture zen. Il en a tiré un vocabulaire minimaliste dont il se sert pour composer des pièces. Je lui montre le pompon.

— Ça te dit quelque chose ?

— Mousseline de viscose.

— C'était phosphorescent.

— Mousseline de viscose phosphorescente.

Lou lève les yeux au ciel.

Faut pas s'éterniser. Les keufs ont des cages par là. On fait une dernière étape dans l'atelier d'une amie qui expose des couches de vêtements enlacés suspendus au plafond. Chaque vêtement est l'exploration d'un secret intime, dissimulé dans les plis et replis de ses constructions.

— Ça te parle ?

Elle tâte le pompon, écœurée.

— C'est pas un de ces trucs qu'on trouvait dans les sexshops, dans les années 70 ? Ils utilisaient cette matière dans les pornos pour reproduire les fluides.

Lou glousse.

— Wat ?

— C'est une sorte de plastique de soie.

— Pas de la mousseline de viscose ?

— Mais n'importe quoi !

Zigzaguer vers la rue de Belleville jusqu'à la barricade des lascars, j'ai besoin d'épices pour colorer mon châle – car ce sera un châle, ça me fait du bien de penser un peu à ma couture. Lou me regarde choisir les couleurs sans rien dire. J'avais presque oublié sa présence, discrète en son sourire. Je lui achète du tamarin et on rentre par la rue des Pyrénées. Notre territoire, ce que nous appelons Belleville, s'étend jusqu'à la place des Fêtes plus haut, après Jourdain et Télégraphe. Là-bas, il y a d'autres barricades, plus grandes. Des brasiers, des épouvantails et d'autres drapeaux qui disent la vérité au pouvoir. Ceux-là je les ai pas cousus.

On visite trois autres retoucheries. Personne ne sait me dire de quoi est fait ce putain de pompon de lièvre. Je le triture dans ma poche pendant que nous marchons. Comme une sorte de gri-gri.

— Ça va ? je demande à Lou quand je la vois fixer un coin de rue, en mode chien d'arrêt.

— J'ai cru voir un canard.

— En liberté ?

— Oui.

— À Belleville.

— Oui.

Elle me sidère cette petite. J'ai l'impression d'être un énorme boulet plein de caca dégueu qu'on a abandonné pendant les vacances d'été. Je me rends compte que depuis que je suis réveillée, je maintiens un semblant de contrôle sur moi-même mais que la digue cède doucement. Je me suis concentrée sur ce pompon, mais j'ai tout fait pour éviter de penser à l'écriture dans le creux du mannequin. Et cette idée que c'était un torse en bois dépecé. Brûlé.

ton corps en flammes au pied du château de la belle

*

On est revenues au quartier devant le pressing Place Krazu. On retrouve les filles de la Cantine, je sais que Lou va vouloir chanter. Elle est comme un oiseau, si elle fait pas sortir tout ça d'elle, si elle chante pas la liberté et le futur, c'est game over. Elle se met à me tourner autour. Elle me fredonne son cœur, me pose tout un tas de questions. Elle veut que je chante avec elle.

— Allez Fi, on se fait le Pieu.

— Non écoute -

— Alleeeez !!!

Elle commence :

Dansant autour du vieux pieu noir
Où tant de mains se sont usées

— Chérie, vraiment...

— S'il te plaîîîît !

Elle virevolte.

Mais si nous tirons toutes, il tombera
Ça ne peut pas durer comme ça
Il faut qu'il tombe, tombe tombe

D'un coup me revient cette colère que je croyais anesthésiée par la recherche de vérité et la bonne humeur de Lou. Je me crispe. Je deviens nuage noir. Je bouillonne. Lou se rend compte que quelque chose a changé en moi. Elle essaie de me demander, elle aime pas quand quelque chose lui échappe comme ça. Son sourire, c'est ce qu'elle donne. Si on n'en veut pas, elle comprend pas. Et quand elle comprend pas, elle demande. Elle insiste. Elle fait chier. Et là, elle commence à faire chier. J'attendais un écart, un moment, une raison dans laquelle m'évanouir, disparaître. Ne plus penser. Alors je ne sais pas ce qui se passe, je l'insulte. J'y vais à fond, je lui balance tout ce que je n'ai pas pu sortir depuis hier. Un vrai déluge de crayons gras et de sensations. La peur de m'être trompée, la terreur d'avoir vu l'écriture de mon frère mort au fond d'un club de millionnaires obscènes. D'avoir perdu Biya, d'avoir nulle part où je pourrais me sentir chez moi. De mon incapacité à me projeter. Et de cette folie, ce rêve d'aller brûler le parc maudit. De savoir que je n'y arriverai pas toute seule. Que j'ai besoin de ces mômes, et j'ai la trouille qu'il leur arrive quelque chose. C'est tout ça qu'en vrai j'ai envie de lui dire, à Lou, ma tendre Lou. Mais tout ce qui sort de ma bouche, c'est poubelle.

Elle reste stoïque.
Elle cligne des yeux.
Elle éclate de rire.
Et moi je me sens minable.
D'un coup, ça retombe.
En chute libre.

Je m'accroupis. Je me roule une clope.
— Excuse-moi, elle dit.
— Nan, c'est moi.
Elle fait cette drôle de moue.
— C'est quoi qui te vénère comme ça, Fi ?
Haussement de l'épaule.
Droite.
— Je peux pas te dire, chérie.

Allumer. Inspire.

— Je suis désolée.

Cracher, fumée. Pas lui parler de toi. Pas lui parler de tout ça. L'épargner. Encore une heure. Encore une minute. Juste pour qu'elle me regarde pas avec pitié. Mais non : elle me regarde avec tendresse, une tendresse dont je pensais aucun humain capable. Ever.

— Tsé, bz et moi, on te suivrait en enfer alors que t'as toutes ces cicatrices partout et que t'es la plus vieille ici, mais tout ce qu'on veut c'est un peu que tu nous dises pourquoi tu pleures jamais.

C'est leur truc, aux kids : toujours aller droit là où c'est tout mou et tout en larmes et en sourires, où c'est chaud. Je comprends, tout au cœur de l'éclatement, que rien ne me sera épargné et qu'un jour, un jour, on m'arrachera cette dernière larme de fragilité.

— Tsé Fi, j't'ai jamais dit mais sans toi, j'aurais pas survécu quand ils sont venus me péter la gueule parce qu'ils aiment pas les filles comme moi. Tu m'as prise dans tes bras et je t'ai adoptée. Et je parle aussi pour bz et Camille avec toi. Tu nous as donné quelque chose que Pifou pouvait pas nous donner. Je veux pas que tu meures. Mais si t'as un truc à faire, tu sais que nous, on sera là pour toi, quoi qu'il arrive.

D'un coup de langue, j'efface l'aigre de mes lèvres.

— Merci, ma puce.

Alors elle me prend dans ses bras.

##

Nous laisserons les champs et nous passerons par les contreforts du Royaume. Là où la Souris Noire a construit ses cités dortoirs pour loger ses esclaves. Nous libérerons chaque cellule, chaque jardin. Nous délogerons les milices embusquées, nous enfumerons leurs terriers. Nous reprendrons son territoire, bout par bout. Il y aura sa figure partout, sculptée dans la matière même de la réalité – les trois cercles noirs dans la brique, dans les moulures de réverbères. Où nous passerons, nous effacerons la marque de l'ennemi : taguée, pilonnée, arrachée aux murs et aux cages d'escalier. Son existence passera avec le temps, nous serons libérées de son oppression. C'est Gwynplaine la première qui brandira le trophée aux enfants, son bras levé portant le masque d'une souris morte. Les vivats emporteront tout, le vent même semblera traverser ces cours qui se repeuplent. On célébrera la liberté sur notre passage, pétales de weed et myrrhe. Debout sur le char de tête, bz et Lou danseront. Je les regarderai, assise, reprisant leur seconde peau. Nos costumes seront faits d'une étoffe qui n'a pas de nom.

DISNEYLAND BABYLONE

C'est fête au squat quand on débarque après la promenade, Mariya Takeuchi disco dans la sono et des mômes avec des nerfs blasters déchargés qui galopent d'une pièce à l'autre. J'essaie de me faire discrète pour rejoindre l'atelier. Epic fail : bz m'aggro direct.

— MEUF

— Wat…

— P'tin mais !!

Il aperçoit Lou planquée derrière moi.

— Tu lui as dit ? il dit.

— Je lui ai rien dit.

— Elle m'a pas dit quoi ? dit Lou.

— Pourquoi tu lui as rien dit ? il dit.

— Mais dit quoiiii ?

Ces deux-là c'est pas gagné. Mais ielles ont quel âge, sérieux. Je file me planquer en cuisine. On s'active en pleine soupe, de la récup déborde de cagettes, des tomates qu'il faudra trier et du cresson pourri. De grandes marmites font bouillir des pâtes à gogo. Une véritable armée se relaie ce matin, c'est le jour de la semaine où l'on fait à manger pour le quartier, cent trente repas qu'on distribue avec l'aide de plusieurs assos encore debout. Il n'en reste plus beaucoup, la faim et la fatigue ont eu raison des meilleures initiatives mais à l'Étang il y a une grande cuisine alors on s'acharne. Et les gamins aiment couper les carottes en dansant. Farah la référente cuisine me tend la cuillère en bois pleine de sauce écarlate.

— Goûte-moi ça.

Mm. Ça a un goût de chou et de verveine.

— bz a dit à Pifou que t'avais ouvert un lieu sans lui dire ?

Putain, bz ! J'espère qu'il a pas parlé du lièvre.

— Y a une cuisine ? elle demande.

bz et Lou viennent me chercher dans mon placard.

— Elle fait que dire que j'ai des petites fesses !

— bz, je dis, t'as dit quoi EXACTEMENT à Pifou ?

— Rien.

— bz petites fesses toutes pourrites ! hurle Lou, vexée.

— Dis-moi la vérité.

— Rien je te dis !

— Il a pas dit quoi ? demande Lou.

— Elle m'a dit un truc qu'il fallait pas que je dise mais je sais pas pourquoi elle t'a pas dit.

Lou est outragée.

— Tu lui as dit ? Et pas à moi ?

— T'étais pas là.

— Il a trois ans de moins que moi !

— Deux et trois quarts !

Je tente une manœuvre.

— Lou je te donne mon stock d'étiquettes si tu te calmes.

Mon stock, c'est tout ce que j'enlève des fringues que j'entasse. J'ai un bol avec des grandes et petites marques dedans, un trésor de guerre.

— Toutes tes étiquettes ?

Pifou débarque, me regarde, il a l'air vraiment furax.

— Mec... je vais t'expliquer.

Il me fait signe de le suivre dans le salon. Je jette un sale regard à bz. Lou rayonne, des étiquettes plein les yeux.

Camille se dandine sur *Plastic Love* dans le salon. Farah nous a suivis en s'essuyant les mains, elle veut assister à la shitstorm. Germain et son cousin fument des bongs en titane, pis y a aussi des garnements en haillons dont j'ai oublié les prénoms. Ils ont refusé que je les habille alors forcément, c'est pas l'amour fou.

— T'as ouvert sans nous dire, dit Pifou. Sans ME dire.

Je l'ai rarement vu aussi vénère. Tellement vénère qu'il met un coup de tatane dans la table pour faire de la place devant lui. Tout le monde se tasse autour de nous.

— Si je t'avais demandé, t'aurais crisé.

Il s'avachit dans son bout de canap.

— Donne-moi une seule bonne raison de pas te kicker, toi et tes putains de machines à coudre.

Le code informel au quartier, c'est de tout faire avec le collectif. Mais j'ai jamais formellement dit que je faisais partie du collectif et personne m'a jamais vraiment invitée à en faire partie.

— Le lieu que j'ai ouvert, c'est un club 33.

Silence. Pifou me quitte pas d'un œil.

— Encore ton putain de plan ?

Je renifle pis j'ouvre mon cuir pour sortir le fanzine plié en quatre. Je le jette sur la table basse. Du papier photocopié, vingt-quatre pages agrafées. Tout le monde le regarde comme si j'avais posé une énorme merde radioactive pleine de McDo. Lou chouffe la couverture, sans comprendre, puis le déplie du bout des doigts.

— C'est de l'anglais, elle dit.

Je remarque que ses ongles sont absolument, désespérément parfaits et que les miens à côté, c'est Pompéi.

— Ça a été auto-publié aux États-Unis. Ce numéro-là est un spécial Eurodisney, probablement diffusé après la banqueroute du parc.

Je lui prends le zine des mains – elles sont froides, si froides – et je l'ouvre. Une splash page remplie de mots cernant un dessin au trait noir, barbare et violent. Une purée de bouillie gribouillée au fusain, au feutre baveux. Un nuage de ténèbres d'où émergent des formes indistinctes, la pointe d'un château, coiffé de spirales et d'éclairs. Quelque part dans ce maelström émerge la figure monstrueuse d'un démon ailé, au cœur d'une forêt de palmiers. Du texte navigue entre les formes.

— Je me trimballe ce truc depuis que j'ai fui l'Orée.

Disneyland Babylon. Un brûlot de pamphlets hallucinés sur les arcanes des parcs de la Souris, les petits secrets et les malversations. Personne ne sait exactement qui était derrière sa fabrication, les rumeurs parlent d'un ou plusieurs employés anonymes de Disneyland en Californie qui révélaient des secrets sur les parcs, des rumeurs, des informations qui n'auraient jamais dû sortir. Photocopiés, les rares exemplaires s'échangeaient au marché noir pour des sommes parfois astronomiques.

— T'as trouvé ça où ?

— Dans les affaires de mon frère.

Camille lève une main.

Je lui fais signe que oui, elle peut parler.

— T'as un frère, Fi ?

Je vais parler mais Pifou me prend de vitesse, avec une joie un peu sadique.

— Le kamikaze, c'était son frère.

Camille regarde à droite, à gauche.

— Quel kamikaze, quoi ?

— Me dis pas que tu sais pas, dit Pifou.

— Que je sais pas quoi ?

Il lève les yeux au ciel.

— Quoi ?

bz se penche vers elle, tout doux.

— Le jeune garçon qui s'est immolé le jour de l'inauguration du parc, c'était son frère.

Lou me lance un regard noir.

Camille comprend pas.

— Ça veut dire quoi himmaulé ?

— Il s'est versé un bidon d'essence sur le corps pis il a craqué un briquet.

— Woof, dit Pifou.

Quel petit con.

— J'étais pas au courant, dit Camille, toute penaude.

— Il ne m'a laissé que ce zine. Je l'ai décortiqué pour tenter de comprendre son geste. J'ai toujours pensé qu'il s'était sacrifié pour dénoncer quelque chose de pourri dans ce royaume.

Je n'ose plus regarder Lou dans les yeux. Je sais qu'à cet instant précis elle pourrait me vomir dessus et me laisser me noyer dedans.

Moment of truth.

— Mon frère a bossé pour la Souris pendant toute la durée de la construction d'Eurodisney, il faisait les costumes, et ce qu'il a vu là-bas l'a bousillé à jamais. Il savait mais il disait rien parce que son job ramenait des sous à la maison.

Je prends une inspiration et je leur raconte. Comment les derniers jours tu ne disais plus rien, tu fixais les ombres sur les murs de notre petit appartement, papa paralysé sur son canapé, des prières aux lèvres, et maman qui trimait dans le local associatif du rez-de-chaussée avec les autres femmes de la cité. Moi j'étais paumée dans mon business de shit, dans mes plans foireux, dans ma fuite éperdue dans la mode. Je voulais devenir mannequin, habitée par la vision d'une grâce. Je voulais changer le monde mais je crois que j'aimais trop m'habiller de poudreuse pour agir concrètement. Dans ma chambre envahie de fringues volées et rapiécées, j'avais épinglé un seul prototype de robe sur lequel je travaillais parfois quand la drogue m'emportait. Je t'ai laissé tomber, je n'ai pas su voir ta détresse mais comment aurais-je pu savoir ce qui se passait ? Quand on nous a appris ta mort, je me suis fait la promesse d'achever ma robe. Après qu'ils nous ont rendu tes restes calcinés, tu tenais dans un vase en plastique. On t'a enterré dans le jardin communal. Et à ce moment précis, devant ce minable petit trou où je te plaçais pour toujours, j'ai décidé de me venger. Je suis allée dans ta chambre, je l'ai retournée. Tu avais mis de la Souris partout, tu l'aimais tellement. Ses films, des cassettes vidéo pirates copiées des grands classiques, des magazines. Des posters de cette petite peste d'Anne dont tu étais amoureux. Je suis restée dans tes vestiges plusieurs jours, je ne voulais plus voir ma robe, j'ai eu l'impression d'être passée à côté de tout, à côté de toi. Je voulais devenir toi, je crois, prendre ton peu d'objets et te donner vie en travers de moi. M'effacer tellement j'avais honte de t'avoir oublié.

Je ne savais pas quoi faire pour t'aimer. Et dans une fente de ton matelas, une nuit d'insomnie, j'ai trouvé le fanzine. J'ai glissé mes doigts dans l'ouverture pour le tirer et j'avais l'impression d'extirper de tes plaies une lame de ténèbres. Je l'ai lu là, dans ton lit refroidi que j'essayais de réchauffer de ma violence. Et j'ai compris ce qui se passait. Et je l'ai cru, car je n'avais plus que ça, tu comprends. Quelque part dans ces pages, dans ce nœud de complots et d'horreurs, se trouvait la réponse à ton sacrifice.

— J'avais lu dans le fanzine que la Souris avait un Club 33 à Belleville et je voulais me donner la chance de le trouver. J'ai arpenté tout le quartier et j'ai fini par repérer la ferronnerie au-dessus de la porte d'entrée du 33 rue Akerman. C'était il y a six mois. Vous connaissez la suite.

— C'est pas super-discret comme planque, dit Pifou.

— La Souris n'a pas installé cette ferronnerie. C'est une Américaine qui a construit le lieu, au début des années 80 – une fan visiblement. Ils ont juste acheté l'endroit. Le 33 faisait bien les choses. La Souris agit dans les détails.

— Mais ce club, c'était quoi ? demande Farah.

— J'ai expliqué à bz que c'était une sorte de carré VIP hors de prix, un restaurant de luxe, un fumoir, genre. Mais le zine disait que c'était aussi un salon de discussions, de diplomatie. Les pontes du parc y rencontraient les politiciens français et les célébrités dont ils avaient besoin mais moi je pense que leur but était bien plus sinistre.

Ils attendent.

— Dans le zine, ils disent qu'il y a des clubs comme ça dans chaque parc, mais celui de Paris est différent. Celui de Paris, le club il est hors les murs. Hors sol. C'est pas normal, car les parcs de la Souris Noire ont leur propre juridiction. C'est comme ça partout.

Mais à Paris, ça a été compliqué, Mitterrand avait expressément demandé une forme de pacte qui devait placer la France en position de force. La Souris avait accepté – c'était à son avantage.

Je sais tout ça parce que j'ai fait mes devoirs. De ton vivant, je n'écoutais pas ce que tu avais à me dire, tes doutes. Ta souffrance m'était étrangère. Parce que j'étais en prise avec mon propre déni, que je refusais de sortir de la drogue et du paraître.

Tout le monde est hanté, Mehdi.

— OK, dit Pifou, mais quel rapport avec ton plan ? Tu as trouvé quoi dans ce club ?

Je ne vais pas parler du Lièvre.

Ni de ton écriture.

— Pour l'instant, rien.

bz se tape un absolu facepalm.

Camille lève la main.

Je soupire.

— Oui Camille ?

— C'est quoi le putain de plan ?

Mon idée se déploie en voile magnifique, la trace d'une nuée qui s'élance vers les tours sombres de l'ennemi. Des gosses magnifiques en habits de lumière sur des branches d'autoroute. Des fanions claquant dans le vent. Une chorale, la joie d'une victoire certaine. Si je ferme les yeux, je peux nous voir. Ensemble.

— Brûler Eurodisney.

— Avec quoi ?

Je lui montre mon Bic.

Pifou :

— Tu arriveras pas à un kilomètre qu'ils t'auront déjà fumée.

— Faut y aller en meute.

Je prends le temps de poser le mot, que ce soit clair.

— En croisade.

Pifou s'enfonce dans le sofa. Un signe de détente, ou un début d'intérêt.

— C'est le rêve de tous les mômes d'aller foutre le souk là-bas, meuf. Mais va falloir cracher tout ce que tu sais parce que moi je vais pas me taper ton torchon english.

Je réfléchis vite fait à ce que je peux leur dire ou pas. Mais au fond, je ne sais pas grand-chose. Personne ne sait vraiment ce qui se passe là-bas.

— Faut me faire confiance.

— Tu crois pas qu'aller brûler la putain d'Assemblée nationale ce serait plus efficace ?

— Le pouvoir aujourd'hui, il est à Marne-la-Vallée.

— Qu'est-ce que t'en sais ?

— Mec, j'ai vécu toute mon enfance en banlieue, et quand ils ont construit le Val d'Europe, ma cité était aux premières loges. Je les ai vus faire. Je les ai vus devenir misérables et s'en prendre aux plus faibles.

Le Val d'Europe avait été dès le début un projet d'acclimatation urbaine à l'arrivée de la Souris Noire. Des cités dortoirs avaient poussé en une nuit, des terminaux de RER. Tout ce fric dépensé pour faire croire que tout était beau et propre. Une terraformation sociale et culturelle prévue de longue date par les gouvernements. Une concorde. Et puis quand le parc avait fermé, la république décomplexée avait décidé de passer les pigeonniers alentour au lance-flammes.

Ils se foutaient bien de ce qui pouvait arriver à toutes ces familles sans foyer.

— Je pense qu'aujourd'hui, Eurodisney est le commissariat central de toute la région.

Je pointe une page du fanzine. Une zone secrète sous l'allée centrale du parc, où sont emmenés les fauteurs de troubles, en attendant que la police vienne les chercher. Des noms : les geôles de Main Street.

— Des prisons ? dit bz.

— Avant qu'ils brûlent ma cité, on entendait des tas d'horreurs sur cet endroit. Des SDF, des enfants, des petits dealers disparaissaient. On savait que les flics les emmenaient au parc, qu'il se passait des choses là-bas.

Pifou me regarde, sidéré. Chuchotis dans l'assemblée. Je ne vais pas les convaincre avec des mots. Je ne peux pas non plus leur dire la vérité, car je ne la connais pas. Après la fermeture, les réfugiés s'étaient établis à la périphérie du parc, dans les hôtels et le village commercial que Frank Gehry avait conçu pour servir de tapis rouge aux visiteurs. Une cour des miracles qui vivotait de récup et de deals sordides. J'ai eu l'occasion d'aller les rejoindre, quand l'Orée est tombée, mais j'ai choisi une autre route – celle de Paris. Ton fantôme me hantait. Je n'allais pas retourner sur les lieux de ton martyre – je devais d'abord comprendre. Et apprendre à me battre.

J'ai bien fait. Les SUV des forces de sécurité privées ont fini par revenir, pour reprendre les murs de pain d'épices et ériger des Remparts. Le parc est devenu une citadelle fermée sur laquelle règnent des forces obscures. On voyait souvent passer des hélicoptères noirs dans le ciel, sombres requins effilés qui disparaissaient derrière les minarets. Et quand la Métrique a décidé de raser les cités de l'Est et du Sud, pendant la seconde vague d'épuration sociale, on a vu des troupes de la Souris Noire prendre place en tête des cortèges de mort. Leurs tactiques, leur présence : la Souris Noire dirigeait les mouvements sur le territoire proche, et que cette terre était sienne.

Une invasion. D'abord un cheval de Troie que la France a gobé dans sa soif de fric et de rayonnement. Puis une véritable entreprise de conquête, culturelle et maintenant répressive. Car notre Commune n'est pas le résultat d'une misère, d'une invasion allemande. Mais d'une conquête plus pernicieuse, qui s'avance masquée, avec deux grandes oreilles noires. Je vois les convergences d'oppressions, les murmures derrière le voile de la propagande. Comment la Métrique, la mise en mesure du monde, avance ses pions planquée derrière les corporations. Je n'ai que mon instinct pour le sentir, je n'ai rien de tangible. Rien que ce pompon et la douleur de t'avoir perdu.

Est-ce que c'est assez ?

— C'est la mort si on te suit là-bas, meuf.

— Vous croyez que la Commune peut survivre ? Vous avez vu ces nouvelles grues, vous savez qu'on est infiltrées, on a des descentes de fafs, des charges, nos barricades ne sont pas capables d'arrêter quoi que ce soit. C'est un miracle qu'on ait tenu jusque-là.

Gros malaise.

— On se battra si on doit.

— Alors attaquons-les au cœur de leur dispositif.

Je jette un coup d'œil à bz, qui fait non non non non non de la tête. Pifou étire un sourire strident – plein de nouvelles dents dedans. Je cherche Lou des yeux.

Volatilisée.

*

Je la retrouve dans la petite cour derrière le squat. Assise entre des pots de fleurs, fanée elle aussi.

— Pourquoi tu m'as pas dit pour ton frère ?

Je réponds pas. Lou, elle est arrivée il y a trois mois. Elle s'est attachée à moi. Très vite. Trop vite. Elle ne sait pas qui je suis.

— Tout le monde savait, Fi!

— Pas Camille.

Oui, je l'ai dit à tout le monde. Et j'ai fait promettre à chacun de ne rien dire à Lou. Jamais. Tu veux savoir la vraie raison? Je voulais me faire croire, à travers elle, que tu n'avais pas fait ça. Que c'était juste un rêve. Je me suis persuadée que j'avais fait ça pour la protéger. Pourtant c'est bien moi la connasse narcissique.

— Tu m'as foutu la honte devant toutes nos amies.

— Je voulais pas que tu croies que j'avais des problèmes. J'avais l'impression que… j'avais besoin que tu me penses solide, assez solide pour te porter.

Elle a pleuré. Elle me regarde dans sa jupe bouffante qui bouffe et se replie en soufflet, sa respiration en mascara de larmes.

— Chérie, c'est pas important. Tu devrais être contente, tu es spéciale, t'es pas comme les autres. Tu as de moi tout ce que les autres ont pas.

Elle se lève, bombe le torse.

— T'es une sale conne, Fi.

Elle rentre dans le squat. J'entends des rires, et Lou commence une ballade – *All We Ever Wanted Was Everything*. Mon morceau préféré de Bauhaus.

Tout ce que nous voulions, c'était le monde
Tout ce qu'on a eu c'était froid

Et moi j'ai l'impression de crever une fois, deux, trois et le bruit des chenilles de char et des bottes et des souris qui me rongent tout dedans.

##

Quand nous franchirons le Rubicon, nous serons acclamées dans les cités, dans les tranchées, dans toute l'Île-de-France. Notre colonne sera une célébration. Nous porterons haut la victoire. Nous annoncerons le triomphe de la Commune et cette nouvelle sera le vent qui rase la campagne et les villes au-delà. Nous avons quitté Belleville après le dernier assaut, dans les flammes et les fumigènes, les cohortes ennemies vaincues. Nous avons pris cette décision ensemble, de venir ici disputer au grand rongeur son monopole sur nos vies. Mais tout reste à faire : à l'horizon, pas encore de tours et de merveilles. Bientôt, nous passerons dans les ruines de ma cité, l'Orée du Bois, là où j'ai tout appris, et tout perdu. Je passerai voir ta tombe et celle de nos parents, l'appartement qui leur est tombé dessus quand ils ont tiré à l'obus sur nos murs. Les jardins, les terrains de sport, le tronc d'arbre devant lequel j'ai fait mon premier shooting. Tout envahi par les fleurs sauvages, tout à jamais en moi, juste là où j'ai placé ton odeur, ton visage et ce qui reste de ta voix. Je vais pleurer mais je serai fière. Je réclamerai l'Orée pour la Croisade et nous y logerons nos blessés, nos familles. Et quand nous reprendrons la route, je me tiendrai en tête du cortège, mes cheveux asymétriques dans le vent et mon menton pointé vers le ciel. Je serai celle qui dans l'armure étincelante tient le drapeau noir et rose. Debout, le regard vers notre destination. Merveilleuse.

LA PRATIQUE DE L'ABÎME

Je me réveille sur un parquet froid dont je ne connais pas la texture. Les restes d'une odeur amère s'effacent. Un pur rayon de mars se fraie un chemin jusqu'à moi, glacial. J'ai dormi dans un tas de fringues, là où le lièvre avait fait son coin dodo. La veille, j'ai tout désinfecté, viré le sac de couchage et les ordures pour me faire un nid à moi. J'ai vidé mes tonnes de vêtements à repriser en collines pour m'y lover, y dormir. Me protéger.

Je contemple les vestiges du goûter de non-anniversaire. Je n'arrive pas à croire que je suis ici. J'ai pris cette décision lentement, comme un soleil qui se lève. Facile de me dire que je suis désormais chez moi. Une maison qui ne dit pas ses secrets. Il reste le garage à déblayer. Tout le salon à reconfigurer. Les cellules entre les poutres à aménager. La tâche me semble insurmontable, mais tout m'a menée ici. Je ne suis pas du genre à reculer devant l'impossible.

Je me roule un joint, drapée dans mon châle archaïque. Je fais le tour de la grande table. Je vais peut-être la garder. Je fume en toussant parfois, assise sur une de ces chaises démentes, tout en volutes. Je remarque des restes de lampions par terre. Tous les détails prennent un nouveau relief, comme une sorte de paysage qui se peint peu à peu sur ma rétine. À plat, sans les ombres menaçantes qui avaient guidé ici mes premiers pas, tout semble inoffensif. Des cendres refroidies. Naufrage d'imaginaire.

J'ai posé le pompon sur une vieille étagère. Il a perdu toute phosphorescence. J'ai regardé dans mes notes, ces cahiers de mode que je trimballe pleins de dessins et de recherches : j'ai trouvé que dalle. Personne n'a réussi à m'aider. Il faudrait que j'aille voir un genre de labo mais je vais trouver ça où ? Pas dans la Commune, et moi je sors presque pas du quartier. Vu mon look, on me flingue direct. Et j'aime pas me déguiser.

Un pompon magique.
Bah ouais, j'en suis là.

Je m'active. D'abord entasser tout ce que je garde pas dans un coin pour l'évacuer plus tard – je contacterai les collectifs de récup du quartier pour tout distribuer. Je balaie vite fait, genre. Je fais de la place, ground zéro de ma prise de pouvoir sur ce territoire. Je n'ai pas encore d'électricité, ni d'eau, je vais devoir tout ouvrir. Mais j'ai besoin de lumière. La verrière est trop sale, ne laisse rien passer. Je regarde les rideaux de la baie vitrée en hauteur. Hmm. Il me semble avoir vu une échelle dans le fatras du garage.

Je descends voir si je me suis pas trompée. Je tombe sur le luminaire dans le couloir, que j'ai soigneusement évité en arrivant hier soir. Je l'ai déjà vu allumé, comment c'est possible ? Je cherche la prise des yeux. Le courant doit passer ici. J'ai du mal à l'affronter, cet obélisque maigre de fausse obsidienne. Comme si toute la présence maléfique du lieu était contenue dans cette forme épurée. Je le débranche et le déplace près des escaliers. Je ne sais pas encore ce que je vais en faire.

Je vais chercher l'échelle qui dépasse du bordel dans le garage sans m'intéresser aux cartons entassés. Je suis curieuse, j'ai envie de savoir. Mais mon instinct me retient. Je me suis fait toute cette construction mentale, une représentation de la souffrance et de la misère abritées ici. Je n'ai pas envie de m'y confronter, pas encore. J'ai besoin de poser ma présence. D'implanter mon souffle, mon désir. Mes rêves. Je ne peux pas me nourrir de tout ce passé chaotique, mystère de meubles et de contenants opaques.

Je remonte l'échelle, je la pose contre le mur et grimpe tirer les rideaux. Toucher leur matière est un électrochoc. Je les ai observés si souvent de l'extérieur, derrière les vitres sales. J'avais l'impression qu'ils n'étaient pas réels. Et pourtant, c'est du coton. Je les repousse pour laisser entrer le reste de ce soleil pâle. Le club prend soudain consistance, le plat se boursoufle et se remplit de matières. Les couleurs, enfin, des mouches mortes et des murs de briques exposées. C'est plus exigu que je ne le pensais.

*

J'ai bougé tout mon atelier ici. Ça m'a pris une journée d'allers-retours. Mamie, mes machines, mes tissus, mes planches et tréteaux, tout le bordel pour dessiner, mon poste radio de merde et mes tortues en plâtre. Des cahiers, quelques vinyles que j'avais laissés en leasing à Pifou – je suis vraiment contente de retrouver mon *Disintegration*. Mais j'ai rien pour l'écouter, que mon souvenir de Robert Smith qui fait « wooh » au début du morceau titre. Cette rigolade.

Je ne me suis pas encore intéressée aux cellules, et maintenant que la lumière prend tout l'espace, je peux voir qu'il y en a cinq. On dirait une scène de théâtre, un décor du genre Cinecittà grande époque, ou le générique du *Muppet Show*. La plupart sont vides. En grimpant, je trouve la cuisine, minuscule, donc, comptoir à l'américaine et de quoi mettre une plaque. La salle de bains, c'est une chiotte turque et un lavabo sans lucarne, la dépression totale. Je crois que je vais mettre une baignoire dans le salon.

Je vais faire un atelier là où j'ai trouvé le mannequin, avec ton écriture. Comme ta présence qui illumine depuis l'intérieur ce monde sacré.

Je reste assise à le regarder. Je triture ma clé de sol, sans trop savoir de quoi je vais le vêtir. J'aurai l'impression de te rendre ta peau carbonisée, peut-être que j'ai encore besoin de te sentir brûler.

*

Les enfants débarquent à midi, joyeuses et les bras pleins de cadeaux pour décorer. Je ne les ai pas vues depuis trop longtemps, planquée, un peu honteuse aussi. Je me suis faite discrète en rapatriant mon stuff, aux heures creuses de distribution et pas une fois je n'ai vu Lou. Elle a déserté le micocoulier. Personne n'a de nouvelles, on pense qu'elle est allée voir du côté de Place des Fêtes, elle chanterait dans une chorale là-bas pour soutenir les sentinelles sur les barricades. J'ai pas eu le courage d'aller vérifier.

On met des guirlandes et des étoiles sur les murs, on a décidé de faire une fête. Oui, c'est une victoire. On prépare des clafoutis aux pralines dans la petite cuisine. Tout le monde trouve ses marques – cet endroit est un terrain de jeu, plein de recoins et d'alcôves. Je les regarde s'approprier ce lieu qui ne m'appartient pas. Là où peut-être la corruption avait pris racine, désormais livrée aux mains d'une génération qui a appris à espérer.

On dérive l'électricité avec bz, qui chope le courant et se fait une coupe d'enfer. Puis Pifou vient nous rejoindre, chafouin. Il porte une sorte de blouson cousu de plusieurs systèmes de poches en cascade, un hoodie démesuré, noir coréen. Il commence à faire preuve de goût. Entre nous, les choses se sont améliorées, avec le passage des jours et mon déménagement qui prenait forme. Il n'a pourtant pas bougé le petit doigt. Accoudé au chambranle de l'atelier, il m'a maté en fumant ses clopes de riche, sans rien dire. Entre les volutes, il avait l'air d'un adulte mélancolique.

Alors moi, je le regarde s'affairer avec sa clé d'eau en fumant un joint de brésilienne. Ouvrir un lieu dans la Commune est une affaire de diplomatie aussi, je sais qu'il a dû parler de mon initiative à d'autres collectifs, qu'il a peut-être payé, en informations, en futurs services rendus. Il ne m'en parlera pas, je sais qu'il a investi sur moi. Que je suis une sorte de monnaie d'échange et de futur possible. Plus vieille, plus déterminée, mais aussi plus docile – car, oui, cette génération, j'aimerais en être. Peut-être que j'ai besoin d'une nouvelle chance, d'une nouvelle vie. L'occasion de te sauver, de t'empêcher de commettre l'irréparable. T'avoir perdu, c'est le pire qu'on m'ait fait. On t'a arraché à mon ventre, on t'a retiré de mon intimité désormais il n'y a plus que cette longue trace noire. L'ombre de ton hurlement, photosynthétique. Je n'arrive pas à l'effacer et pendant que j'observe Pifou forcer sur la clé, mon joint éteint pendu à sa lèvre inférieure, j'ai ce vertige. Nous sommes dans une cour, tout semble penché. Il fait froid, il y en a même qui disent qu'il va neiger. Ça m'étonnerait, il neige plus à Paris. On a le souvenir parfois d'avoir vu des flocons dans les travers d'une lumière de réverbère. Pépites scintillantes.

Pifou me rend le joint, il a l'air fier.

*

On déjeune ensemble, de sandwichs chutney maison – Cure toujours dans la vieille radio, toujours la même chanson, la même cassette que j'ai gardée avec moi, trouvée dans tes affaires. Combien de fois je l'ai écoutée et oubliée.

Screaming like this in the hole of sincerity
Screaming it over and over and over

Pifou a pris place en bout de table, il ne me quitte pas des yeux. Les enfants sont hystériques mais je les entends pas, c'est comme un bruit étouffé, ils gesticulent en film muet délirant. Assourdissant. Dans ma bulle, je sens rien, j'entends rien. Les yeux vissés sur mon assiette, j'ose pas les lever. Je sais que Pifou me regarde. J'ai des frissons sur toute l'échine. Qu'est-ce qui m'arrive ? J'ai l'impression d'avoir seize ans. Révolution hormonale, l'excitation d'un nouveau lieu au cœur de la résistance, de l'insurrection. L'envie de coudre me prend, celle-là même que je n'ai jamais laissé me dominer quand j'étais plus jeune, préférant me donner à la folie des journées sans fin ivres de cul et de beauté somnambule, l'état de choc perpétuel. Émerveillement. C'est un abysse de sensations que je ne contrôle pas et en ce moment précis, tout devient Pifou et je le trouve beau et j'ai envie de le prendre et de le faire mien et de devenir lui et de sentir sa chair contre la mienne se fondre et devenir enroulement de cellules et de tissu d'organes. Nos intimités sales et puissantes incarnées dans la sensation là maintenant tout de suite. Ses yeux me foudroient. Depuis combien de temps n'ai-je pas quitté leur orbite ? Je me sens petite et fragile et j'en veux toujours plus. Y a tout qui pulse en moi. Colère et désir mêlés.

And songs about happiness murmured in dreams
When we both of us knew how the end always is
How the end always is

Mais je ne lui donnerai pas cette victoire sur moi, malgré mon envie de défaite. Je ne laisserai pas ouvrir en moi cet accès, cette eau.

Cette électricité. Sans elle, je dépéris. Si je me disperse, je cesse. Je connais la chanson. Je sais toujours comment ça se termine.

*

En début d'aprèm, je suis up and running, je me suis changée – j'ai mis ces boucles d'oreilles asymétriques et une combinaison de ski fluo turquoise vintage 1987 de Patrick Kelly. J'ai mis des talons, pour voir. Ça marche à fond. Je m'affaire rapidement dans mon atelier pendant que les gamins repartent ou se construisent des cabanes dans le squat. Je les laisse faire, je m'en fous de ce qui se passe ici, pourvu que toute l'énergie sale dégage enfin, qu'on respire entre nous. Pifou s'est barré direct quand j'ai commencé à l'ignorer. bz s'est mis dans un coin, avec quelques machines archaïques. Je comprends rien à son setup mais il semble savoir ce qu'il fait. J'ai demandé à Camille d'organiser une bande de gamins pour voir si on n'avait pas vu un lièvre mauve galoper dans les ruelles. Elle a eu ce petit rire charmant et son nez trompette a fait ce drôle de mouvement mais elle a dit qu'elle allait demander et voir ce qu'elle pouvait faire. bz a levé les yeux quand il nous a entendues, une lueur nouvelle, inquiète. Je l'ai rassuré d'un sourire.

Les gars de PdF passent nous voir pour le goûter. Les mains dans les poches de leurs parkas kaki automne-hiver, trop grandes mais stylées dans leur structure compliquée. Ils semblent impressionnés par les lieux, et ce qu'on en a fait en si peu de temps.

— Tu vas faire quoi ici ? demande Dodo, leur représentant, celui que j'avais déjà croisé.

— Coudre.

— Et l'Étang ?

— Pifou m'a virée.

C'est pas vrai, mais je préfère qu'ils croient ça.

— T'as dit à Gaston que tu serais up pour la Filasse.

Putain, c'est vrai j'ai dit ça.

Meeerde.

— Oui.

— AG dans le kapla demain. Te débine pas.

bz les regarde partir, soucieux.

— J'aime pas ces gens.

— Moi non plus mais je crois que je vais pas y couper.

— La Filasse, c'est vraiment usant. J'ai vu des meufs avec les mains en sang après une journée.

Je détourne la conversation en regardant son matos.

— Tu m'expliques ?

Il s'essuie des mains graisseuses dans un foulard Hermès déchiré.

— C'est un modèle de deck, enfin, je crois. Moi tu sais, j'ai fait que jouer toute ma vie mais j'aimerais bien essayer de voir un peu comment je peux aider les autres à défendre le bout de Trame qu'on a réussi à leur prendre.

— Je capte pas.

— Tu sais, à PdF, ils déploient des programmes sur les systèmes de la Métrique. Ils se font éjecter régulièrement mais maintenant qu'ils savent comment passer, c'est guérilla et ils ont besoin de petites mains pour lancer des leurres et des trucs.

On dirait qu'il parle d'une magie sortie du fond des siècles barbares, une uniformisation.

— J'ai vraiment l'impression de servir à rien ici.

— *Join the club.*

*

Lou revient en fin d'après-midi. Sombre navire, des océans sous les yeux. Elle regarde le salon, moue dégoûtée. Je la salue de la tête, sans autre geste pour elle. Elle a ce mouvement infime du menton, comme un oui qui dirait toute la patience qu'elle a pour moi.

Elle inspecte les lieux, le chaos vivant qui a remplacé le chaos mort. Elle soulève les assiettes qu'on a gardées. Elle caresse les étranges fauteuils, sensuelle – inspirée par leur texture de dessin animé. Elle grimpe dans les cellules de poutres, dit bonjour à des amies qu'elle croise. Elle finit par trouver mon atelier, sous le plafond en biais. Je l'ai suivie dans son parcours sans un mot, patiente. Je la regarde tourner autour du mannequin. Toujours, elle promène sa main. Comme pour s'assurer de la réalité. Elle en fait le tour, presque somnambule. Elle finit par tourner les yeux vers moi, des yeux cousus de fils d'or tremblants.

— Je dormirai ici.

bz, Farah et Camille débarquent avec des vivres.

— Tiens, salut Lou, dit Camille en la voyant assise à la table de goûter.

bz ne dit rien. Il file en cuisine faire un gâteau au yaourt, Farah lui expliquant que non, mettre des cornichons dedans, ça donnera pas plus de goût.

— On fait quoi maintenant ? dit Camille en s'asseyant.

Ces mômes ont un besoin constant d'activité, d'attention. Ils m'ont choisie pour être le nouveau moyen de s'amuser. Si je ne suis pas à la hauteur, je vais encore me retrouver seule. Je peux plus prendre ce risque.

— Il faut s'occuper du garage.

— Et après ?

Je ne sais pas quoi lui répondre. J'ai pas envisagé la suite. Pour moi, il n'y a qu'une seule priorité : comprendre comment ton écriture a pu se retrouver à l'intérieur d'un mannequin. Et si ce lièvre de cartoon était réel ou bien une hallucination.

On descend toutes au garage. On avance dans le labyrinthe en déplaçant les caisses, les étagères. Des tonnes de papier vierge, des bouts de balsa, des lampes sans ampoule, de la verrerie à n'en plus finir. Je trouve quelques boîtes de costumes, colorés, lourds. Je les mets de côté. Tout au fond, une fois remuée cette réserve, je m'attendais à quelques secrets bien cachés, une trace sur le mur, un trésor. Je ne trouve qu'une peluche délavée du chat du Cheshire, mauve et rose, un sourire immense. Sur le dos, les quatre pattes en l'air. Je la prends dans mes mains, je la retourne. Je suis bien consciente de l'ironie de tout ça.

— C'est toute pourrite, dit Camille.

Il y a un trou dans le mur, probablement celui que le lièvre de Mars avait creusé pour entrer. J'irai voir plus tard où il débouche, pourquoi je l'ai pas remarqué dans mes patrouilles. Là, tout de suite, j'ai qu'une envie, c'est de me défouler.

— bz, t'as ramené les battes de l'Étang ?

Il s'illumine d'un sourire entendu.

On défonce tout. On y met la joie, le désir, l'énergie de notre jeunesse réelle ou inventée. J'imagine que c'est l'armée de la Souris dans ces boîtes qui périt sous les coups de nos masses. Camille y met les pieds, on explose les cartons un par un, tout le verre brisé. Tout, déchiré par la furie. Les enfants s'amusent et je suis ivre du désordre. Je veux que tout ceci disparaisse. Qu'il n'y ait plus que notre fureur et le désastre de nous avoir frustrés si longtemps. Je crie et ce cri qui sort de moi, c'est une intention – le moment où je prends le pouvoir sur le futur. C'est un moment de grâce pure que cette destruction – la révélation de notre force. Lou a relâché son chignon et dans son mouvement, elle est une tornade rousse qui brise dans la matière. Je l'observe qui tourne et plonge puis remonte, ses cheveux épousant le mouvement de l'eau. J'ai cherché dans ce garage de quoi me projeter mais c'est elle que je trouve finalement, au centre de notre ravage. Alors je m'approche et avant de la prendre dans mes bras, je lui dis :

— Tu seras ma vague.

*

Le ciel se fend, les nuages tombent. Et nous nous sommes réfugiées dans nos cabanes. bz joue dans sa cellule avec ses ordinateurs. Camille lit à la lueur d'une bougie. Farah range la cuisine. Elle a ramené une petite radio qui passe de vieux airs irlandais à la flûte. Ça sent encore le tofu grillé.

Je suis assise dans un coin du nouvel atelier. Plus petit, plus oppressant, mais j'ai l'impression qu'ici, l'inspiration est palpable. Du miel dans l'air. J'ai placé le mannequin au centre. Lou s'est accroupie sous le bureau, elle écrit sur des feuilles volantes à la lueur d'une petite lampe torche. Elle a gardé le chat du Cheshire avec elle, mais je lui ai dit que demain on le laverait. Après avoir terminé mon joint, je lui demande de me faire une place.

— Tu m'as pardonnée ?

— Non. Je me suis juste dit que je pouvais pas te laisser seule avec ton frère.

J'ai dû froncer les sourcils.

— Tu sais, moi j'ai perdu toute ma famille.

Je le sais. Elle m'a fait confiance, elle me l'a dit.

— Je sais qu'on est toutes les deux orphelines, comme bz et Pifou aussi. Et que tu as fait ce que tu devais faire, mais me fais plus jamais ça, Fi. La prochaine fois, je m'en vais pour de bon.

Je ne dis rien mais elle sait que je suis d'accord. Pour lui prêter serment, je sors de ma poche le pompon du lièvre, que j'ai bricolé dans l'après-midi : comme un porte-bonheur, je l'ai accroché avec une corde rose. Lou a des étoiles dans les yeux quand elle comprend le sens du talisman. Elle baisse la tête et me laisse le lui attacher derrière. Déposé en son sein, il semble parfaitement proportionné, plus petit que je ne le pensais. Elle semble émue à en crever. Alors pour exprimer l'impossible, elle chante.

La transformation est infusée
Du Mystérieux et du honteux
Pendant que ce que je suis devient autre chose
À moitié personnage à moitié sensation

Et lentement, pulsations. Lumière mauve sur mon visage. Autour de son cou, le pompon redevient phosphorescent.

Holy shit.

##

Nous aurons de nouvelles peaux. Je les aurai dessinées pour nous. Fierté d'avoir vaincu l'ennemi. Au-dessus des remous urbains, des ruines fumantes, nous continuerons d'avancer et de chanter. Nous pourrons sentir venir l'horizon et enfin, les rumeurs du parc.

Placée à l'avant de la troupe, sous le ciel qui flambe, je regarderai les lumières du Royaume tracer dans la nuit des cônes de folie. Gwynplaine près de son arme, le bâton en prière de nuit. Sous les étoiles, nous serons à l'ombre de l'exacerbation des sens – des bruits et des murmures dans la croisade, des enlacements. Des rêves d'étreintes scintillantes, des bisous dans le cou qui frissonnent, des mains qui serrent. Nos jambes emmêlées de collants filés. La victoire, c'est la sensualité. Depuis le départ de Belleville, nous n'aurons eu de cesse de remettre nos corps en jeu car c'est par eux, à travers eux, que nous renverserons le monarque noir sur son trône. Le faux démiurge saura que nous arrivons, ses lumières traquent, cherchent. Son désespoir est sa seule ressource, la seule façon dont il se sent exister. Inspirée, Gwynplaine reprendra les mots du Poète en se levant et, son bâton brandi, récitera les atrocités du Faux Démiurge – tout le malheur qui s'est abattu sur notre Commune, sur nos espoirs de changer le monde. Car la vie sera avec nous, la vie de ces corps qui s'aiment et se frôlent en murmures. Au fiel nous opposerons la grâce de nos chansons. Debout aux côtés de Gwynplaine, sa nuque si belle sous son casque, je passerai une main et je déposerai sur sa peau un baiser et sa prière achevée, elle déposera les armes.

LES GESTES BARRICADES

Froid. Tremblements. J'attends dans le noir. L'écho de la Reine de Cœur reflue. Un jour, je vais cesser de me réveiller. Un jour, tout ce qui fait mal cessera. Tu vois, Fi n'est pas si forte. Il n'y a que la colère qui puisse encore me protéger mais je sens que déjà je faiblis. Fatigue partout. L'âge et la drogue et le dos massacré par des années de couture penchée, pliée.

Lou a dormi contre moi, en boule de chaleur. Elle n'a pas détaché son porte-bonheur, qui luit toujours à son cou, à peine refroidi par le matin. En la regardant respirer, son visage en coupe recueillant la rosée des rêves, je comprends qu'il me reste une raison de vivre encore un jour. Juste un. Je la décolle de moi lentement. Elle remue à peine et quand je l'embrasse elle a ce geste de tendresse que moi je lui refuse.

Farah finit de bricoler un ptit déj en cuisine. Elle a tout retapé. Elle porte un tablier Meteor rapiécé qu'elle a ramené avec ses affaires. Je me souviens en avoir changé les bretelles plusieurs fois, accrochées par ce qui me passait sous la main, crochets, rivets, cadenas.

— Tu vas rester ici ? je lui demande en me servant du café chaud – trop chaud.

Elle me montre un hamac replié.

— J'en ai ma claque de Pifou et de sa clique. J'irai organiser l'atelier cuisine, comme aller au taf quoi. Mais ici, c'est chez moi.

Elle me défie du regard mais je n'ai aucun commandement en moi. Aucune volonté d'imposer. C'est son choix d'être ici.

— Fair enough.

Je dévore ses pancakes avec joie, avec miel.

bz à moitié dans le coma vient nous rejoindre à la table. Nous avons déjà nos habitudes ici, comme une famille qui vit à son rythme autour des repères d'une journée. Il dit vaguement bonjour, se sert un Nesquik et boit en couinant à chaque gorgée. Je le regarde, emmitouflé dans des couches de couvertures, mais c'est étudié – là il est en mode lit défait.

— bz, il s'est passé un truc hier soir.

Il sort une calculatrice bidouillée des remous de son être, pianote songeur.

— Mm ?

Je lui parle de la phosphorescence revenue. Il attrape une tartine qu'il badigeonne de beurre artificiel et de cette confiture de prune délicieuse qu'on vend devant l'église Jourdain.

— Tu crois que ce serait quoi ?

— Je vois pas. Ptêt une sorte de tissu réactif à la lumière ?

Il fronce les sourcils quand Lou vient nous rejoindre à table, le pompon en mode full mauve brillant. Elle se contente de sourire, de chantonner en se versant un chocolat. Elle prend toujours ses tartines sans rien mettre dessus. Juste grillées.

— Mmh, dit bz en la regardant.

— Quoi ? elle dit.

— Rien.

— Vas-y, dis.

— Nan rien, je te dis.

Il prend son bol, sa calculatrice et disparaît.

Lou n'a même pas relevé les yeux.

*

Je fais quelques pompes, je mets des coups de tatane dans un vieux traversin que j'ai accroché au plafond, juste pour me tendre en corde. J'enfile un 503 pourri qui tient debout tout seul, un pull chauve-souris et plusieurs écharpes sur un anorak multiforme, fusion transalpine de bourrelets et de rectangles. bz et Lou se tiennent dans l'entrée, piaffantes, prêtes à décoller.

— On va où ?

Je ne peux pas leur dire que j'ai décidé de trouver le lièvre.

— Je vais chercher du tissu à Couronnes. J'ai besoin d'être seule, c'est dangereux, je crois que...

En chœur :

— Cool ! TISSUS !!

Je sens que ça va être une journée compliquée.

On sort sous un soleil froid pour redescendre vers la place Krazu. Beaucoup de monde dans la rue ce matin et un attroupement sous le micocoulier. Je croise les camarades, Dodo, Cléo, Étienne et les autres. Je fends la foule pour voir, je trouve Pifou sur ma route en train de mâchonner une racine. Il porte ses docs dorées et un survêt italien au milieu d'une foule de militants foutraques et de citoyennes bien trop crevées pour essayer d'avoir du style.

— C'est quoi ce bordel ?

Il sort un bout de bois tout gluant du fond de sa bouche. Il montre une affiche, clouée sur l'arbre vénérable.

Rassemblement à la Tour de l'Alchimiste !

Communardes ! Nous avons réussi à faire reculer la répression ! Trois mois sans invasion de nos frontières – des réfugiés viennent ici des quatre coins de la ville pour nous aider à bâtir le futur ! Il est temps d'étendre nos revendications à l'ensemble de Paris ! La Métrique vacille, partout dans le pays gronde la fureur des jours heureux qui reviendront au Printemps Béni – débordons de joie, allons montrer notre force collective, ne laissons pas le désespoir s'emparer de nos cœurs meurtris par l'horreur, le confinement et l'impuissance. Nous sommes la seule opposition, montrons-leur que nous n'avons plus peur de leurs canons. À la Tour !

NF

— C'est quoi NF ?

— Nicolas Flamel.

J'ai entendu ce nom prononcé plusieurs fois depuis mon arrivée, une sorte de collectif qui s'est donné le patronyme du légendaire faux alchimiste, un éditeur qui avait créé à Paris plusieurs maisons d'accueil pour des ouvriers.

— Ils disent que la Commune est en train de polliniser.

— Ils font de nous un ghetto, voilà ce qui se passe. Pourquoi personne ne comprend ça ?

Des gars se mettent à hurler « À la Tour ! » dans la foule. Lou touche son pompon, inquiète.

— Les autres arrondissements vont vouloir faire pareil, dit Pifou en reniflant.

— T'es malade, on attend la mort, c'est tout.

La Commune de Belleville n'est pas une sécession – à l'origine, c'était une solidarité. Les assos et les collectifs du quartier avaient recueilli les sdf du reste de la ville, après les grandes migrations interurbaines. On n'avait plus le droit de crever de faim dehors et il y avait des chars partout en banlieue, et des tracteurs pour bien ranger les gens dans les rues. La guerre civile mondiale avait précipité le malheur. La Métrique qui avait absorbé la République avait fait de Paris un miroir de cet Eurodisney reconstitué. Aucune tolérance pour ce qui ne collait pas avec l'image idéale d'une France éternelle, qui n'avait jamais existé. Toute forme de contestation éteinte dans le consensus, on avait gaiement poussé les plus pauvres à clamser – ou à finir ici, à Belleville. Dans ses ruelles imprenables, difficile pour les milices organisées de passer inaperçues. Nous avons trouvé un moyen de survivre aux pires calamités du monde moderne, en tissant un réseau solidaire. Personne ne crève la dalle à Belleville.

— Et tu penses que NF va nous dire quoi faire ?

Pifou hausse les épaules. Une chorale se rassemble et, partageant le cahier de chant, entonne la *Makhnovtchina*.

Tes drapeaux sont noirs dans le vent
Ils sont noirs de notre peine
Ils sont rouges de notre sang

*

On remonte la rue des Cascades pour éviter la congestion. bz traîne la patte, il scanne tout ce qui bouge avec son talkie-walkie – j'ai pas bien compris ce qu'il a bidouillé avec mais je crois que ça détecte les ondes électromagnétiques. Lou me colle.

— Hmm, fait bz.

— Quoi ?

Il regarde des murs hauts. Deux étranges sculptures rondes coiffent les linteaux du portail.

— Tu sais qui habite ici ?

— Une gorgone ?

— Non, Luna, du Jardin libre.

Une maison se cache derrière la haie d'arbres touffus. Silencieuse. Presque un mas provençal. Le Jardin libre est une bibliothèque. Il y a des cachettes à Belleville que personne n'ose déranger. Juste à côté du Jardin, il y a Le Temps des Cerises, une salle de réunion fermée depuis la mort de son fondateur, Lucio. On parle de la rouvrir, on a besoin d'espace, mais il y a un respect profond pour Lucio, une période de deuil, je pense. Je le connaissais pas. C'était une légende ici. Il est mort sur une des barricades de Babelville, plus bas dans le quartier. On l'a beaucoup pleuré.

Luna la bibliothécaire m'a raconté sa vie. Ce type avait été de toutes les luttes. Et un putain de maçon.

Au coin de la fontaine H4, un peu plus loin dans la rue, il y a le mur des fédérés. On y taille les crânes de nos morts et le plus récent est celui de Lucio. Des visages aux orbites profondes, cernées de sommeil. Lou passe une main sur leurs traits pendant que je regarde deux hommes avec des seaux traîner devant le Regard. À l'époque où les sources de Belleville glougloutaient, le Regard était un point d'accès, un petit temple sous cloche aux fondations médiévales. Une inscription en latin sur son fronton raconte je sais pas quoi. Les deux hommes font semblant de ne pas nous voir et disparaissent sans nous adresser la parole.

— Je les ai jamais vus par ici, dit bz.

— Hm.

On redescend par la pente des Savies, en faisant attention de ne pas glisser, il a plu tôt ce matin. Un hélicoptère tourne autour du quartier. Noir, requin qui glisse. On en voit de plus en plus. Ils nous surveillent de là-haut, altiers. J'ai vraiment l'impression d'être minuscule, à l'œuvre dans une utopie fragile. Sous les yeux de nos maîtres qui tolèrent encore une petite minute de notre pathétique petite vie. Peut-être qu'ils ont raison, finalement, de vouloir aller à la Tour. De stimuler cette saillie d'énergie en baroud. Est-ce qu'on est prêtes à mourir enfin pour quelques secondes de vie ?

Rue de la Mare jusqu'à la rue des Chevreaux. Je passe sous les fenêtres de Biya. Ombres mouvantes. Je sais qu'il y a quelqu'un avec elle. Je remonte la rue pour acheter des bières à l'épicerie. En face, il y a un immeuble tout croche, en pointes et angles tordus.

Un peu plus loin, dans l'immeuble construit sur l'ancien jardin surplombant le bout de petite ceinture, où on deale des trucs qu'il vaut mieux pas prendre en pleine journée, une silhouette m'observe. Une femme au premier étage, paisible. Elle porte une veste noire bien coupée et des cheveux en bataille. Elle fume. Je lui fais un signe, juste pour dire : on en est là.

On débouche dans la tranchée de Ménilmontant. Tout en bas, dans le paysage de Paris transformé par la fumée et les grues, Beaubourg en place forte. La tour de l'Alchimiste. Qu'est-ce qui se passe là-bas ? Est-ce que ça a vraiment commencé, la révolution ? J'arrive pas à y croire. J'ai l'impression d'avoir juste compris quelque chose, au moment où tout dans ce monde nous emmène vers l'extermination. Je sens ce poids là sur mes épaules et si je regarde honnêtement au fond de moi, dans ces moires, tout ce que je veux c'est coudre des robes en attendant la mort.

À la barricade des apaches, je mentionne les types qu'on a vus près du Regard, une patrouille va aller vérifier. On doit descendre bas, quasiment dans Babelville, et là-bas, ça chauffe toujours. On dépasse l'église – on sait qu'il y a du cosplay de templiers là-dedans, des keufs tarés qui se pensent chevaliers de la lumière. Plus on s'approche du boulevard, plus ça sent la poudre et le sang. On navigue discrètes, on va pas loin. Aucune patrouille en vue. Ça va le faire. Je sais pas pourquoi je prends tous ces risques pour de l'étoffe. Je pourrais continuer à faire de la récup, des fringues on en a des tonnes. J'imagine que j'ai accepté une forme de lâcher-prise avec les mômes. Ils n'ont peur de rien. Moi j'ai peur pour ielles.

Al fournit tout le quartier en tissu – un des rares points de la ville encore approvisionné par le marché noir. Sa boutique est un vortex de textures et de couleurs, Lou s'y perd. bz a enfilé de vieilles lunettes VR – des Nintendo visiblement, qui peignent le monde en rouge et noir. Je crois qu'il est sensible aux couleurs trop contrastées. Al vient me trouver avec sa longue baguette de mesure en bois.

— Tu veux quoi, dis-moi ?

— De l'organza de soie, ce qui te reste de lurex et heu... Ça c'est quoi ?

— Popeline de sucre.

— Ça existe ?

Une couturière que j'ai déjà croisée interrompt notre conversation. Elle semblait plongée dans l'étude d'une soie compliquée avant de lever les yeux.

— Gaston a dit que tu allais nous rejoindre Place des Fêtes, elle me dit.

— Ptêt.

Elle me scanne des pieds à la tête, puis les enfants.

— Il a dit aussi que tu vivais avec des mômes. T'es une sorte d'artiste ? Nous on a besoin de mains pour réparer les uniformes et coudre les drapeaux, on a trois ateliers de retouche. Quatre on est.

— Mm.

Moi aussi je la scanne. À poil sous un blazer Montana aux épaules marquées, droites. Leggings en lycra sur talons et des lunettes de soleil en triangles effilés. Manquent que les gants en cuir pour finir la panoplie.

— Si tu sais coudre on a besoin de toi.

Je sais que quand on crève de faim bien se saper c'est pas la prio mais je peux pas m'empêcher de penser que le monde hors les murs de Belleville nous considère comme des crevards, des crasseux. Ils ont gagné la bataille médiatique quand ils ont crucifié nos combattants pour avoir osé briser des vitrines de luxe. Et les vieilles générations, déjà consumées par la peur de l'autre, par la haine de la différence et la méfiance, ont compris que les minorités voulaient tout détruire et qu'il fallait en finir. Mais à l'intérieur de cette dépossession générale, il reste malgré tout des formes de vie commune qui se cherchent, des gens pas totalement réduits au statut qui leur est assigné, et qui ont créé des liens de solidarité, forgé un langage, instauré des usages. J'aimerais pouvoir dire que les choses sont simples, qu'on peut établir des camps clairs dans cette guerre civile mondiale où tout le monde semble désormais faire partie du même bord. Je n'y crois pas. Je ne discerne rien – à peine un sursaut d'adelphité. Un élan.

*

En sortant de la boutique, Lou se penche pour observer un chat tout pourri que j'avais cru rat mort dans le caniveau. La bête bouge encore, lui becque la main.

— Lou...

— Trop mignoooooon.

— Lou, c'est pas un chat.

bz le scanne fissa.

— Canard.

— Awww, le gentil coin-coin.

Le canard lui rôde autour, le poil sale, un œil unique torve la scrutant, reniflant de son bec entre larmes et morve. On jurerait qu'il a trois pattes.

— Lou, fais gaffe.

— C'est un gentil coin-coin !

Elle essaie de le caresser, le canard se laisse pas faire et d'un coup de bec lui arrache le pompon de lièvre.

— Hey !

Le canard détale, rapide, sa troisième patte lui permettant d'accélérer à des vitesses jamais vues chez un canard de base.

— Fuck, bz !

bz fonce en première ligne, je lui colle au train. Et nous voilà à la poursuite d'un canard à trois pattes voleur de pompon. Dans le dédale de ruelles, entre les tags et les boutiques, dans la sciure et la chiure, on lui court après, on tend les mains mais à nos doigts il se dérobe. Il laisse des plumes en apesanteur au-dessus de la fange. On l'entend couiner puis il disparaît dans une mélasse de pieds.

— On l'a perdu.

— Pas sûr.

Il reste des plumes. Alors le jeu de piste devient facile et c'est au soleil que nous débouchons au bout de la rue Ramponeau. On entend des éclats de voix. De la grosse Mini-tek. On n'est pas loin de la grande barricade. Celle qui protège tout le bas Belleville. Une centaine de communards y rôdent, vigiles. Des unités de street medics partout. Des négociateurs. De l'autre côté du boulevard, je sais que se massent des troupes de terminators.

Lou me prend la main.

— Viens on va voir !

— Lou, attends !

Je scrute, aiguisée, je trouve une plume qui finit de voleter et je vois le canard grimper sur la grande barricade.

— Restez là, je reviens.

Je me fraie un chemin entre les manifestants et je m'approche au plus près de la muraille de caillasse, de bois, de meubles et de machines à laver entassées. Je trace le canard qui grimpe en se dandinant. Personne ne semble le remarquer.

Sauf.

Une silhouette dégingandée se penche vers lui, semble attraper le pompon de lièvre. Elle se redresse, l'œil luisant. Galoche de menton et poitrail couvert de faux bijoux, ses chaussures rapiécées sur des braies rayées trop courtes. Son chapeau cassé pend sur son manteau volant dans la fumée. Le pompon dans sa main, pompon qui n'a jamais été aussi brillant, lumineux et puissant. Il tend le bras aux cieux vers l'adversaire invisible et scande :

— Les renards revenus ont entendu le monde et les nouvelles voyagent au cœur d'une rumeur noire, une guerre qui s'accroche à leurs pattes, le chariot sur les plaines et les vagues ! Les vagues !

Un moment de silence en moi. Un moment, seulement. Ce corps qui hurle aux nuages. Si beau dans sa pure expression. Pourquoi ne suis-je pas moi aussi un corps en grâce, peau de son propre tissu. Est-ce que je serai comprise un jour ? Comment toucher le pétale le plus doux, le pistil le plus doux, la feuille la plus douce, tordue, verte en ma main ?

bz me tire de l'absence – ou bien était-ce présence absolue ?

— Tu le connais ?

Je fais non de la tête. Hébétée.

— Je veux récupérer mon pompon ! chouine Lou.

bz remue.

— Il descend, suivons-le.

bz prend les devants. Le type disparaît rue de Belleville, claudiquant, avec son canard qui le suit comme un toutou. Pourquoi est-ce que tout en cet être me rappelle à ton souvenir ? Pourquoi est-ce que j'ai déjà l'impression de le connaître par cœur ? Je le regarde marcher, souriant, saluant tout le monde, les appelant par leur prénom. Pourquoi est-ce que je ne l'ai jamais vu s'il paraît si familier ? Il effectue un premier arrêt dans un minuscule salon de coiffure tout en longueur puis il reprend la route, passe rue Rebeval et entre dans un troquet. Le canard monte la garde devant. On attend au coin, avec l'impression de jouer un jeu serré. Le gars ressort, reprend sa route vers la barricade du secteur Combat. On le voit parler à des communards, qui lui refilent des patates en échange d'un petit sachet.

— C'est un dealer, chu sûr, dit bz.

Il continue sa ronde en montant rue des Pyrénées, la seconde barricade pleine de lascars. On entend des cris, des vivats. Visiblement, l'appel de NF a été entendu. Tout le monde dit qu'il faut rejoindre Place des Fêtes pour une grande assemblée populaire, au milieu des néons de la grande place. J'aimerais leur faire des ponchos mais moi, j'arrive pas à m'impliquer clairement là maintenant tout de suite. Tout ce que je vois, tout ce que je sens, c'est ce corps désarticulé devant moi qui deale de la weed à des combattants épuisés. Je m'abandonne à ses gestes, à la distance qu'il place avec les autres, à la fidélité de son canard qui le regarde comme Dieu lui-même – le dieu des canards. Est-ce que je suis en train de devenir folle ? Je sens ma respiration se tasser tout en bas de ma colonne vertébrale, mes émotions se heurter comme le vent dans les arbres. Secouée et perdant tout ce que je me suis construit pour résister au pouvoir de ton souvenir. Et là, dans ce moment précis, je suis convaincue que ce beau gosse débraillé, c'est toi. Une impression de toi, en creux. L'écriture à l'intérieur du mannequin. Des mots. Et je voudrais trouver les gestes pour me protéger de cette révélation, trouver la force de ne pas céder mais je suis pas à la hauteur. La colère m'a tout pris et c'est presque avec douceur que j'accepte de me laisser emporter. M'enfoncer toujours plus profondément dans le mouvement chaloupé de ces hanches.

##

Enfin nous apercevrons les tours. Au loin sous le plafond bas, leurs pointes en appel. Des vivats joyeux dans tout le cortège et nous stopperons les chars pour contempler le royaume ennemi. Portés par les vents, nos souffles auront le goût d'un espoir – et d'une terreur. En nos cœurs nous saurons le combat qu'il restera à mener face à la folie des hommes, de leur technologie. Inquiètes nous scruterons les cieux à la recherche d'une nuée, de leur napalm. Nous évoquerons les troupes massées dans les tranchées, les murs épais et les tirs groupés. La surveillance massive et les effigies pendues sur les murailles pour nous faire peur. Mais nous ne reculerons pas. Lou me serrera la main, bz nous ouvrira les portes de leur réseau secret et toutes nos têtes n'auront de cesse de toiser la mort. Gwynplaine nous fera repartir, nous, les milliers de crevardes venues libérer la terre volée. Nous passerons les signes sur l'autoroute, les mascottes aimées, dévoyées. Plus nous approcherons, plus nous sentirons l'haleine du dragon qui dort sous le château, du soufre qui envahira l'air – et la musique soudain, entêtante, débilitante. *It's a Small World*, en boucle. Déformée, ralentie. Venue de sonos cachées sur notre route. Certaines d'entre nous feront machine arrière, descendront des chars pour retrouver les flammes de Paris. Je sais que je ne faillirai pas. Nous n'avons pas fait tout ce chemin pour rien. Nous n'avons pas traversé ces épreuves pour renoncer au dernier moment. Oui, c'est la mort qui nous attendra mais je suis prête à l'accueillir pour me confronter à l'oppresseur, au meurtrier, à celui qui depuis le début tire les ficelles dans les ténèbres. Je suis prête à le défier – celui dont nous taisons le nom – sur le trône d'obsidienne hors le pélican noir

CHARIVARI

Par la rue des Chevreaux, l'éclopé et son canard rejoignent la petite ceinture – l'ancienne voie ferrée. Nous les observons de loin descendre dans la végétation, passées les tentes de fortune et les déchets. On attend en se faisant des blagues silencieuses, des grimaces puis nous descendons suivre les rails, entre acier et gravier. Les buissons de bruissements, le PQ en guirlande. Les lumières des fenêtres tout autour, les foyers encore en paix dans le bleu du soir qui n'en finit pas. Une grille ferme l'accès au tunnel mais quelqu'un en a scié un bout, easy. On y passe sur le dos, j'ai plus de mal que les mômes et ça les fait marrer. On verra quand ils auront trente-cinq ans, qu'ils pourront pas bouffer du Nutella sans prendre un quintal.

Qui te dit qu'ielles auront un jour trente-cinq ans?

Ta gueule la voix dans ma tête qui fait chier.

*

Dans le noir. bz sort la petite lampe torche attachée au fatras de clés inutiles qu'il garde accroché à son jean. Galerie d'ombres, de tags cryptiques annonçant l'étape finale de la lutte – une guerre civile jamais commencée, jamais terminée. On n'y voit pas grand-chose et tout prend des formes mythiques, de démons, de vastes incendies, de poings levés. Les enfants jouent avec les cadavres de rats fondus. Leurs silhouettes sont comme des griffes sorties du sol, extrémités de créatures enterrées.

Un trou, dans le mur de gauche.

— Chatière, dit bz.

— Canardière, dit Lou en s'y enfonçant tête la première.

Nouveau tunnel. Suie sur les murs de vieille pierre. Des basses, énorme glouglou qui n'en finit pas d'enfler. Le sol suinte d'un filet d'eau, des rides nous guident puis un coude et soudain après une arche le plafond s'ouvre en cathédrale. Au croisement de plusieurs flux de circulation, des passerelles d'acier et de caillasse au-dessus du torrent bouillonnant. Un collecteur, rejeton des sources de jadis, quand Belleville mérovingienne abondait en eau lustrale. bz lance un wow qui résonne en écho. Lou trouve un petit caca de cacanard dans le labyrinthe et nous empruntons un passage plus étroit. Un air de mandoline nous arrive après plusieurs détours et nous croisons un clown, trois ou quatre chapeaux sur la tête, qui zigzague et nous dépasse. J'essaie de calculer notre position. Quelque part dans le bas Ménil ?

Et sous une alcôve, derrière un rideau de perles, le dégagé d'une vaste salle au plafond bas : des fauteuils Napoléon III et du plancher greffé tout rongé. Des groupes discutent en s'échangeant des pintes en plastique. Je cherche le canard des yeux, dans la fumée de Gitanes et les onomatopées qui prennent toute la place. Je checke trois meufs à fond de twerk sur un extended de *Perfect Kiss*. Jolies, lookées kinderwhore. Je tombe amoureuse de la rousse en robe transparente et guêpière pastel en à peu près trois secondes et je me dis que cette soirée aura peut-être une issue pleine de fluides.

On s'installe sur une table en mode rondins et tabourets de maternelle. Service au comptoir.

— Je reviens.

Les enfants m'ignorent, passionnées par le spectacle des adultes en perdition. Ça va bien se passer. Derrière le bar le serveur est un Tom Cruise moisi en veston de tweed semé d'empiècements blancs qui s'effilochent. Le bout de ses doigts rongés sur un verre de piquette quand il le pousse vers moi.

— Et deux grenadine x Pulco x jus d'orange steup.

Il me file la nausée ce cocktail mais les mômes en sont folles. La piquette a un goût de gerbe – amère et acide en même temps, mais ça me désherbe cash.

Je vais retrouver les kids qui tapent dans leurs mains parce qu'une mamie en trench vinyle VdV joue de la viole de gambe. Elles se jettent sur les breuvages et commencent à boire, de cette façon qu'ont les enfants de boire, avec les deux lèvres dans le verre. Je cherche la rousse, je la trouve en train de me mater puis de détourner les yeux direct. Mmm.

bz semble baver sur une meuf cagoulée sanglée de partout qui torture un clavier de fortune. Bizarre, je vois pas de câbles.

— Tu la connais ?

— PdF.

— Ils font quoi ?

— Ils cavalent sur un sub-système républicain. Les accès sont ultra-sélect, j'en rêve.

— Mais ils sont pas branchés, ou alors j'y connais rien ?

bz ouvre grand les yeux. J'ai l'impression d'avoir un million d'années à rattraper.

— Fi, si tu vas coudre avec eux, ptêt tu pourrais leur parler de moi ?

— Tu veux vraiment traîner avec ces gens ? dit Lou, méprisante.

— Bah ce sera mieux qu'avec toi !

— Tu sais même pas t'habiller !

— J'ai un hoodie !

— C'est cheaté !

Ils sont sublimes dans la pénombre ces deux bouts de chou en train de se chamailler, vêtus des haillons rapiécés, des bouts d'intentions que j'ai su partager. Je ne sais pas comment je pourrais tenir debout sans eux, sans leur énergie, je veux pas les voir finir comme les gens dans ce rade pourri en train de…

Et soudain, je le vois.

Le canard.

— Lou, je dis.

— Si encore t'avais une vraie salopette, elle taquine bz.

— Ça fait des grosses fesses !

— Lou !

— Kwa.

— À quatre heures.

Elle comprend pas.

— Le goûter ?

— Nan, là, à quatre heures.

Elle cligne des yeux alors je lui montre les directions du plat de la main.

— Une heure, deux heures, canard !

— Oh.

La volaille mutante se dandine dans la fange et les rires, tout le monde semble la connaître. Elle disparaît en remuant le cul comme savent le faire les canards. Je me lève pour la pister, je dis aux enfants de rester là tranquilles.

— Tu vas revenir ?

— Oué.

Je file le volatile dans un autre couloir penché, des silhouettes dans l'ombre, des cavernes qui s'ouvrent sur des lumières aux teintes infernales puis divines, vers l'arrière-salle. Dans l'enfilade de paravents déchirés, couloir puis une zone peuplée. Un coup d'œil au fond et je le vois, plus haut de trois têtes. L'homme qui hurle aux nuages. Les mômes autour de lui ont l'air bourrés. Je vais commander un shot de tourbasse, je la sèche et j'y vais. Je me perds dans un groupe qui parle des rumeurs d'assaut, de taupes infiltrées dans les collectifs : les flics sont des romantiques, ils auraient une planque dans la Commune pour faire le point, se passer des messages secrets, le meilleur moyen de pas se faire pincer par les vigies du copwatch. Je me demande si un des mômes pourrait être un indic. Je m'en veux de penser comme ça, c'est déjà une victoire pour l'ennemi : d'avoir envahi mon esprit, d'utiliser ma parano comme un vecteur d'intrusion. Je passe en revue les traîtres potentiels, je bois encore, je m'en roule une et je le vois émerger d'un groupe de gothiques mous. Il apparaît en messie dans la foule qui l'applaudit et il grimpe sur un rondin au centre de la pièce, voûté, ses colliers emmêlés sur un col ouvert – des poils mélangés de sueur.

— Je vous vois, il respire, son micro attaché à un cordon autour du cou, là où pend le pompon phosphorescent. Je suis là. Vous êtes là. Nous sommes toutes là, n'est-ce pas ?

Consentement. L'audience l'observe tétanisée. Il sourit et se perd dans un instant de grâce, fixant au sol quelque point invisible. Je remarque les lignes parfaites de ses braies, l'harmonie de couleurs flash, son haut de forme détruit, béant tel une bouche ouverte.

Je crois qu'il pleure.

— J'ai honte pour nous. Où avons-nous laissé la gloire du matin ? De quelle révolution sommes-nous le nom ? J'ai perdu le chemin mes sœurs, j'ai oublié qu'il y avait des aspérités dans mon dos, des crêtes. Alors, oui, vous me dites : Vigipirate, les barricades, nos provisions, les cartons pleins, les cartons rouges, le ballon. C'est de la poésie, nos luttes. Nous survivons dans un mensonge – nous pensons avoir gagné mais la vérité c'est qu'il n'y a plus de guerre. Toutes les guerres ont déjà été livrées. Le souvenir de nos duels sur le front sont des idées de vie où nous nous drapons, matelas, couettes. On veut des câlins, pas des plaies, et pourtant regardez.

Il découvre ses bras, couverts de tatoos et de cicatrices.

— J'ai perdu le sens du combat, mais je suis là, avec vous.

Il déclame avec ferveur le reste d'un poème insensé. Je me demande quelle drogue il prend. Je me demande comment sont ses matins, dans la panique ou bien la paix. Est-ce qu'il dort comme nous ? J'ai vu sa couche, est-ce que le costume de lièvre était son pyjama ? Est-ce qu'il est comme ces hommes qui toute leur vie s'habillent bien pour honorer les songes, en ferveur respectueuse pour accueillir les merveilles de la nuit avec sérieux ? Est-ce qu'il sent sous les bras ? Est-ce que ses dents sont creuses ? Et sa queue, elle est comment sa queue ? Elle n'est probablement pas phosphorescente mais tordue et poilue dispersée comme son menton ou bien ou bien –

Quand il a fini, il ferme les yeux et retient sa respiration. Tout le monde a fermé sa gueule et quand il descend de son arbre, le murmure du bar reprend et lui disparaît dans la fumée. Je cherche en moi un bout de courage, je pense à ma robe pas finie, à Lou et bz dans l'autre salle. Je pense au Lièvre qui se lève devant moi sous le plafond penché. Je pense au monde qui accélère. Au ralenti, je me décroche du comptoir, du bras d'un marin qui me veut, je fends les dos, les corps, le nuage de fumée, la cendre, les regards maquillés. Je le trouve affalé sur un canapé entre deux personnes sublimes, sur talons hauts. Il les tripote sans passion. Perdu dans quelque vide. Loin.

Je me pose debout devant lui, je tremble de partout. Il cille. Ses yeux me trouvent, à peine.

— Tu me reconnais, je dis.

Il ne bronche pas.

— Je suis la sœur de Mehdi.

Il blêmit. Les deux meufs à ses côtés se barrent viteuf.

— Et je sais que tu le connais.

D'un geste léger du menton, il m'invite à m'asseoir sur le rondin en face. Je prends le temps.

— Ce lièvre, c'était toi.

Il boit à sa triple chope.

— Mornifle.

— Je sais que tu sais qui est Mehdi, et tout en toi me rappelle lui mais t'es pas lui. Qui t'es?

Il hoche la tête. Presque un sourire.

Il joue avec moi.

— Qué tu veux?

Je me penche, à peine.

— Brûler Eurodisney.

Il siffle, pis:

— Claro que lastrada.

— Je parle pas turc.

Il sourit.

— Tes cheuve.

— Quoi mes cheveux.

Il avance une main, tendrement, vers ma clé de sol. Je m'attendais pas à ça. Je le laisse faire.

— Bo.

Là je lui prends le poignet.

Et je le tords.

Tendrement, hein.

— Aya, il hoquète.

— Tu foutais quoi dans ce club ?

— Porké te parlera ?

— Parce que sinon je te brise la main et bonne chance pour te branler.

— Es soy gauchiste.

Ses yeux dévient sur la gauche – en les suivant je trouve le canard, qui me mate férocement les trois pattes dans la sciure. Il va bien me sauter à la gorge et me la déchirer d'un bec plat.

Je le lâche.

— Meuf, il dit en se massant la main.

— C'est quoi ce canard ?

— Se canard, es oune pouet.

Sur un signe, le canard se met à cancaner. Faux. Et tout le rade l'accompagne. Dans quelle maison de fous j'ai mis les pieds ?

— Ton name, il me demande.

— Fi.

— Sœurette di Mehdi.

— Mm mm.

— Pas sa vrai name à Mehdi, hé ?

Une boule dans ma gorge, d'un coup.

— Comment tu sais ça ?

— El me l'a di.

— Tu le connaissais alors.

Il fait oui de la tête mais ses yeux disent autre chose.

— Parle-moi. Sinon je te jure je vais t'éclater la tête là sur cette table de merde, et la dernière chose que tu verras c'est ce mensonge qui va crever les yeux.

Il éclate de rire.

— Oooh. Pouet ossi toé.

Et le pompon à son cou brille et flambe de mauve, de violet, d'un bleu électrique profond. C'est quoi, son âme qui s'enflamme et soudain redevient calme ?

— Et toi, tu t'appelles comment ?

— François Villon.

— Le poète exilé.

— El-mem da.

— Parle, Villon.

— D'accord. Mé jve 1 cheuve.

— OK.

Je sors mes ciseaux de couturière et je vais me couper une des mèches devant. Dans ce geste simple, amer, je prends conscience de la masse qui me coiffe, ces nœuds dans tous les sens, la frange, le poids.

— Nan, il dit en m'arrêtant la main au poignet, à l'endroit exact où j'avais arrêté le sien.

Il déplace lentement mes ciseaux, vers la mèche à la clé de sol.

— Là.

Je déglutis. Dans ses yeux, il y a la folie, oui, mais autre chose. Personne ne m'a jamais regardée comme ça. Je me sens minuscule, renvoyée dans un coin de mon atelier, quand j'étais toute petite et que j'apprenais à coudre avec toi et grand-mère sans savoir ce que je faisais. Que toutes mes manches tombaient, que mes bâtis étaient des châteaux de cartes. Quand j'avais l'impression que je n'arriverais jamais à rien et tu venais me consoler et tu te drapais dans mes créations et ça t'allait toujours et tu dansais devant moi avec ce corps en mouvement, toujours en mouvement. Et là, dans ce regard, alors que je vais couper ce qui me rattache à toi, ce dernier petit détail, je me mets à pleurer sans larme et je serre les doigts et je te coupe loin de moi, de mes cheveux.

— Bene, dit Villon en récupérant la clé de sol tombée dans sa paume.

Tous mes cheveux se rebellent à l'idée qu'il leur manque quelque chose. J'ai l'impression d'être devenue chauve.

— Allore, dit Villon en jouant avec la clé entre ses longs doigts impeccablement manucurés.

— Alors, je dis, en regardant les miens, d'ongles.

Craqués, pleins de terre. J'ai des mains anciennes, antiques. Je me sens tellement vulnérable. Qu'est-ce que j'ai fait ? Comment ai-je pu me retrouver là, à la merci d'un fou ?

— Tvé savoir koi.

— Club 33.

Il regarde ailleurs.

— Ah, el saloon des putas de bourjs.

— C'était quoi, un endroit de négociation pour installer le parc en France ? Je sais que leur juridiction est privée, mais pourquoi autant de secrets ?

Ses pupilles scintillent. Pour la première fois, je me rends compte du vairon. Chaque œil, différent, l'un pâturage, l'autre tourbe irlandaise.

— Céné pas oune park.

— Je sais pour les geôles.

Il se prend de passion pour le plafond. Pour le lustre en fake cristal dégoulinant de cire de bougie fondue.

— *Laughing place.*

Je sens mes dents grincer.

— Elles servent à quoi ?

— Oun kamp di concentrazion. Indus muerte.

Je suis partie du principe qu'il n'y avait qu'une prison, dans le vaste complexe des plaisirs artificiels du parc. Mais dans ces paroles, j'entends quoi ? Que le parc tout entier est un dispositif de mort ? C'est cela que tu voulais dénoncer ? Ce qu'il y a dans le zine que je n'ai pas voulu lire correctement ? Qu'est-ce qu'ils t'ont fait là-bas, pour que tu te crames en direct devant le pays tout entier ?

— Comment tu sais ?

— Geôles.

— Tu étais avec Mehdi, là-bas, dans ces geôles ?

Il semble distant, perdu dans une réminiscence. Il se gratte l'avant-bras. Je vois des symboles tatoués émerger de sa manche sale. Comme des hiéroglyphes.

— Supercalifragilis, ticexpialidocious.

Je retiens ma respiration. Pour la première fois, c'est tangible ce que j'ai sous les yeux, c'est pas mon imagination. C'est un bout de réel qui a été en contact avec toi. Que tu as frôlé. Il y a des traces de toi partout sur lui.

— Parle-moi du mannequin.

— Toé, t'es couturasse. Kom Mehdi.

— On a appris ensemble.

Il hoche la tête.

— Ah, sa, c'éta sa mannequine in jôles. Esclafage. Di travaou everyday da lé.

Il me raconte comment Mehdi tous les jours était emmené dans une salle de travail, dans les souterrains du parc, pour faire des costumes, ceux qui devaient servir à la Souris Noire pour incarner ses dieux et déesses. Vingt heures par jour, besognant pour tenir les délais de l'ouverture. La punition s'il n'y arrivait pas.

— Quelle punition ?

Villon ne répond pas. Il regarde de biais un groupe de mektons en train de jouer aux Pogs contre un mur. Ils se disputent et s'échauffent. Je les entends s'insulter, dans le même jargon, leurs mulets enroulés de rubans de couleurs différentes – la marque de leur appartenance au même gang. Le genre qui joue à Rolemaster en écoutant Hawkwind.

— C'est qui ? je demande.

Villon crache.

— Coquillards.

— T'es avec eux ?

Il boit sans répondre, s'essuie la bouche du plat de la main. Le pompon à son cou est devenu sombre, pulse. Il me voit le regarder, sourit. Deux canines peintes en noir et rose.

— Ey soï solo, mi. Cyberpounk solo.

— Et toi, comment tu as quitté les geôles ?

Il ne dit rien.

— Tu t'es enfui, c'est ça ?

— Lâche mi.

— Tu es sorti comment ? Il y a un passage secret ? Tu as creusé un tunnel ?

Il fait non non de la tête.

— Putain, dis-moi. J'ai besoin de savoir.

— Ti veu koi ? Ke moi dire ke j'ai mornifle ossi ?

— Il y a encore des prisonnières là-bas, tu le sais. Tu me dis pas la vérité. Qui a créé ce camp ? Ça vient des US, mais ici, ils ont fait quoi ? Tu es sorti comment ? Tu pourrais m'aider à entrer sans qu'ils le sachent ?

— Ja pa vu li pélican, hache-moi.

— Quel pélican ?

Des coquillards me remarquent pour la première fois. Ils commencent à s'approcher, deux, trois, et le reste suit, perplexe.

— Une joie que n'éteint aucune vie, me dit soudain Villon, articulé, clair.

Un énorme mastard se poste devant nous, bras croisés.

— Alors, salaud, t'as coufé ?

Villon fait semblant de pas le voir. Il me paraît soudain tout petit, tout minable.

Le coquillard se tourne vers moi.

— Toi la pute, tu te casses.

Je me lève direct pour lui faire face. Seins devant et mon poing en boule, en attente d'une détente. Il me fixe en souriant mais moi je lui efface son bonheur des lèvres en penchant ma tête sur le côté, à peine, qu'il comprenne bien sa position.

— Couche-toi, connard.

Il déglutit.

— Rikki, te laisse pas faire, l'encouragent ses potes.

Rikki me pousse des doigts. Je vais le rétamer là direct et ça va me faire un bien fou de lui décaniller sa mâchoire mais une demi-douzaine de Rigolus font irruption d'un coup dans le bar. Les coquillards en panique. J'entends des cris partout dans l'autre salle. La masse percute les coquillards. La panique se répand en poudre de rires et de folie. Des Tristus s'y mettent. C'est tout ce qu'ils attendaient. Je recule, trouve un espace de sécurité quand la grosse bagarre enfle en boule de chaos. Je n'ai qu'une pensée : où sont les mômes ? Je sens l'alarme en moi revenir, l'important, le fondamental, l'essentiel de ma vie entre leurs mains. Le tourbillon nous encercle, nous envole. Je vois les bras se tendre, le sang des bouches en constellations dans le vin. Ça va m'emporter. Villon me saisit par la taille, il plonge dans mon cou, mes cheveux. Dépose un baiser au coin où mon épaule et ma nuque se rejoignent, là où tout frémit et je le regarde disparaître dans la mêlée, flamboyant d'un crépuscule impossible et dans mon ventre il n'y a que la violence et le besoin absolu d'aller chercher les enfants dans la baston générale. Je ferme les poings, les yeux. Je laisse tout envahir et je me sers de Colère pour défoncer le premier visage qui traverse mon champ de vision et je continue à taper à taper tout ce qui se met en travers de mon chemin vers les enfants. Je suis une flamme qui vient de l'eau. Un mouvement qui repte et frappe, létal.

La joie, la joie.

##

Le napalm arrivera par le ciel. Dans la nuée. Une pluie de cendres qui s'abattra sur notre avant-garde pour réduire en poudre nos forces, nos espoirs. Nous aurons nos boucliers, levés vers les astres pour nous protéger de ces larmes de mort. Nous savions qu'ils voudraient nous enflammer, faire de nous des bûchers mais ignifugés de magie blanche, nous avons appris à faire taire la colère du feu et nous répliquerons de nos lance-pierres, de nos crachats. Nous disperserons la murmuration des drones, nous déferons leur toile de mort par l'acide de nos bombes à eau. Nous connaîtrons leur altitude. Nous aurons les modèles, grilles croisées dans nos programmes, pour détruire leurs quadrillages. Et quand le dernier oiseau sera miette à nos pieds, dans les ruines fumantes de notre parade, nous nous relèverons pour compter les absentes. Des formes pétrifiées dans la fumée. En prières ou en jurons. Nous pleurerons, tant elles nous manqueront mais les semaines sanglantes que nous aurons traversées auront bâti dans nos ventres des forteresses où sont enfermés les regrets. Nous relèverons nos drapeaux, nos oriflammes, nos gonfanons. Nous chanterons nos hymnes de liberté et de violence face aux Remparts. Rien ne pourra plus empêcher notre marche – nous aurons les secrets du Poète pour nous guider. L'Ennemi à genoux, nous l'entendrons gémir dans le silence de sa citadelle. Nous serons légions à ses portes. Aucun soldat, aucune balle ne pourra pénétrer l'armure de nos lignes. Hoplites, nous avancerons encore, nous tenant les mains. Entre les flammes et la poussière, dans la brillance du soleil éternel, un vol de pie prendra son élan et les enfants de joie, leurs casques de travers, nous emmèneront. Combien serons-nous, après avoir rallié les dernières cités ? Des milliers, des milliards de milliers dans la campagne et moi je serai devant, aux côtés de mes enfants et Gwynplaine sera là sous son masque d'or, le poing autour de la garde de son arme reflétant les flèches et les sourires. Oh, j'ai en moi ce désir quand enfin nous parviendrons au pied du mur, ce désir brûlant de me tenir droite dans les débris du dernier char et de hurler mon amour pour toi, pour ielles, pour le monde qui vient, qui viendra enfin, je le sais. Plus rien ne bloquera. Plus rien n'éteindra. Car nous serons napalm, nous serons malheur et nous effacerons le sourire de ton putain de visage, seigneur.

PLACE DES FÊTES

L'écho d'une reine de cœur qui hurle qu'elle veut ma vie et mes robes et détruire tout ce que j'ai bâti de mes mains tout ce à quoi je tiens toustes celleux à qui je tiens – j'ai mal au cou et ça me réveille cash. bz pas loin dans sa couette et Lou, pas là.

J'ai dormi toute habillée dans mon atelier. Le parlement des oiseaux débat du quartier, du ciel et des arbres, des humains fragiles, des nuages et des traces d'orage. Je reste allongée, je les écoute discuter de leurs nids, de leurs désirs. Je déclipse bz pour me faire un chemin hors de la pièce. Je dois pisser. Les oiseaux semblent ici, avec moi. Je les cherche des yeux, assise sur la cuvette. Un dessin près de la porte. Je ne l'avais pas remarqué. Un moineau griffonné par Lou, qui ne bouge pas. Aucun son ne sort de son petit ventre.

Farah a laissé de quoi faire un petit déjeuner avec la récup de la boulangerie. Je mets la table pour tout le monde. Je tartine de la confiture d'abricot sur des machins suédois au goût de carton qui gondolent dans le café. Une douleur, sur ma jambe. Un bleu commence à la ronger lentement. Un coup, énorme. Celui d'un gros Tristus qui m'a balancé une table. La bagarre. Ah ouais. Il s'est passé ça. Les mômes se sont planqués derrière le bar. Dans la cohue j'ai gueulé leurs noms, je les ai traînés dehors. Dans les tunnels où fuyaient les ombres je me suis accrochée à ielles, c'était pure protection, pure famille.

Mm.

Le café a un goût de caramel. J'ai l'impression que les oiseaux chantent en moi et je remonte mes doigts sur la nuque. Mon ventre est plein de gazouillis quand me revient le visage apaisé de Villon penché. Ses mots compliqués que je comprenais intuitivement. L'impression de t'avoir vu devant moi, sans être totalement toi. Une empreinte. Le toi parfaitement homme que tu étais, que tu avais choisi de laisser vivre. Le Toi qui me manque. Qu'est-ce qui s'est passé, dans les souterrains du camp ? Dans les geôles ? Qu'est-ce qu'ils t'ont fait ?

Farah rentre du marché de l'aube avec des cagettes de légumes. Elle aime y être avant tout le monde. Elle dit que c'est comme partir aux champs.

— Vous avez fait la fête hier ?

— Mm mm.

— Tu vas aller voir PdF aujourd'hui ?

bz débarque avec sa couette et se met sous la table pour finir sa nuit. Je le masse avec mes pieds chaussettes, il ronronne comme un gros chat.

— Alors ? continue Farah en me tournant le dos, affairée à trier les mauvaises blettes.

— Je sais pas.

— Chérie, tu vas pas rester ici à faire de l'art.

Elle dépose son regard quelque part sur les carreaux sales, dans la lumière du matin.

— Tes robes, c'est important. Mais on a une révolution sur les bras. J'ai attendu toute ma vie pour ça, mais c'est une longue vie. Pour la première fois, on a une chance.

— Je ne crois pas aux combats.

— Ce sont pas les armes qui feront la différence.

Je ne sais pas quoi répondre. Je mesure à quel point notre Commune est un radeau tissé de cordelettes fragiles. Elle le sent, Farah. Délicate, elle ouvre mon poing crispé, regarde les lignes qui creusent la vie qu'on ne voit pas.

Elle soupire.

— Tu dois t'impliquer, Fi.

bz s'extirpe de sa cabane pour gloutonner des Smacks. Je le regarde, fascinée par ses mains trop grandes. Je sais qu'il a des pieds de hobbit. J'ai remarqué un problème de croissance chez les plus jeunes. Comme si tout s'était fait trop vite, qu'on n'avait pas laissé le repos faire son œuvre. Une poussée de vie maladive.

Je perds soudain la notion du temps. Une parenthèse dans la banalité de cette scène domestique. Un blanc, presque bleu, où poussent des fleurs et des mésanges. Une élévation de mon souffle, profonde. Une impatience. Je perds le compte de mes battements de cœur. J'étais confuse et maintenant je ne sais plus.

Nous avons presque fini quand Lou nous fait l'honneur de sa présence à table.

— Ça va pas ? je dis en la voyant remuer son chocolat l'air absente, une mélancolie.

— Mm.

Farah lui sert un bol de gruau et vient me remplir le mug.

— Qu'est-ce qu'elle a ?

— Je sais pas mais j'aime pas ça.

— Et toi, qu'est-ce qui t'arrive ?

En vérité, c'est à Villon que je pense – à ses yeux. Quand il m'a embrassée, je les ai vus changer de couleur, passer de ces verts à des jaunes, l'un vers le soleil, l'autre au plus profond de la bile.

Et dans mon cou frémit la trace de sa lèvre vénéneuse.

*

Je n'arrive pas à bosser. Je galère quelques heures sur Mamie, en foirant mes tracés. J'ai l'impression d'avoir tout oublié. J'ai peur. Et si c'était Colère qui depuis le début m'avait poussée vers ces robes ? Me prend l'envie de tout abandonner, là, tout de suite. Un désespoir si puissant qu'il pourrait emporter tout ce que j'ai construit de misère et d'éphémère. Je regarde le vêtement en devenir, compost de fragments épinglés sur ton mannequin. Je ne sais plus ce que je voulais faire. J'ai perdu le sens de la couture. Je pourrais bien me tuer là, mais je décide plutôt de me rouler un joint bien gras et bien tassé.

Je te repense. J'essaie de me souvenir de cette dernière année, où je t'avais à peine vu. Tu travaillais pour la Souris. Tu leur faisais des costumes. Tu dormais dans leurs infâmes dortoirs non mixtes, tu me disais que ça ne te plaisait pas, d'être remisé avec les femmes, puisque tes papiers ne disaient rien de l'identité que tu t'étais choisie, ton identité véritable. Mais tu préférais cela à la misère. Tu disais que tu te sacrifiais pour la famille, pendant que moi je me prenais pour une star, que je baisais tout ce qui bougeait et me défonçais la tête. Je prenais le cash que me donnait maman chaque semaine, je savais que ça venait de toi et je me posais pas la question de ta souffrance. Je ne pouvais même pas l'imaginer, ta souffrance. Je me disais que tu savais ce que tu faisais. Que rien ne pourrait ébranler ton sourire, ta foi, ton talent. Tu étais ma lumière, Mehdi. Tu me manques. Ce n'est que maintenant, après avoir rencontré cette ombre de toi, et ce qui reste de toi incarné dans ce torse à coudre, que je comprends que ce que je dois faire là maintenant tout de suite, c'est t'invoquer.

Alors de mes mains je te traque dans la matière. Je lui demande de me dire où tu te trouves. Dans ce pli, dans ce volume. J'essaie de te composer un corps plein de ténèbres, de fragments de rêves. Je voudrais t'arracher à la mort, au fragile de mes souvenirs. Je te revois essayer les robes que maman nous achetait et que tu ne voulais pas mettre et pourtant, tu les enviais comme des peaux à t'approprier. Toutes ces robes qui ont brûlé quand l'Orée du Bois est tombée. Je voudrais te faire une robe éternelle, un linceul dont la voilure serait virevoltes et ondulations. Je voudrais prendre ce moment pour être avec toi, te faire vivre dans le vêtement et le tenir devant moi, hors le mannequin, te retrouver et te prendre contre moi, puis te dire que tu es beau beau si beau, que tu mérites tout l'amour du monde. Je voudrais que tu te sentes safe.

Et moi, et moi. Un geste d'amour, oui mais pour qui ? Est-ce que vraiment c'est toi que je cherche ? Ou bien y a-t-il un frisson que je n'arrive pas à sentir, que je me refuse à sentir ? Je ne peux pas créer cette pièce sans m'engager complètement avec moi-même, dans ce qui me bouge là-dedans. Je ne peux pas prétendre être ce que je ne suis pas, si je ne suis pas dans la plus grande honnêteté. Et je ne comprends pas ce que je sens. Et même si, je ne sais pas comment m'y prendre. Il me manque la vérité du geste. J'ai besoin de passer l'épreuve.

Ce n'est pas le bon tissu.

*

Posée dans le salon à la grande table, silencieuse, je dessine des bulles de plumes sur des mouchoirs en papier. Farah me regarde faire, perplexe. Elle épluche des carottes avec bz. Elle a mis la radio, symphonie en sourdine. Ça ne me gêne pas, quand je dessine ou quand je couds, mon ouïe est mon seul rapport au monde. Je suis comme un sous-marin.

— bz, dans le sens du poil !

— Ça a pas de poil une carotte.

— Mais si regarde.

— Je vais aller voir PdF, je dis.

Farah cesse de peler, bz cligne des yeux.

— Je viens aussi ! il dit en sautant de son tabouret pour aller chercher un bout de doudoune.

— Non, j'y vais seule.

Il ne comprend pas.

— Mais.

— J'ai dit : j'y vais seule.

Il sait qu'il pourra pas négocier. Furieux, il file dans sa chambre.

— Pourquoi t'es comme ça ? me demande Farah, patiente.

— Comme quoi ?

— J'ai vu Lou partir. Elle pleurait.

— Elle pleure tout le temps.

Elle pose son économe.

— Qu'est-ce qui t'arrive, Fi ?

J'ai envie de lui hurler que je suis en train de perdre la boule, que je crois que j'ai vu mon frère-pas-frère et que son baiser a laissé une trace indélébile et qu'il est quelque part dans mon corps. Qu'il se fraie un chemin vers mon cœur en vrille d'impatience.

Il fait tout gras dehors, de suie et de grelotte. Je m'enfonce dans mon cuir, je veux pas qu'on me voie. Je remonte la montée des Savies, le pavé glisse, il a plu tôt ce matin. Tout en haut, le Regard se tient, impassible. Je m'assois sur ses marches pour fumer ma première clope de la journée. Ça ne me ressemble pas. Elle a un goût de moisi, de chien mouillé. Je la jette à moitié consumée. Elle s'éteint dans une flaque et je reste à la regarder flotter comme le cadavre de ma motivation.

Rue des Cascades – un groupe sur le trottoir, à la hauteur de la bibliothèque du Jardin libre, semble se livrer à une danse rituelle. Je m'arrête, les mains dans les poches. Je les regarde faire, sans comprendre. J'en vois pas mal des fous ici, Belleville devient une dimension parallèle, avec ses propres règles, sa propre gravité. Un type se détache du groupe, en jogging Nebuloni et sandales phrygiennes, un caméscope VHS pendu en bandoulière. Des grands yeux translucides, on dirait des aquariums mais je n'y vois flotter aucun flocon. Il me tend la main et dans sa paume, il y a un sticker : un éclair rose foudroyant un cœur noir.

— Prends-en soin.

— T'es qui toi ?

— dilem.

J'ai entendu ce nom déjà, dans la bouche de Pifou. Les rivalités des différentes bandes, des collectifs qui n'arrivent pas à s'entendre. dilem est un médiateur.

— T'es avec PdF ?

— Je suis avec personne.

Il porte une grande boucle dorée à l'oreille gauche. Il place une main sur sa poitrine.

— Je suis ici.

Place Krazu, j'essaie de me faire discrète. Je ne veux pas être reconnue. J'aurais pu éviter l'endroit, prendre par Pyrénées et remonter direct, mais je suis passée par là par habitude parce que ça me fait peur de monter jusqu'à la place des Fêtes. Parce que je n'y ai pas mis les pieds depuis des mois. J'ai l'impression que je vais quitter ma maison. Décoller pour une destination lointaine. C'est ça que ça fait, le confinement de l'âme. Dix minutes à pied et c'est déjà un autre monde. Je grimpe les escaliers vers les Rigoles, marche par marche. Condamnée amour.

Je vois les stickers de dilem partout. Sur les murs de la place, dans l'ascension de la rue Levert. Cœur et foudre. Comme un territoire qui se dégage vers le sommet de la colline. Au carrefour du G20, la grande épicerie syrienne, je les suis naturellement comme des rappels de mon propre souffle, incapable de faire circuler mon émotion. J'ai l'impression de tomber du ciel comme de l'eau qui file, je me traverse de l'intérieur et je rencontre le baiser qui s'infiltre toujours plus profond, presque au cœur. Je ne sais pas ce qui va se passer quand les deux vont se rencontrer. Me fendre.

Encore un tronçon et le marché de Place des Fêtes se déploie en cancanant. Les étals dégorgent de produits locaux venus des fermes sur les toits, des serres. On n'a presque plus rien qui vienne de l'extérieur, la Métrique bloque tout. Il nous reste l'eau de nos sources, cette eau qu'ils vont venir chercher mais on la défendra jusqu'au bout. Les artisans ont fleuri comme des cailloux au soleil, on trouve ici tout ce qu'il faut pour s'habiller contre quelques bons CL-B. Je suis ivre de voir tant de couture, tant de merveilles sorties de nos entrailles de survivantes. Sans modèles externes, sans autre pression que le seul bonheur de produire ce dont nous avons besoin. Ça me réchauffe d'un coup. Je sens l'éclair ralentir, s'incruster lentement dans la chair sanglante de ma poitrine.

Debout devant l'ancien commissariat devenu centre d'accueil, la Faucheuse sur une caisse d'abricots pleure dans une jupe déchirée, sa grisaille en dreads tressées de fleurs en plastoc.

— … debout dans les arbres fous et le parfum de l'herbe molle où dort le dieu aveugle, trop tard, trop tard, hélas ! Trop tard !

Puis, vers la foule qui l'observe, ahurie :

— C'est la mort qui nous guette, telle une étoile sans visage, elle clignote, les enfants s'en viennent, les enfants dansent et ruinent, dans la mort. Dans la mort, la mort ! MORT !

Elle a crié ce dernier mort en me pointant du doigt.

*

Aux marges du marché, le vaste espace de la place s'ouvre en gradins, en amphithéâtre de fausse pierre. Les grandes tours d'habitation sont des sentinelles patientes, assoupies. Je passe sous les immenses porte-drapeaux noirs, lances de fer dressées – on les appelle les Pieux. Personne n'y pend rien. C'est une griffe, un point d'arrêt. Des groupes de discussion partout, je sais que c'est ici que se noue la toile solidaire, qu'elle se retrouve pour échanger les œuvres du jour et de la nuit. Au centre, là où avant il y avait des kaplas, aujourd'hui, il n'y a plus rien qu'un brasero. Au-delà, je sais qu'il y a les Yeux de Télégraphe. Et après ?

PdF a ses quartiers dans une ancienne boutique touristique au coin de la place. Ils ont laissé tiré le rideau de fer, criblé de posters. Un grungeux devant me checke des pieds à la tête. Oui j'ai l'air d'une fashionista à fond de Margiela et je t'emmerde.

— Je viens voir Gaston.

Il me dit d'entrer du menton. Je passe derrière le rideau, un espace de tri, des cartons, des étalages de fringues, un infokiosque. Derrière un comptoir, deux keums en perf troués aux bras et lycra fluo ultraflex se disputent autour d'un lecteur de Mini Discs.

— Il y a encore des gens qui disent que Place des Fêtes c'est pas Belleville et du coup on a dû leur expliquer qu'ils pouvaient accepter notre pain, c'était local.

— C'est littéralement la place des Fêtes du village de la colline.

— Faut croire que la connerie c'est universel.

— Vas-y chouffe la trame là.

Il montre quelque chose sur l'écran : je vois des vecteurs de couleurs comme des fils en train de dessiner des paysages impossibles. Des géométries dans des cadres comme des cases. Des architectures et des objets nouveaux apparaissant.

— L'Armure est pas stable.
— C'est juste la doublure.
— T'as check les bolducs ?
— J'en ai trois parallèles mais...
— P'tin, jojo, double-face je t'ai dit.
Je capte pas. Ils parlent couture ou réseau ?
Je les interromps :
— Je cherche Gaston.
Ils semblent me voir pour la première fois.
— Ici t'es aux Brigades Solitaires, meuf.
Je les regarde, un par un.
— Vous êtes deux.
— On pense en binôme.

Gaston émerge d'un rideau de perles fait de bouchons de canette. Fuseau et gants de ski, harnais et moonboots en poil de yéti.

— Tiens tiens, Madame Haute Couture.
— Ta gueule.

Il me fait signe de le suivre dans ce qu'il reste de salon. Il déplace des cartons pour qu'on puisse se poser dans les fauteuils Louis XVII en miettes. Ses deux cabots sont dans un coin, je crois qu'ils se font un Uno.

— Alors ?
— C'est OK pour la Filasse.
— Très bien, je vais en parler à Gwynplaine.
— Je pensais que les anarchistes n'avaient pas de leaders.
— Gwynplaine, c'est notre détecteur à keufs.
— Tu penses que je suis une infiltrée ?
— Tout le monde peut l'être, mais Gwynplaine, elle saura.
— C'est une sorte de magicienne ?
— On se demande.

— Si ça se trouve c'est elle le flic, tsé.

Il ne semble pas avoir envisagé ce cas de figure.

Il zappe de sujet, forcément.

— Je peux te demander ce qui t'a fait changer d'avis ?

Hausser une épaule.

— T'as compris qu'être artiste, ça allait pas nous sauver de la famine. C'est bien ça.

Sérieux, j'ai envie de le tabasser devant ses chiens.

Ceci dit, il n'a pas tout à fait tort.

— Je te comprends, tu sais, mieux que tu ne le crois. Moi aussi, avant tout ça, j'ai aimé la mode. Comme j'ai aimé la Ricoré le matin et les livraisons à domicile. Mais le monde a changé, on vit dans une autre réalité à présent.

Il se trompe. Il ne sait pas ce qu'est la couture. Il ne s'est jamais posé la question de l'éphémère. Juste d'une surface sans profondeur.

— Je sais ce que tu penses, qu'on a oublié que les belles choses pour continuer le mensonge de l'utilitarisme.

— J'ai rien dit.

— Quoi que t'en penses, nous sommes échouées ici. Et on voit ce qu'ils font à Babelville depuis trois ans, comme par hasard. Nous sommes colonisées.

Le bas de Belleville était une zone de combat entre bulldozers, CRS et habitants qui refusaient le nouveau zonage. La frontière. Et Belleville avait pris les rescapés et tout le monde avait trouvé son île ici, en se pluggant au maillage d'entraide qui avait existé de tout temps. Comme un système préexistant permettant une base de survie.

— Ils ont commencé par les cités, puis maintenant ils s'en prennent à nos quartiers. Tu connais. Tu m'as dit d'où tu venais.

— Mm mm.

— C'est ça qui t'a fait accepter, en vérité. Tu veux te venger.

Je repense à la dernière promesse que je me suis faite, quand j'ai fui mon éden. Un monde d'oiseaux libres autour d'une cage éventrée. Te venger, toi.

— Alors, je fais quoi ?

— Au vidéoclub, plus bas sur la place.

— J'y vais maintenant ?

— Demain. Gwynplaine sera là.

*

Je me sens plus minable que jamais. Le ciel est devenu noir, comme mes remugles. Il va pleuvoir. En rejoignant la rue Pixé, je remarque le toit moussu d'un second Regard, construit dans le jardin d'une résidence – la Lanterne. Je ne savais pas qu'il y en avait un autre. Il est tout rond celui-là.

Je redescends rue de Belleville, je me regarde marcher. J'analyse mes mouvements, mon style. Comme si quelqu'un me regardait et que je me projetais en lui pour m'apprécier de loin. Comme si je pouvais sentir sa présence à lui, qui validerait mon allure. Mon style. Mon choix de vie. Ça s'appelle du narcissisme, meuf.

J'achète une pita loukoum chez Samsara et je rentre comme un chiot sans tête. Personne à la maison. Je pourrais passer à l'Étang, mais j'ai trop peur que Pifou me prenne le chou. Il se met à pleuvoir. Grosse migraine. Je mâchonne mon dwich en pensant à rien, les pieds sur la table. J'ai un trou dans ma chaussette, qui laisse dépasser un orteil. Je me regarde encore, dans ma misère et dans ma tête j'entends des nappes de claviers Jupiter 3000 gémissant des ailleurs virtuels, des fleurs bleues où s'enlacent des silhouettes de pics escarpés. Je me rends compte que je respire pas depuis des siècles.

Je trouve une force pour lever mon cul et aller bosser. Le crépitement de la pluie sur la verrière. Sous mon plafond biseauté, j'ai repris ma forme même si je sais que ce tissu ne me mènera à rien. Je me regarde faire des gestes de drapé, je les stylise au maximum, ces gestes. Je les trouve beaux, ces gestes. Je me trouve belle, dans ma détresse.

Un pas en arrière.

Ça ne ressemble à rien.

Je me dis couturière mais je suis nulle. Je ne sais pas faire de fringues qui se portent. Ce monde fonctionnel n'est pas pour moi. Je n'ai que ma vengeance pour me faire croire à mon talent. Une fois celle-ci partie, il ne me restera que des cadavres démodés. Je suis une contradiction vivante. Un pathos sur pattes.

Merde, je crois que je suis amoureuse.

##

Une pause, enfin. Pour récupérer de nos mortes et de nos chansons, Gwynplaine aura planté son bâton dans le sol, un genou en prière. Nous y sommes. C'est maintenant. Nous y sommes, je peux prendre ce moment pour moi et le poser au présent.

Ce n'est plus un doux rêve, une projection. C'est bien réel, c'est notre croisade, là, tout de suite. Les Remparts. Nous sommes dans le Festival. À la création du parc, l'architecte Frank Gehry avait eu carte blanche pour aménager l'espace entre la gare TGV et l'entrée du parc, de boutiques de restaurants. Des centaines d'ampoules relient d'étranges colonnes nineties en aluminium rouge et argent. Vitrifiées, sales et dégénérées. L'artère principale d'une périphérie où s'entassent tous les enfants réfugiés de l'Île-de-France. Une puanteur, un tas de fumier à libérer. Nous leur distribuons des vivres, des fringues reprisées. Nous guérissons les blessées, les malades. bz et Lou semblent touchées par ce qu'ielles voient : des frères, des sœurs suspendues aux lèvres de la mort. Entassées dans d'anciens magasins de jouets, dans des fast-foods de luxe. Toute une main-d'œuvre au service du Seigneur noir, utilisée, abusée et recrachée. Je sais qu'il y a des cimetières dans les hôtels les plus éloignés et des hôpitaux dans les plus luxueux autour du parc. C'est Lou qui prend en charge l'accueil des plus mal en point. bz distribue des fringues. Gwynplaine est partie construire la barricade au plus près des Remparts, à partir de merchandising, de peluches, de bouts de restaurants fifties. Pour leur dire : nous sommes là. Nous avons libéré Paris et maintenant c'est vous que nous allons faire tomber. Nous montons le camp rapidement, je passe entre les soldats pour consoler celles et ceux qui ont perdu des proches. Nous avons égrené les morts depuis Paris, semés sur le chemin de la Croisade. Jamais laissés sans mémorial, toujours des pierres, des cailloux, du gravier, juste une feuille. Pour dire qu'ils étaient là, pendant ce voyage. Le soir venu, des chants montent, d'anciennes ritournelles de dessin animé modifiées pour exalter la souffrance et le sacrifice. L'espoir d'un jour retrouver nos amies, piégées dans les geôles de la Souris. Les étoiles partout au-dessus, en travers, nous rêvons ensemble. On se raconte des histoires près du feu. On parle du démon qui va se lever au matin pour nous foudroyer, de ses ailes décharnées et de ses légions qui vont déchirer nos chairs. Je vois bz frémir, puis partir monter la garde avec les adultes sur le mur face aux Remparts. Sous ses couches de tissu, ses yeux me disent toute la terreur, toute l'angoisse.

L'ORÉE DU BOIS

Je me redresse en tension. Aux aguets. Comme si quelqu'un venait d'entrer. Correction : quelqu'un vient d'entrer. Peut-être les gamins. Je les ai pas vus hier soir. Ou Farah. Mais elle fait pas tant de bruit. J'ai dormi nue dans la couette, je cherche sur ma peau le chemin de mes souvenirs. Chaque tatoo est un moment, une vérité ou un mensonge, que j'avais gravé pour me dire à moi-même quelle était la direction que je m'étais choisie. Je trouve, sous l'omoplate gauche, un nouvel éclair sur ma peau. Une encre phosphorescente. Pas loin du cœur. Ça doit être une sorte de bleu qui a muté. J'en suis là de mon déni de réalité.

J'enfile jean et pull chauve-souris et je descends. Tout est plongé dans la pénombre. Mais j'entends distinctement quelqu'un manger. Dévorer. J'allume. Attablé, en train de bâfrer. Villon, le salaud. L'éclair percute mon cœur.

Le pulvérise.

Je me vois le rusher, le prendre par le col et le plaquer au sol en lui demandant ce qu'il fout là. Mais c'est qu'une image d'un futur que je ne choisis pas. Tout ce que je fais, c'est me servir un café et aller m'asseoir en face de lui. Très calme. Je croise les bras. Je le regarde bâfrer comme un cochon les restes de la veille que Farah a laissés dans le frigo. Des fois il s'assure que je suis bien là moi aussi. Quand il a fini, il s'essuie de la manche.

— Désert, il dit.

Je vais chercher de la compote pomme-abricot et je lui fais un bol. Il me remercie d'un sourire. Je me rassois, en souriant aussi. Ma migraine s'est enfuie. Reste une trace de pneu qui s'efface quelque part derrière la mâchoire. Villon lèche son bol, comme une auge. Il se détend dans le fauteuil, repu. À son cou, le pompon est une paupière endormie.

— Mec.

Il rote.

— Tu fais quoi là ?

— Ja ja. Me soy realized : on pué help toé, moé.

— Tu vas me parler de ces geôles ?

— Hm hm.

— Et tu veux quoi de moi ?

Il regarde autour de lui, son sourire en balafre.

— Höm.

Je lui aménage un coin dans la dernière piaule libre. Juste du tissu froissé en boule, je sais qu'il en fera son nid. Je le regarde se dépatouiller de ça et je me dis qu'il a tout de l'animal sauvage – oui, du rat. Depuis combien de temps il s'est pas lavé ?

— On a aussi une salle de bains.

Il me regarde, outré.

Je suis en train de terminer un patron d'un mètre cinquante étalé sur la table quand les enfants reviennent du marché, avec Farah et cagettes.

— Regarde ce qu'on a trouvé ! dit Lou, visiblement apaisée.

Elle se penche et dépose un gros bibelot rond plumeux sur mon papier. Le canard bien planté sur ses trois pattes.

— On l'a trouvé devant la maison.

— Grmpf, je fais.

— Je suis sûre qu'il m'attendait !

— Alors, c'était comment PdF ? demande bz.

Villon nous rejoint. Il s'est juste lavé la figure, et les mains. La crasse a laissé des halos roses sur ses joues, sur son front.

— Mais c'est le ! dit Lou.

— Le ! dit bz.

— Il va rester avec nous.

Ielles me regardent. Sidérées.

— Et on peut garder le canard ??

Je regarde Villon, qui regarde les mômes.

Il fait oui de la tête.

— Merciiiiii !!!

— Ma, attenzion, cé canard, es oune chieur. E name has Clopin.

bz fronce les sourcils.

— Tu parles bizarre.

— Tchouva nitcheva.

Pendant que Villon explique à Lou le mode d'emploi du canard, Farah me prend à part.

— T'es sûre que c'est une bonne idée ?

— Il connaissait Mehdi. Il connaît le parc. Je préfère qu'il soit là avec nous que dehors.

— Tu sais la réputation qu'il a ? On dit que François Villon est un coquillard, qu'il est sale et qu'il viole et vole.

— S'il te plaît.

Elle me regarde, en comprenant que quelque chose se joue.

— Fi, tu me dis pas tout.

Je l'embrasse sur la joue.

— Il aime ta compote.

Elle s'illumine.

*

Le vidéoclub est un vestige des années 80 et je suis accueillie par une meuf en blouse fripée simplissime et tongs en velcro. Plus le petit chewing-gum mâché de travers.

— Je viens voir Gwynplaine.

Face à elle et son style qui défonce tout ce qui me reste de chic, j'ai l'impression d'être une curiste revenue des morts.

Elle sourit.

— Moi c'est Marwa.

— Fi.

— Gwynplaine viendra pas.

— Pourquoi ?

— Peut-être que vous vous connaissez déjà ?

Elle se glisse derrière les cordes à linge tendues, en rangeant le bordel au fur et à mesure de notre déplacement. Elle ne fait que déplacer le chaos.

— Ici, on coud ensemble. On commence quand on veut, on finit quand on veut, mais l'idée c'est de faire un max de trucs ensemble. Te lance pas dans quelque chose toute seule, demande autour de toi, ptêt y aura des idées fun en cours ou des machins à bricoler avec d'autres.

Elle me fait passer dans l'atelier, un gros bordel de machines archaïques et de prototypes scrappés pendus au plafond. Il y a des posters de vieux films d'horreur sur les murs, des restes d'étagères devenues réserves de fils et à peu près trois mille cintres en bois. Trois personnes concentrées sur des tabourets, absorbées par leur pratique sur fond de tubes ringards genre Jakie Quartz. Insta-love quoi.

— Une fois qu'on a ce qu'on veut et que tout le monde a dit que c'était cool, on accroche ça dehors et qui veut vient se servir. Si personne prend, pas grave, ça fait joli sur les grilles du parc.

— Et on fait quoi exactement ?

— Ce que tu veux. Tiens, ça c'est Betty.

— Salut, fait une meuf stabilobossée des pieds à la tête – une touffe XXL verte et bleue montée sur couettes, le reste en full lycra aérobic – et un perf Guy Laroche par-dessus, parce que faut pas déconner.

— Lui prend pas trop la tête, Betty a zéro tolérance à l'ennui.

Betty lui claque une bulle à la gueule et nous laisse pour aller finir un passepoil. Marwa me fait faire le tour des machines, surjeteuse et galaxie de fils à démêler.

— Pourquoi tous ces nœuds ?

— On a un gros problème de chatons.

J'ai pris une place dans un coin près de cette vieille dame gentille complètement sourde – Guenièvre aux cheveux d'argent, spécialiste en mousse au chocolat et passementeries. Elle porte une robe de soirée Alaïa, je ne rêve pas. Chinée je ne sais où. Blanc cassé, passé. Je suis jalousie, cette robe, je la veux, alors je me change les idées. Plongée dans la matière, je démêle, je défais. Ça faisait longtemps que je m'étais pas amusée comme ça. Je suis tellement habituée à travailler seule, enfermée dans mon solipsisme et ma quête du sublime, que j'avais oublié à quel point c'était bon de revenir à l'évidence d'une pratique collective en écoutant la radio.

— Moi, dit Jibao (un petit minet cheveux courts front dégagé qui porte son collier de perles rouges sur un tee-shirt blanc et bermuda sur qui j'ai un insta-crush), je vois ça comme une correction. Ce monde produit tellement de merde, nous on se permet de tout faire avec, c'est très beau. Regarde : crop top, porte-jarretelles, bretelles et un pantacourt asymétrique sur lequel j'ai cousu de la fausse dentelle. Ta-dan. *Art*.

— Qui va porter ça ? je dis, impressionnée par la structure de l'ensemble.

— On ne vend rien, chérie – une chemise c'est une chemise, elle peut servir en tant que chemise, et pas cher. Si on se permet de créer autre chose avec cette chemise, c'est pas pour en profiter et la vendre plus cher.

Maintenant que j'y réfléchis, c'est vrai que depuis quelques semaines, je vois des gens errer nippés comme des sortes de nababs ou d'extraterrestres – je me suis dit que c'était un effet secondaire de l'isolement. Que le garbagecore de la Commune était immanent – une mode sortie toute faite de la récup par nécessité spontanée. Je ne me doutais pas qu'il y avait derrière des gens qui pouvaient donner une impulsion.

— Va pas croire qu'on est une maison, dit Betty. Juste on s'amuse quand on n'a pas des tâches urgentes. Mais on répare beaucoup, on essaie d'avoir un max de tissus pour les coups durs. Et y a des occasions spéciales, avant c'était les manifs, les chorales. Maintenant on va faire des fringues pour les spectres.

— Les spectres ?

Elles me jettent un regard féroce m'intimant l'ordre de bien check my life et d'y faire le tri.

— C'est pleine lune en balance ce soir, dit Jibao.

*

Je rentre le dos moulu, les épaules en lambeaux, moi toute courbée. Notre grand-mère était bossue, tu te souviens ? On disait qu'elle s'appelait un peu Yoda. Elle nous avait mis en garde contre ce métier, cette fatigue. Cette exigence physique du rapport à l'aiguille, au tissu, à la machine. T'en as rien eu à foutre, tu t'y es jeté par désespoir, tout entier. La couture était devenue ta vie et moi la mienne, je la brûlais – je me suis effacée dans une boule à facettes. Quand tu es mort, j'ai repris ton ouvrage, tes chemins. Je ne suis que l'ombre de toi et déjà je suis petit puzzle de vertèbres.

Grosses basses dans le salon. On dirait les Rallizes Dénudés. bz et Lou dansent avec Clopin. Farah assise dans son tablier bat le rythme avec un torchon. Ah ben sympa. Accroupi sur la table, Villon m'observe, ses yeux ocre et cassis scintillent. Il y a quelque chose là bas dedans que je comprends pas. J'arrive pas à croire qu'il est ici, chez nous, dans son débardeur sale, ses braies d'un autre temps et ses guêtres, avec le pompon. Il est couvert de tatouages, tous plus cryptiques les uns que les autres. J'ai juste le temps de remarquer sur son épaule une tour noire et des éclairs roses.

Je file en cuisine me tartiner un truc, Farah pas loin derrière, comme d'hab. Je devrais la coudre à mon ombre.

— Ça va aller ?

— Chu dead.

— T'as bonne mine pourtant.

Je sais que je souris.

— Tu avais raison, les enfants l'adorent.

— Mm mm.

— Quoi ?

— Rien.

Elle me prend les mains, de cette façon qu'ont les amies de te demander ton attention la plus sincère.

— Tout ça c'est toi, ma chérie. On est là parce que tu es là, ne te trompe pas de bonheur.

Je sens mon cœur battre très très fort. Dans le salon, enfants, poète et canard décident de faire une partie de Twister.

— Joue, me dit Farah. Ça va te détendre.

— Je vais me pieuter.

Je l'embrasse sur la joue.

*

Matin. Froid. J'ai l'impression que toute ma peau veut se faire la malle. Il faudrait supprimer définitivement le sommeil. Je prends le temps de pratiquer des étirements. Ça me fait un mal de chien. Depuis combien de temps n'avais-je pas mis de l'espace entre les différentes parties de ce corps ? Je me sens désarticulée, comme en adolescence, quand mes membres m'échappaient. Je les regardais me fuir en riant, ils partaient gambader, enlacer, frapper. Ils me revenaient toujours penauds, épuisés mais heureux.

Ptit déj, enroulée dans ma couette. Café sous la verrière nettoyée. J'attends que quelque chose se passe mais tout le monde dort encore. Je me hérisse, mes poils en antennes, récepteurs à l'affût. Je capte un souffle, une respiration. Je regarde sous la table. Villon dort en chien de fusil, dans une masse de fringues. Je ne vois que l'arête de son dos, sa colonne vertébrale en vestige préhistorique d'un corps ancien, tordu, et je jurerais voir sa peau changer, bouger légèrement, comme agitée de vagues en dessous.

Il ne fait pas encore jour. Je traverse un Belleville qui n'a pas encore eu sa dose de caféine. Des tentes à perte de vue sur les rails. Des amas de matériel sur les trottoirs. Des silhouettes parfois, en train de boire du chaud sur les barricades. Je leur adresse un salut du plat de la main, les camarades répondent sous le ciel naissant. J'ai la sensation de trouver une place dans cette vie quotidienne, récurrence que je n'avais pas pu saisir avant. J'entends un bruit au loin. Comme les ailes d'un insecte. Je scrute l'aube – et je crois voir filer un hélicoptère dans le mauve.

Je rejoins les filles à la Filasse. J'ai amené Mamie avec moi, juste parce que je la connais bien et que j'ai envie de les épater un peu – j'ai peur de pas arriver à maîtriser leurs vieilles machines, de vrais chevaux au galop. Je reprends ma place près d'un poster de *La Mort au large*. Je continue mon ouvrage de la veille, un collage de lingeries pleines de recoins. Je me perds dans la matière. Combien j'ai besoin de cette emprise, de cette sensation de chute infinie dans le flou. À la recherche de je ne sais quelle forme qui se dirait à moi, révélée sous la pulpe de mes doigts. J'entre dans une absence, une lente descente. Atteindre le cœur de ce qui fait le tissu, sans le déchirer. Comme si je voulais y trouver une lumière élémentaire, composante qui ne se révèle qu'au tactile, à cette électricité divine.

— La Mode, la Mode, dit Jibao à la pause, tout le monde a que ce mot-là à la bouche, mais ça veut dire quoi ? J'ai passé ma vie à ne penser qu'à ça. Regardez où j'en suis.

Je le regarde. Combo salopette Gaultier et bob Pernod. Avec des gants de soie coupés au bout des doigts pour laisser voir le vernis vert et une paire de sandales en tripes de castor. Je le trouve badass.

— La Mode c'est une nixe ivre morte au bord d'un volcan en éruption, dit Betty.

— N'importe quoi. C'est une couette néolibérale.

J'aimerais leur donner ma vision à moi, de cette mode élusive à l'œuvre dans nos existences et qui trouve sa forme la plus extatique dans le vêtement. J'aimerais leur dire ce que j'avais compris, plus jeune : que la mode c'est le rebond entre deux extrêmes, la futilité et la mort, qui, en épuisant l'un, se réifie dans l'autre. Boule de chaos éphémère qui prend forme, sublime, puis disparaît. La vie, franchement.

— Moi, dit Marwa, j'aimerais bien qu'on trouve un moyen de plus avoir d'ongles. J'arrête pas de m'y enfoncer des aiguilles.

— Moi j'ai très envie d'une banane, dit Guenièvre.

— Balenciaga a-do-rait les bananes, dit Betty.

— Ça me rappelle cette fois à PdF, dit Jibao, tsé, quand on leur a fait croire qu'antifa ça voulait dire antifashion ? Cette rigolade.

— Qu'est-ce qu'ils font exactement sur leurs machines à PdF ? je demande.

— Ah tu veux dire tout leur délire de trame, là ?

— Yep.

— Oh bah c'est compliqué. Ils ont pensé qu'utiliser le jargon des couturières c'était plus inclusif, parce qu'à Belleville, il y a masse d'ateliers clandestins et de retoucheries. Et ça colle à leurs graphismes de jeux vidéo ou je ne sais pas.

— Spa des jeux, dit Marwa. Plutôt une sorte de parc d'attractions pour espions, tu vois ? Ils s'échangent des messages secrets, dans des lieux secrets, avec des signes secrets pour des opérations secrètes.

— Ils essaient de faire la nik aux sociétés de sécurité privée et au Grand Paris.

— Chacun chez soi sur son bout de tissu, bien ordonné dans le droit fil.

— Fascismusse.

Betty se penche vers moi, des épingles plein les lèvres :

— Des mondes de poche dans des mondes de poche dans des mondes de poche. Voilà à quoi on en est réduites, à vivre dans des mouchoirs de petits rats abandonnés.

Une journée entière à rire, passer l'aiguille, reprendre, refaire, défaire. Chaque morceau reconnu à la radio est l'occasion d'un partage – un étang de canardes qui chantent de travers. dilem passe nous voir en marcel noir banane claquettes et short vraiment ultra short – le look plagiste anarchiste. So sexy. Il filme nos mains en train de coudre, il filme Mamie qui chauffe en râlant, qui tombe en panne et m'oblige à tout finir au point arrière. Ça le passionne de nous voir bouger. D'être là, avec nous, en nous, au milieu de nos tissus. Parfois on lui fait essayer des fringues, cette robe cocktail en crêpe de soie Louise Boulanger lui va divinement. Il n'a pas une fois adressé la parole à Betty. Il y a forcément un truc entre ces deux-là.

À la nuit tombée, après des heures à moduler les variations, j'ai trouvé comment placer mon désir. Je repense à cette Trame virtuelle, émanation de cet invisible derrière le patron. Comment je retrouve les motifs de mon intimité dans cette abstraction. Mais moi j'ai envie d'une Trame réelle – ramenée de mes océans intérieurs. J'ai composé une nuée de lingeries. J'ai envie d'y glisser des messages, des mots à l'intention de ceux et celles qui fouilleraient dedans pour atteindre la peau. Alors j'écris sur des petits post-it, que je couds d'un point dans les plis. Des phrases d'encouragement, des pensées.

Le virtuel nous a volé l'énergie de nos corps

Les corps du monde sont des anges pétrifiés

Restez ici, avec nous.

*

À la maison, je retrouve Pifou fusionné avec le canapé, en plein narguilé. Villon tire pensivement dessus, ses yeux pomme-framboise au plafond. Il y a d'autres têtards attablés à finir les restes d'un pudding de Noël de Farah ou à jouer à *Dune* le jeu de plateau. bz est assis dans un coin, pianotant sur son écran – il fait ses gammes. Je m'assois dans un coin de la pièce, Villon me regarde à peine. Pifou me tend l'embout de pipe, hilare.

— On est venus entendre chanter le poète.

Mais le poète ne chante pas, il palabre.

— Le toucher des choses terrestres, en déliance de pensées dans la poutre faîtière, la course diurne de la terre au milieu de la terre, des pierres et des arbres. Savons-nous seulement si nous serons encore des morts demain, si nos mains pourront dégager le sable de nos larmes et s'enfouir dans le corps de la mère pour en découdre la poussière.

— Je comprends pas, dit Pifou, sifflant fumée entre deux dents.

— Sono la voce de la luna maladra.

Je fixe Villon, enfumée dans ma fatigue. Où va-t-il dans la journée ? Je sais qu'il deale cette drôle de substance, mais c'est quoi exactement ? Est-ce qu'il fuit quelqu'un ici, perché dans ma tanière ? Il s'est incrusté ici, de lui-même. Et tout en lui m'échappe. Je veux sa vie, je m'en rends compte. Ça me bouffe de l'intérieur, de le savoir sans moi, dehors.

— C'est quoi que tu parles, François ? demande Pifou.

— El Gadoo.

La Gadoue, pâté de patois. Les enfants, ça les fait rire. Lou se met sur ses pattes, chaussettes à moitié hautes qui tombent et jogging sous poncho bleu Klein tirant sur le jaune.

— Agadou dou dou, elle chante.

C'est clairement pas du Bauhaus. bz la rejoint et ensemble ielles se mettent à tourner dans la pièce. Farah finit la vaisselle et vient les rejoindre. Pifou lance un morceau des Pet Shop Boys – *Domino Dancing*. La pièce explose en rires et en mouvements.

All day all day
Watch them all fall down

J'ai l'impression de passer à côté de tout.

*

Semaines Filasse. J'ai trouvé mon rythme, mon souffle. Oui, les heures sont longues mais les chatons défont les fils de mes idées noires. Et quand je suis sur Mamie, dans son ronron tout doux qui me rappelle sa voix à elle qui nous apprenait à tenir le pied sur le bâti, j'ai l'impression d'appartenir à un autre monde. De retrouver une innocence dans la matière, sans me prendre la tête à savoir si oui ou non j'ai mérité ma place. Tout bâille autour de moi. Des oiseaux, des soleils. Je prends là maintenant tout de suite. Ancrée dans la pratique. Dans cette étrange énergie relâchée quand l'éclair a fendu mon cœur. Même si je n'arrive pas encore à bien comprendre la source de cette joie lente et qui se précise chaque matin, j'avance. Toute ma vie passée à me dire que je suis moi, Une, seule et indivisible et impossible à faire dévier. En vérité, face à Villon, je vois bien que je ne suis pas centrée. Que je me livre à mes pulsions rapides, aux émotions qui me prennent tout entière – mon propre seuil de tolérance à l'ennui, si bas. Mon cœur qui va si vite. Mes sentiments – me sentir valorisée par quelqu'un dont je voudrais saisir la vie – la prendre pour moi, moi qui ne peux pas me satisfaire de cette existence.

Villon vient parfois me chercher après le travail. On se promène ensemble sur la petite ceinture, entre les tags et les cabanes. On regarde le quartier se tisser en résistance, les posters ronéotypés, les tas de bouffe, les chorales, Lou en tête de chant qui reprend des vieux airs remixés. On marche, parfois il s'arrête pour regarder l'horizon de la ville au-delà du Belvédère. Ce monde qui s'est enfermé, nous à l'extérieur. Parfois, j'ai l'impression d'être la seule en vie. Que tout le reste, c'est Ombre. Nous sommes bien deux en moi, pourtant. Villon a pris cette place vacante que je croyais à tout jamais tombeau. Il partage ce monde avec moi – mais pas encore tout à fait là, pas encore tout à fait. Je sais qu'il me regarde quand je ne le regarde pas. Une forme de retenue peut-être. En tout cas assez de distance pour m'intimer de ne pas franchir un fossé. Comme s'il testait ma discrétion. J'essaie parfois de le faire parler des geôles. Mais il esquive. Il n'est pas prêt. C'est étrange : plus je le fréquente, moins je le connais. Peut-être me le suis-je imaginé. Peut-être notre intimité a-t-elle effacé ta présence en lui. Sur lui. Parfois, quand je le surprends à m'observer, je crois voir au fond de ses pupilles une trace de ton sourire. Un coup de vent puis plus rien.

Un midi, il m'attend en face du vidéoclub. Farah lui a préparé un panier pour deux. Il me fait chut et on redescend vers Krazu puis rue Akerman. Il entre un peu plus haut dans un bâtiment que je croyais abandonné. Un couloir effondré, un passage entre les pierres. Puis une placette vide. Des immeubles aveugles, gris de suie. Mon cœur bat si fort, ici, dans ce lieu de rien. Ça me rappelle l'enthousiasme dans les cages d'escalier de l'Orée, quand on me…

— Viens.

Il a pris ma main dans la sienne, celle où il a tatoué « Oui ». Il se glisse dans un nouveau passage et derrière se découvre une friche. Véritable jungle dans la ville, de ruines de chaises et d'orties. Des arbres qui culminent, un long mur blanc. Il me guide jusqu'au fond, là où la pierre devient brûlante de soleil, de jus de vie extrait du quartier. Il déploie une nappe trouée et nous mangeons notre soupe de salade. Il me fait rire, il imite les oiseaux au dessus de nous, il connaît toutes leurs langues. Je me sens bien ici, dans ce bois. J'ai l'impression qu'il manquait cet endroit à ma vie pour en faire sens. Tout un ralenti. Je pense à ce qu'il y a derrière ces hauts murs. La guerre qui vient, pour protéger ce qui nous reste de chaleur. Aux vivants qui n'imaginent pas leur monde s'écrouler aussi lentement. Un corps à la fois.

Nous prenons le temps. Le temps lent. Il me parle de Paris, de ses poèmes, qu'il refuse d'écrire sur du papier. De tous les enfants dont il connaît le prénom. Des gangs qui veulent sa peau. Des soupes populaires, des MJC. De ses habitudes. Il est comme un chat sauvage sorti d'un livre de Dickens. Tout en moi a envie de lui, de ses muscles atrophiés, de son odeur de poulet grillé. J'ai envie de me nicher sous son aisselle. Je profite d'un instant de relâchement pour me glisser sur son épaule et rester là.

Puis :

— Ce club, c'était pas seulement un club de VIP.

Il acquiesce.

— Li bureau priva.

— De qui ?

— El Director du noir roillaume.

Il va me le dire, je sais qu'il va me le dire, pourquoi j'ai besoin d'entendre un nom ? Comme pour me prouver que le Diable existe, que je ne suis pas en train de m'imaginer lutter contre mon ombre. Alors, lentement :

— Melmoth.

— Qui ?

— Chut.

Alors, chut. Oui. Les gazouillis du Parlement sous l'arche sylvestre. Nous là ensemble. Ensemble – peut-être déjà séparés. Mais je profite, quand même. Je me retourne vers lui. Il y a des ombres partout sur son visage, en triangles. Elles glissent et coulissent pour dévoiler des traits nouveaux.

Je lève ma gourde d'eau fraîche.

— À toutes celles qui sont tombées, trinquons.

Je bois. Je lui passe la gourde.

Il ne boit pas.

Puis :

— Villon.

Il fait oui de la tête.

— J'ai envie de toi.

Il fait semblant de pas comprendre.

— Je voudrais juste que tu me fasses confiance.

J'ai l'impression d'avoir seize ans, au bord d'une mer sombre, pendant le plus terrible des orages. Assourdissant. Après un temps, il acquiesce. Il boit au goulot, là où j'ai déposé ma salive. Je me sens doucement tomber dans l'eau. Dans le bruit de nos veines. J'ai du mal à croire qu'en face de moi, dans ce silence, il y a cet être-là, seul et tout brille en lui et je ne vois plus le pompon autour de son cou. Je peux jurer qu'il était encore là il y a quelques minutes. L'a-t-il absorbé ? Mais plus rien n'a d'importance car ce que je lis dans ces yeux, ça m'emporte en vague sur le sable. Ça me dit tout le besoin que j'ai d'avoir ça en moi, ce tout petit ça qui vibre. Alors, trouvant courage de ma détresse, j'attire sa nuque à moi.

Et il me glisse ma clé de sol sur la langue.

##

L'écho d'une note suspendue dans le ciel, comme un appel. Le Festival est plongé dans le silence – tout le monde se repose, demain sera difficile. Je fais ma ronde parmi les troupes, fusil à l'épaule, hoquetant dans mes chaussures trouées. Je veille, les enfants qui dorment en grappes, paisibles après la marche. Les retrouvailles ont été merveilles : tous les clans des banlieues, les clubs multicolores des galeries souterraines qui irriguent tout, les posses d'opossums urbains et printaniers, l'amicale des laveurs de piscine des Yvelines, les grimpeurs de jungle et les amants des ponts anciens.

Ils ronflent et parfois j'entends leurs ventres, y a tout qui chante. Les lampions suspendus me renvoient le miroitement de nos efforts, la sueur du ciel. Nous avons organisé des cuisines pour les plus mal en point, des abris pour les démunis de la Périphérie. J'ai inspecté de ce qui restait de ces magasins, de ces vestiges du capitalisme triomphant. Des peluches éventrées. Des décors aux couleurs passées, détruites par le temps. Un théâtre foireux qui n'a jamais tenu debout. Je retourne à notre base, dans l'ancienne gare TGV. Sous l'immense verrière, le silence explose en gloubi-boulga – mini-mall centripète autour du puits des quais, texture de bougie et de tentures qui cache une cascade de marchandises Corvette recyclées, du dogfood sans gras et sans gluten. Densité des corps et des souffles. Visages fermés, masqués ou scarifiés, des yeux aux couleurs injectées de liquide anti-reconnaissance. Des vidiots à la mode avachis sur de vieilles machines, tout offline. Un monde qui grouille autour des sources de chaleur invisibles, d'électricité. Paupérisée, parasite et branchée 24/24 sur son propre drone audio de grosses basses et de vinyles rayés. Le long d'un escalator en panne et pis les mômes, ces mômes qui courent partout entre les groupes pour générer troc et informations. Les tripes du pays, à la marge d'une magie. Je vais me poser tout en haut pour regarder le parc. Sur la terrasse, seule. Les lumières du château sont comme des appels. Ça me terrifie, de savoir ce qu'on va trouver là-haut. Est-ce qu'il nous regarde ? Est-ce qu'il sait ce que j'ai en moi, cette force qui va me permettre de le détrôner ? Cette peau, cette chaleur. Je me souviens de Villon, de notre premier baiser là-bas, dans le bois secret, moment qui précédait toutes les catastrophes. Une tendre mise au tombeau d'avril, quand tout d'un coup cessaient les doutes. Dans les ruines de Paris, nous nous sommes aimées, pas longtemps. Assez pour comprendre que nous étions condamnées si nous voulions croire à l'éternité. Nous n'avions que ce moment et même ça c'était trop.

Demain, nous irons aux Remparts.

LES SPECTRES DE MAI

Je retrouve le chemin de la conscience, nouée par je ne sais quelle angoisse. Je regarde dormir Villon, comme je le fais tous les matins dans le clair-obscur. Dans ses nippes en miettes. Enroulé, tout chaud. Son souffle si faible. Le poids d'un ange. Villon. Deux semaines qu'il partage ma couche. Sa peau a changé de couleur depuis qu'il a absorbé ce qui restait du pompon autour de son cou. Il s'est teinté de mauve. Au début, je n'ai pas voulu le croire. Je pensais que c'était un autre de ses trucs de magicien à la con, mais non. J'ai essayé de lui demander, il a botté en touche. Alors je le regarde plus attentivement et oui, j'ai l'impression que sa peau s'est mise à luire. Discrètement, comme mes joues après l'émotion.

Je mâchonne des Frosties. Je hais la fin du mois d'avril. La vie a changé ici. Lou me fait ouvertement la gueule, jalouse comme pas deux de ma relation. Je lui ai pourtant dit qu'elle avait treize ans, que ça ne changerait jamais rien à ce qui nous relie, mais ça n'a pas suffi à la dissuader – elle a rejoint la chorale et ne dort plus ici. bz s'est trouvé un stage à PdF, c'est dilem qui s'est porté garant. Très sympa ce dilem : la dernière fois que je l'ai vu, lui et sa barbe, ielles montaient une équipe de cinéastes militants pour documenter nos barricades. Ça me plaît moyen que bz passe son temps sur la Trame, je sais ce que ça fait aux gens. Sur mon mannequin, il traîne une esquisse, un goût de taffetas et de laine suspendue que je n'arrive pas à bouger. Comme un corps mort, qui me regarde tous les matins. Je ne trouve pas le temps pour la dérive. C'est pas grave. J'apprends à me passer du sublime.

Ces jours-ci, j'écoute Suzanne Ciani. Ses vagues de Buchla m'inspirent une vie résignée, belle comme une plage sous la neige. Je pioche des éléments dans une montagne de fripes. J'ai composé une garde-robe de fragments et d'instants volés, arrachés aux poubelles. Des sangles et des bracelets découpés dans du néoprène, des chaussettes assemblées à d'autres chaussettes, dans la hauteur du genou, parfois de la cuisse. Des patchs à même la peau, retenus en maillage de laine acrylique. J'y glisse parfois des tissages composites – j'aime la juxtaposition des matières en hexadécaèdres et tesseracts. Nous sommes nos propres drapeaux et quand je marche dans la rue, je suis détermination. À l'intérieur de mes formes, mes intentions. Dans ces moments-là, je m'échappe. Je retrouve l'air suspendu des terrains vagues derrière l'Orée où je m'étendais pour sentir tout partir et accepter la mort.

*

Dehors, l'électricité est palpable. On voit de plus en plus d'hélicoptères. On pense qu'ils vont finir par nous napalmer la face. On ne compte plus les combattantes disparues, les appartements pillés, réquisitionnés. On a bien des sentinelles mais c'est difficile de couvrir tout le périmètre même si, naturellement, Belleville est protégée : en hauteur, criblée de ruelles et de points d'accès compliqués. On parle d'un réseau souterrain inaccessible aux communards, tout le monde le cherche – entre les vieilles stations de métro remplies de cannibales et la guérilla feutrée dans les catacombes, ça fait partie de ces légendes à la con qu'on se raconte le soir près des braseros. C'est chaud. On a eu des raids dans le sud, un de nos bars a flambé. Il y a des rafles à l'ouest, milices en brassard orange qui déboulent. Un truc m'a intriguée pourtant : un des témoins a juré avoir vu, sur ces brassards, une figure.

Trois cercles noirs.

À la Filasse c'est bonheur. Déjà l'ambiance : mais merde, ces meufs sont tellement mims. Un groupe soudé, affairé sur des tissus ouverts, fermés, dans la création perpétuelle. On refuse l'ennui, catégoriquement : même dans les fonds de culotte, on trouve une grâce. Chaque reprise, chaque composition, c'est comme faire des peaux au quartier. C'est automatique. Je fais vivre la Commune à travers ses déchets. Mamie hoquette, Mamie s'épuise mais ça valait le coup. Nos fringues sont désormais partout. Belleville a du style. Belleville est un creuset de formes expérimentales et de tentatives de chaleur – forme et fonction ensemble, extirpées de la masse – la récup on la fait partout, les stocks énormes des assos, les habitants qui jettent, les sources externes, quand elles passent les barrages. Comme une vie qui pulse. La Commune n'est pas qu'une idée, ou même une démarche politique, c'est une vie. Une circulation du vivant entre les pavés du pouvoir. Mais tout au fond de moi, il y a ce cri qui n'en finit pas, étouffé par la romance et le quotidien qui ne demande qu'une chose : sors de moi, Colère.

J'en parle à Betty, qui m'arrache le joint des doigts.

— T'es frustrée ?

— C'est pas ça. J'ai l'impression de passer à côté de quelque chose. Comme s'il manquait un élément à ma tenue.

Elle inspire de la fumée.

— Toi ?

— Ptêt.

Elle regarde la clé de sol qui tourne au bout de ma mèche de cheveux.

— C'est joli, cette couleur.

— Quelle couleur ?

Je la connais très bien, cette clé. Elle est argent, c'est tout.

— Une sorte de mauve aux reflets de moire.

— What.

Je louche pour regarder ma clé.

Elle a raison. C'est pas ma clé.

Ou bien…

— Je pige pas.

— Il t'arrive des trucs chelous, meuf.

— J'ai l'impression que c'est toute la réalité qui est en train de se foutre de ma gueule. Tu crois que c'est possible ?

— Pourquoi tu ne t'intéresses pas aux spectres ? Tu aimes habiller le quartier, mais les spectres ont besoin de s'incarner dans quelque chose. T'es la seule ici à pas vouloir commencer.

Les filles m'ont raconté les spectres : les ombres des morts de Belleville qui reviennent visiter le quartier pendant la semaine sanglante, fin mai. On doit leur donner une présence, dans la matière. À ce moment de l'année, il y a une parade le long des Tourtilles, écho parodique de vieilles traditions, et tout le monde s'habille et marche en fantôme. Il y en a qui disent que les spectres sont bien réels, que c'est leur présence qui protège le quartier chaque année. Le rituel est toujours le même : la parade quadrille les points du quartier – là où se trouvent aujourd'hui les barricades – et place au cœur même de la rue un souvenir de la souffrance, de la barbarie : des vers écrits. C'est pas clair pour moi encore, tout ça. J'ai l'impression que la superstition n'a pas sa place dans ce qu'on vit là. Que la magie n'existe pas. Que les fous qui se perdent dans la Trame, c'est persister à vouloir envisager que notre destin n'est pas entre nos mains. Moi je sais que c'est ici maintenant, dans nos corps et nos os, que se fait le monde.

Betty me regarde attentivement, fascinée par ma confusion.

— Luna, elle dit en écrasant le joint sur une rayonne de Nogent.

*

J'achète du rat en brochette à un vieux soufi en chaussons de daim place Jourdain. Il y a tout un tas de réfugiés sur le parvis de l'église, immense queue de soupe populaire. Des gars du gang des Rapi sont venus prêter main-forte, en jogging flash et bandeaux Bjorn Borg – retour de la banane au niveau des hanches tiens, après des mois en travers du dos. Est-ce que la gravité a un rôle à jouer là-dedans ? Inspirée, je déplace ma banane sous l'épaule.

Villon m'attend adossé au coin de la rue du Translaas.

— Kalo, palo, miaow.

— Oué.

Il m'embrasse sur la joue. Du sucre qui fond, direct. Il traîne, il sait qu'il croisera ma route à un moment. Impossible de lui donner rendez-vous. Il rentre le soir au 33, comme un matou des rues qui sait où sont le bol de croquettes et les gratouilles sous le menton. Est-ce qu'il a d'autres femmes comme moi dans sa vie ?

— On va voir Luna.

— Da da.

Il ne sait pas. Il ne veut pas.
Le Caprice Vivant.
— Allez, viens. On va pas te manger.
— Da.

On redescend vers Krazu. Villon, il fuit tout. De partout. Il refuse toute association, toute discussion collective, toute décision qui ne viendrait pas de lui. J'ai remarqué que si jamais quelqu'un dans l'Étang se mettait à l'imiter, lui et ses looks fous – où trouve-t-il toutes ces fringues ? – il arrivait à trouver comment se différencier. Son refus d'appartenir, d'être enfermé par d'autres que lui, de ressembler ou même d'être d'accord, ça semble être la composante fondamentale de son être. Ça me rend dingue – et vraiment jalouse – et vraiment love. Ça me hante, de ne pas pouvoir approcher ce qui l'émeut réellement. Ce qui le fait bouger, vibrer de l'intérieur. Pour ces deux yeux qui semblent vouloir éternellement différer l'un de l'autre, je crois que je serais prête à laisser de côté mes pulsions d'appropriation. Mais c'est plus fort que moi, aussi fort que mon cœur ensanglanté. Je sais que si je le tenais toujours plus près de moi, je ne voudrais plus jamais qu'il s'échappe.

J'ai à peine réussi à le faire parler. Des geôles. De toi. J'ai appris peu de choses. Comme toi, il était employé au parc, il devait être un de ces figurants en costume. Il était ton meilleur ami. Pourquoi n'en ai-je jamais entendu parler ? Je ne savais même pas que tu avais des amis. Il me semblait que tu vivais dans ta couture. Peut-être que je n'ai pas su faire attention. Mais vous avez partagé quelque chose, de très fort. Amants, peut-être. Il te connaissait, intimement. Il savait ce que tu avais traversé pour exister. Le regard de nos parents. Moi-même, j'avais eu du mal à accepter d'avoir un frère après des années à t'appeler sœurette, tu vois. Je me rends compte de tout le temps que j'ai perdu, à refuser de te voir. Toi qui avais besoin de toute l'attention, de toute la patience du monde. Avec Villon, vous avez défié la Souris. Vous avez très vite compris ce qu'on était en train de vous faire. Et vous avez échoué dans les geôles. Villon s'est échappé. Et toi, tu es resté.

Rue des Cascades. De nouvelles peintures ont poussé cette nuit, des gros chats partout et des tours brisées par des éclairs. Mais aussi des mailles. Des quadrillages de néons irriguant les pierres. J'y vois mes propres tissus, devenus texture du monde. Ça me rappelle la Trame, devenue projection dans le virtuel de nos traditions et de nos pratiques. Tout s'actualise et devient réalité – jusqu'au moment de l'effacement. Est-ce que nous partageons un espace d'images inconscientes, parce que nous vivons tous les jours le même espoir impossible ? L'espace de la Commune comme chaudron d'un rêve collectif. Est-ce que nous sommes perdues ?

Luna c'est la bibliothécaire, je pense qu'elle a soit vingt-trois ans soit deux cent trente. Elle s'occupait du Jargon Libre, la mémoire des luttes du quartier, juste en bas de chez Biya : trois mille ouvrages soigneusement conservés, lus et relus. On ne compte pas les revues, les thèses et les pamphlets, les tracts. Après les grandes inondations de l'été dernier, elle a dû déménager toutes ses archives dans cette vieille maison rue des Cascades. Je pensais qu'elle avait juste fermé pour réparations. Cachée derrière des bambous, la nouvelle demeure de Luna est un mas provençal peuplé de hérissons gentils – la demeure mythique de Casque d'Or, une dame qui avait suscité une guerre des gangs sanglante à Belleville au siècle dernier. Devant laquelle j'ai vu dilem pour la première fois. Aujourd'hui, c'est le Jardin Libre.

On entre en passant la vieille porte noire. Nous trouvons Luna assise dans le jardin d'étagères et de livres, broussailles et colonnes de papier. Elle lit penchée sur des pages jaunies posées sur une chaise devant elle, en dévorant des plaquettes de pain azyme plus fines que du papier bible. Quand elle lit, elle disparaît du monde – ou bien elle lui apparaît totalement – une force d'imagination et de concentration qui fait vaciller tous les dogmes, toutes les hiérarchies. Quand elle me voit, revenue du plus profond, elle s'illumine. Bisous sur les deux joues, Villon en retrait. Elle le scrute d'un œil, méfiante.

— C'est pas une librairie monsieur.

— Laisse, je dis, c'est un ami.

— Mm.

Elle n'aime pas que les inconnus trifouillent ses affaires, Luna. Surtout pas ses archives. Elle m'invite à m'asseoir. Je lui donne l'orchidée que m'a confiée Farah avant de partir. Elle est ravie : elle va la poser sur une étagère près des biographies.

— Tiens, elle me dit en me tendant un mince cahier de feuilles tapées à la machine. J'ai pensé que ça t'intéresserait.

C'est une biographie de communarde. Eulalie Papavoine, couturière et infirmière. Il y a un portrait d'elle en introduction, une photo noir et blanc d'une femme au regard lointain, bras croisés. Une tunique en lourd velours. Le filet sur ses cheveux créé une houpette queer. Sourcils bas, boucles d'oreilles. Posée, la meuf.

— Tu lui ressembles, un peu.

— Merci, je dis.

— Cousette.

Elle sourit. Elle m'appelle comme ça depuis que j'ai mis les pieds dans sa bibliothèque pour la première fois à la recherche d'un cadastre, quand elle vivait encore rue des Chevreaux. Je crois qu'elle m'aime bien, Luna. Un peu. On s'est apprivoisées lentement, mais je n'ai jamais voulu être trop proche – c'est le genre de femme à qui je pourrais donner ma vie. Et je ne sais pas grand-chose d'elle, ou de son passé. On raconte qu'elle a traversé un siècle de luttes, ancrée, plus forte que nos ennemis, plus forte que tous nos destins pétrifiés.

— Tu voulais savoir quelque chose en particulier ?

— Parle-moi des spectres.

— Tu crois à ces bêtises ?

— On m'a dit que c'était important.

Luna soupire. Elle a épinglé à son poncho doudou tout mou un petit pendentif d'ourson que lui a offert pour son anniversaire une des nanas de la Filasse. Elle me montre une pile de documents dans le jardin.

— Tiens, va me prendre la grande chemise bleue.

J'extirpe d'une pile fragile une antique reliure pastel passée, regorgeant d'images.

Elle l'ouvre en grand.

— Notre histoire est un cauchemar. Tiens, regarde.

Elle me montre une photo de cadavres. Des visages sales tournés vers le ciel, avec cette qualité d'œil étrange du noir et blanc. Où l'absence d'âme est manifeste.

— Elles sont mortes parce qu'elles croyaient à leur autonomie, du moins à une forme de vie qui ne ployait pas devant des oppresseurs. La pleine possession des mains et des pensées face aux abus, face à l'injustice.

Elle tourne les pages. Des figures vides, abandonnées. Des costumes en piles au coin des rues. Des uniformes et des tabliers.

— Là.

Sur une photo, une robe se tient debout sur les pavés sans aucune personne dedans. Comme en apesanteur. Une robe noire simple, cousue rapidement dans ce qui ressemble à une laine grossière.

— Les Versaillais suspendaient les habits des communardes qu'il exécutaient aux fenêtres avec du fil de pêche. On a beaucoup de photos comme ça. C'est devenu une tradition, de penser que ces vêtements étaient en fait l'âme de nos combattantes, qui se rebellaient même dans la mort.

Elle continue à tourner les pages.

— J'imagine que nous avons encore cet espoir qu'elles viendront nous chuchoter des secrets. Qu'à travers ce qu'elles portaient ce jour-là quand elles ont été massacrées, elles pourraient nous donner un moyen de nous en sortir.

Et là, sur la page usée, quelques mots cousus sur des mouchoirs. Des prières au peuple, des appels d'amour. Des poèmes sur le temps qui passe et qui ne retient rien de la vie, que des échos.

Et celui-là.

Il suffira d'un mot secret
Pour chasser le cauchemar

— Ce sont des vers de Novalis, dit Luna.

— C'est qui ?

— Un poète. Je le lisais quand j'étais toute gamine. Quand j'avais encore l'espoir de la lumière, partout. Pour toutes.

Je regarde attentivement les mouchoirs.

— C'est une tradition qui a la vie longue. Les combattants de la Commune de 71 qui ont été exécutés ici auraient dissimulé dans leurs habits des messages à l'intention de ceux qui les auraient enterrés. C'était l'habitude de fouiller les cadavres pour des oboles ou je ne sais quoi.

Elle se perd sur un horizon douloureux, ses yeux tremblants d'émotion. Peut-être a-t-elle un mouchoir elle aussi. Brodé de je ne sais quel souvenir.

— Les spectres ne sont que nos désirs, empêchés. Nous avançons dans le noir face au monstre qui nous dévore. Et nous devons tenir malgré nos différences. Ces spectres, ce sont nos cœurs foudroyés.

Elle fixe Villon, plongé dans la lecture d'un calendrier des postes.

— Chérie, elle dit, fais attention.

*

À la sortie, Villon m'offre un Carambar fossile qu'il a repêché des profondeurs de sa poche.

— Qu'est-ce que tu as fait à ma clé de sol ? je lui demande, là, sur le trottoir de cette petite rue, en essayant de pas me péter quatre dents.

Il semble surpris par cette question, se passe une main dans les cheveux.

— Cé koi la blague Karam Barra ?

— Villon, il faut que tu me dises ce que tu es.

Je sais qu'il va me répondre, enfin. Qu'il va me dire ce qu'il était pour toi, vraiment. Pas ton meilleur ami. Meilleur que ton meilleur ami. Mais de quelle nature était votre amitié ?

— El key, j'ai...

Il s'arrête en pleine phrase, ses yeux grands ouverts. Derrière nous, au fond de la montée, trois hommes viennent d'apparaître. Chapeau melon, bretelles. Coquillards.

— Mierde.

Villon part en courant vers le Regard. Je détale au quart de tour dans sa traînée. Les gars nous emboîtent le pas, je les entends rire, appeler le Salaud, on va te faire la peau. Je ne vais pas pouvoir les retenir toute seule. Alors je trace. Au Regard, Villon prend les escaliers qui grimpent vers l'Ermitage, espérant perdre nos poursuivants dans le dédale. Mais tout en haut des marches, deux autres hommes. Pas d'ici.

Des bombers. Des brassards orange.

Trois cercles noirs asymétriques.

Comment ils ont passé la barricade ?

— Fuck this shit.

Ils se jettent sur Villon et commencent à le rouer de coups de pied. Je réfléchis pas, je me jette dans le tas, rangers devant. Je fracasse une première mâchoire, elle claque entre les murs et je me retourne pour bloquer un poing qui part vers mon front. L'esquive laisse une trace sur ma peau et je me penche en avant, je passe sous l'assaut pour mettre un coin de tsuki dans un côté et j'entends Villon crier quand un type lui coince le bras en clé qui craque. Les trois coquillards déboulent dans l'escalier, ils haïssent Villon mais les brassards n'ont rien à faire ici. La mêlée devient rapidement incontrôlable, je ne sais plus quel corps appartient à qui et j'ai l'impression que Villon n'est plus qu'une trace de lumière dans le noir, dans les haillons. Je tends les mains pour le retenir mais chaque fois, des griffures, des coups de coude. Ça va trop vite, on n'a pas assez de place j'ai peur qu'on tombe toustes dans ces escaliers et que nos cous se brisent dans un même son.

Déséquilibre. Je m'accroche. J'arrache un brassard à un de ces connards. Un hélicoptère soudain, apparu de nulle part, nous balance un fond de pales et de vent. Lumière dans la lumière. Les coquillards prennent l'avantage, un brassard hurle, une peau déchirée et moi je m'extrais en glissant. Villon détale, un bout de fringues pendantes.

— Attends !

Je m'engage dans son sillage, sa veste claque. Derrière moi, les grognements de la bagarre s'épuisent en effet doppler.

— Villon ! Reviens !

Qu'est-ce qui lui prend bordel. Je le course à fond de souffle, point de côté, je sens une couture craquer dans ma jupe, merde. J'ai l'impression que le ciel s'est couvert, que les ténèbres sont comme du caramel ramolli. Quelque chose me frôle. Un déplacement sur ma gauche. J'ai la vague sensation d'un mouvement devant, tache noire fugitive qui disparaît à la suite de Villon, dans l'angle mort d'une entrée d'allée. J'avale la pente de la longue villa constellée de végétation sauvage et de maisons décrépies, envahies par rats et enfants cachés. L'impression d'une jungle moite qui danse dans le clair-obscur. Émergent des ombres, dessins de marelles et d'animaux en craie de trottoir. Et là devant moi, allongé par terre, à plat comme ver qui rampe : Villon.

Et sur lui penché, plaquant le corps du poète dans une mare d'eau de pluie mêlée de rouge et de jaune, fondue la forme immense d'un oiseau replié plus noir que la plus obscure des nuits. Deux ailes en manteau de néant. Silhouette de mort et pulsion de me livrer tout entière à ce décalque d'un monde invisible, en incursion violente de mon quotidien. Ça me plante direct là, incapable de bouger.

Est-ce que c'est réel ?

Est-ce que j'y crois ?

Du creux des plumes acérées se tourne une tête infernale, goitre et petit crâne. Pour me défier, moi.

Toute seule face à cette créature de cauchemar.

— Fuck mais t'es quoi toi ?

Deux horribles yeux bleus sans fond me pétrifient. Folie. Un pélican. C'est un putain de pélican de l'enfer.

— Lâche-le !

Ça le vénère grave. Au ralenti, il se déplie. Il ouvre le bec – abysse noir. Ses immenses pattes aplaties sur le dos de Villon. Puissance du muscle. Son amplitude démente. Là, sous mes yeux : la full figure du pélican féroce, son crâne si petit et le bec disproportionné. Je ne sais pas où je trouve l'énergie de le rusher, ce fils de démon. Je me jette sur lui, toutes semelles devant, bam ! Je le percute sans me poser de question dans un fouillis de plumes qui déchirent ma peau. Toute mon énergie, toute ma violence déjà poussées à bout par la fight des escaliers décuplent mes poings, mes pieds, coup de tête, coup de genoux, il s'attendait pas à ça, à cette brutalité qui s'abat sur lui avec toute la force du malheur de la tristesse et de la vengeance. J'esquive son bec, il veut m'avaler mais je suis trop grosse, trop forte pour lui. J'esquive ses ailes, il me fouette, déchire mon cuir, le fend en deux, lamelles. J'esquive ses pattes, qui veulent m'attraper pour me porter au loin, dans le ciel. Il peut rien contre moi, je m'acharne je deviens tempête et je finis par le convaincre de lâcher l'affaire : non, tu ne nous auras pas. Rien à faire : moi vivante, on reste là. D'un coup d'ailes qui balaient toute poussière du sol, il prend son envol, bredouille.

Je le regarde en torche ascendante dans le ciel tourmenté de la Commune. Accélérer. Disparaître. Je suffoque. J'ai du mal à croire que je suis là, les mains en sang. Des plumes partout. J'entends crier derrière moi, les keufs qui tombent plein de matraques et de rires sadiques. Je suis prête, je les attends, leurs coups. Comme si j'avais autour de moi un halo tissé à partir de mes fringues, qui me protège. C'est d'instinct que je le forme, ce rempart contre leur haine. Un signal qui a traversé les couches de mon être, enroulant mon âme dans la matière à mesure qu'elle s'incarne. Mon cuir comme armure et tout le reste qui va prendre cher mais au moins je serai safe, moi et toutes celles autour desquelles je m'enroule. Je m'agenouille pour prendre Villon dans mes bras. J'ai l'impression qu'il est mort. Mais non. Il ouvre les yeux quand sur sa nuque je place mes doigts. Je lui murmure des mots qu'il connaît, des mots rassurants. Il me regarde, terrifié. Une plaie béante, sur son flanc. Pas de sang – non.

Du bleu. Phosphorescence.

##

On me réveille pour la ronde de nuit. Je suis éreintée mais je prends le temps de faire des étirements. Le Festival est silencieux, tout ronfle. Il y a quelques feux, des bivouacs. Je commence par le bas de l'avenue, là où on rejoint le lac. Une étendue d'eau artificielle où flottent des ordures et des bateaux gonflables ; amalgame de radeaux et de baraques sur barils semées de ponts, de câbles et de pigeons morts. Il y a une micro-plage où pendant les canicules les enfants viennent se baigner. C'est du marron poisseux, criblé de poches plus lumineuses où des algues énormes ont crevé la surface. Elles dansent au vent sous le plafond du sombre ciel. Je trottine le long de la promenade, petits ponts enjambant des canaux confits de débris. Les balustrades en faux fer forgé laissent deviner de vieilles silhouettes de souris encastrées dans les moulures, appâts des chercheurs de rongeurs secrètement disséminés dans l'architecture. Un petit phare au bout d'un ponton de bois. J'entre en baissant la tête, c'est construit pour les lilliputiennes. Escalier colimaçon, et la brise douce quand je sors près de la lanterne tout en haut. Je devine Gwynplaine, contemplative. Debout, son bâton posé sur la balustrade. Je me poste près d'elle. Elle m'offre une clope. Le regard rivé sur l'avenue en dégagé de perspective vers les Remparts, et le château, au loin.

— Demain, nous irons défaire le seigneur noir.

— Melmoth, je dis.

Le silence. Des échos.

— Est-ce que tu te souviens quand tu as entendu ce nom pour la première fois ?

— Oui.

Son sourire s'étire en lame terrifiante. Son visage semble fendu. Prêt à se détacher de lui-même.

— Est-ce que tu sais ce qu'il est réellement ?

— Je crois que je préfère ne pas.

Je fais le tour du guet. Le lac en périphérie, et de l'autre côté les trois hôtels qui le bordent. Le *Newport*, vulgarité d'une cité balnéaire de Nouvelle-Angleterre, la totale avec le clocher, blanc tagué de grosses bites et de noms hachés mélangeant figures de dictateurs sanguinaires et de personnages de la Souris. Puis le *Sequoia*. Pastiche moussu remplis d'écureuils et de rascals, ses faux rondins et cheminées typiques à gros cailloux pillés pour faire des barricades. Et le *New York*. Sa silhouette se décolle du réel sous un ciel de nuit turquoise, décalcomanie Art déco, ses tranches de façades couleurs pastels comme des rideaux en carton sur fond de fenêtres brisées. L'ancienne magie apparaît au réveil. Je me souviens quand tout ceci était encore un rêve, quand on promettait du travail, de la joie pour redonner au pays l'étincelle nécessaire. Ici, c'était terre de légendes et d'avenir. On racontait l'impossible. Qu'il y avait une enclume, dans Fantasyland, avec Excalibur plantée dedans et que personne n'a pu l'enlever de son écrin. Qu'un jour, la Reine de ce pays viendra la libérer. Et puis la chute, la fermeture, les invasions et des migrations : comment étaient venus les clodos, puis les exclus, les artistes, les étudiants. Comment ils avaient fait leur ce lieu. Mais des équipes d'étudiants en archéologie avaient excavé les ossements d'une souris géante dans les ruines d'une des attractions, et c'est à ce moment-là que la Souris avait décidé de revenir investir dans le parc et de le restaurer pour y installer ses citoyens. On dit que la relique est conservée quelque part dans le château de la Belle au bois dormant, gardée par un féroce dragon. Personne ne s'était demandé si tout ça n'était pas un happening qui avait mal tourné. Moi je suis convaincue que tout est vrai.

Je termine ma ronde. Gwynplaine a disparu. Je la vois tout en bas, sur le ponton, s'éloigner rapidement vers le *New York*.

CHARNIER

Je renifle du sang coagulé entre deux coulées de morve. Mal de crâne hardcore mais encore assez de salive pour recracher une dent.

Des bleus partout. Ils m'ont pas loupée les bâtards. Je me redresse sur un coude et là, Villon. Dans un coin de la pièce où on nous a jetés. Il bouge pas, alors je le secoue.

— palalala vafanku.

Il se retourne sur le dos, les yeux au plafond. Il cille. Il bâille, voilà qu'il s'étire, ce con. Sa blessure s'est assombrie. Juste une masse dans la déchirure du tissu.

Je lui mets un coup de pied, gentil.

— Villon, debout, on est dans une merde de ouf.

Il m'accorde un sourire et passe une main sur la mienne.

— Chavax.

— Non ça va pax. Tu sais où on est ?

Il s'assoit, se frotte la tête. Ses cheveux en hallali.

— In le Q dla Souris ?

La porte s'ouvre, lumière. Trois keufs en nylon, full boots et chemise noire. Des visages bien tabassés, ça fait plaiz.

— En route les blondes.

J'hésite une seconde mais je finis par lui rentrer dedans direct, tête la première dans ses couilles en titane et pis,

– bam

– tonfa.

Ciller dans la lumière sous un plafond trop bas, fuyant. J'émerge attachée à une chaise, dans le blanc de murs aveugles. Villon est plus loin, à genoux, menotté. Dans le coin de la pièce, un déplacement de blanc sur blanc, et soudain une silhouette se tient là, pâle et longue, presque invisible dans le décor. Un air de vieux chat florentin, les oreilles recouvertes de poils blancs. Mains dans le dos. Crâne taché de moirures d'ivoire et lèvres papier cigarette.

— Well well well…

Il tourne autour de Villon, se penche pour lui soulever la tête en tirant sur ses cheveux.

— Te voilà enfin, prince des voleurs.

Timide glapissement.

— Ils te cherchent partout petit renard, mais c'est moi qui te trouve en premier.

Entre ses mèches, Villon sourit. Il lui manque une dent, je jurerais qu'une perle bleue scintille à sa place de gencive.

— Konno.

Gifle. Les nervis ricanent.

— Tu vas vite comprendre où est ta place.

Il s'essuie la main sur un mouchoir.

— Voyons voir un peu.

Il lui tourne autour.

— Je ne t'imaginais pas comme ça. On m'avait pourtant prévenu que je serais surpris.

Il s'arrête, s'agenouille à sa hauteur.

— Tu vas me raconter ? Je te promets que je ne dirai rien. Oh, je sais ce que tu penses... Le vieux Charnier est un menteur, il fait le gentil mais au fond, ce qu'il veut c'est te dévorer tout cru. Et tu aurais raison. Mais n'oublie pas que je sais ce que tu es, même si je suis déçu.

Il lui saisit le menton, force pour lui faire ouvrir la bouche.

Villon gémit.

— Laisse-toi faire.

Il lui glisse un doigt entre les dents puis le retire.

Une goutte de bleu au bout de son index.

— Nectar.

Il le suce, délicatement.

— Mmm.

Putain, mais c'est quoi cette bande de tarés ?

— Foutez-lui la paix ! je gueule.

Un keuf fait mine de bouger mais leur chef le stoppe d'une main levée. Puis se tourne lentement vers moi. Ses yeux brillent d'un nouvel éclat.

— Tu devrais avoir peur.

— À part de filer mes collants, j'ai peur de rien.

Je le checke de haut en bas. Je remarque à peine la coupe de sa chemise, de son pantalon à pinces, de son petit veston. Full Boss, le faf. Je suis jalousie mais je le montre pas.

— C'est ta mère qui t'habille ?

Il sourit.

— Je sais qui tu es, couturière. On t'a vue Place des Fêtes, on a de quoi te faire pendre.

Là, je frémis de joie. Je comprends qu'il ne connaît pas l'existence du 33. Trop profond dans Belleville.

— Charnier, c'est ton petit nom, Komissar ?

Il me saisit par la nuque. C'est comme un étau.

— Tu vas me dire ce que tu sais de ce brigand, ce qu'il t'a dit exactement. Et peut-être que je t'enlèverai ces menottes.

Je rigole vraiment. Le pauvre type ne sait rien de rien. Je comprends qu'il ne te connaît pas. Ou du moins, même s'il te connaît, il ne fait pas le rapprochement avec moi. Je pense que c'est juste un keuf qui bande sur les brassards, sur ce qui se passe au parc. Personne lui a rien dit.

J'aurais presque pitié de lui (pas).

— Je te donnerai rien, crevure.

— Même pas un petit bisou ?

Je tente, on sait jamais. J'ai envie de l'humilier.

Sur un malentendu ça peut passer.

— Melmoth.

Ça le fait bouger.

Villon se redresse, imperceptiblement.

— Tu bluffes.

— Un genre de pélican carnivore ?

Pour la première fois, je vois sa pupille changer. Passer du suprême délice à l'inquiétude.

— Tu l'as vu ?

J'ai touché juste.

— Votre palais est en plastoc, bande de tocards.

J'entends passer sa main, léger déplacement d'air sur ma joue. Puis la chaleur et le son qui me prend tout entière. Et cette colère que j'ai enfouie en moi depuis que j'ai cédé un bout de moi à cet être phosphorescent qui semble plus perdu encore que mes enfants perdus, cette colère – elle revient d'un coup, en tsunami de dégoût de cette ordure veule qui rampe et j'ai envie de lui mettre son putain de costard en pièces et c'est comme un canevas alors je prends en moi la nausée, je prends de moi toute l'aversion et je lui vomis un bon litre de sang dessus, sur sa chemise immaculée.

ahahahahahahaha ahahaha ahaahahaha

TU FAIS MOINS LE MALIN MAINTENANT AVEC TON BOSS A DEUX MILLE BOULES SA MÈRE MONTRE-MOI CE QUE TU SAIS FAIRE VAS-Y LAISSE FAIRE JE PEUX TOUT PRENDRE EN MOI LÀ TOUS LES TONFAS DANS MON CUL MAIS JAMAIS T'AURAS MA RAGE

Je sens qu'il va passer sa hargne sur moi mais les keufs échangent des regards inquiets. Charnier interrompt et se décolle de mon regard.

Un de ses sbires lui murmure quelque chose à l'oreille. D'un geste, il ordonne qu'on détache Villon.

— Au sous-sol.

Les molosses l'emmènent.

— Et la fille ? dit un keuf.

Il s'essuie, sa moustache luisante de perles rouges.

— Pour elle, la cage.

*

Ils me font sortir au soleil. Rue Ramponeau. On était dans ce vieux commissariat que tout le monde pensait vide. De la poulasse partout, des camions entiers, massés. C'est le 1er-Mai. C'est la fête de la police depuis quelques années. On me fait descendre menottée, jusqu'à la place des Tourtilles. Jusqu'aux cages. Elles sont remplies jusqu'au bord. Ils ont fait leur marché, les porcs. On ouvre un passage et on me pousse dans la masse de corps agglutinés, cuisant au soleil. Des festifs pour la plupart, probablement repêchés trop bas dans les défenses. À moins que les incursions de la répression ne pénètrent de plus en plus profondément. Ça pue.

Je trace une route dans la sueur, dans les textures trashion, véritable défilé immobile d'angoisse et de textiles mêlés. Je me trouve un coin où me poser, je suis en morceaux. Cette montée de colère a fait valser ce qui me restait de capacité d'agir. Rien ne sert à rien. J'ai envie de dormir, de lâcher prise. Je suis capable de m'extraire de moi trente secondes, de me regarder. Je me rassemble en petit hippocampe, pleine de tremblements. J'ai perdu Villon, et je me suis perdue moi. Comment est-ce que j'ai pu le laisser me voler ma détermination, ébranler mes certitudes à ce point ?

Mais je n'arrête pas de penser à lui, à son regard quand ils l'ont emmené – des yeux calmes et fatigués, las comme le glas de l'univers. Comme si j'étais son seul espoir de trouver un peu de chaleur dans ce vide astral. Il s'est accroché à moi et je n'ai rien pu faire. Mais j'ai essayé. De tout mon corps, de toute ma force de femme. Et je trouve le passage. Car là, tout autour de moi, dans cette bulle que je me suis faite dans la cage au milieu des clameurs et des angoisses, il y a cette armure qui brille encore. Celle que j'ai vue se mettre en place quand les flics ont chargé dans l'allée. Elle pulsait de bleu, comme le fluide qui s'écoulait de Villon. Était-ce une apparition, ou bien avait-elle une existence ? Elle n'a pas ralenti les coups, mais j'ai bien senti que sans elle, je serais morte. Je suis contaminée. Villon m'a transmis quelque chose, dont je peux me servir pour… je ne sais pas. Peut-être que je délire, peut-être que je suis à ce point désespérée, pour croire qu'une magie puisse exister dans ce monde.

— T'as une clope baby ?

Je relève les yeux, et je vois Dani. En justaucorps ajouré – moule bite sexy, ses beaux yeux bleus d'océan.

— Oh, Dani.

Je le prends dans mes bras, il comprend pas. Il schlingue mais son corps c'est comme un roc, là. Si je le lâche, je me noie.

— Qu'est-ce qui se passe chérie ?

Je le serre fort, fort, oh, si fort !

— Je suis paumée.

— Mais non regarde, je t'ai trouvée.

Il m'embrasse, ça dure des heures, des jours. J'avais besoin de ça. Je renifle. Je lui file mon paquet de tabac, ils me l'ont pas pris lui. J'essuie une larme. Je veux pas la regarder. Peut-être qu'elle est bleue.

Dani s'en roule une en regardant autour de lui.

— Quel bail de marde.

— Ils t'ont chopé où ?

— On dansait avec la troupe sur la barricade des identités et puis comme d'hab on pensait que ça passerait, c'était la joie, y avait la fanfare du Silence et tous les bg de la cité Rebeval se sont joints à nous, mais on pensait pas que ça tirerait autant.

Il fume et disparaît dans ses volutes.

— Ils ont commencé à gazer et puis après c'était à balles réelles. On n'a rien pu faire, j'ai vu les camarades tomber. J'ai continué à danser mais j'ai bien compris que c'était pas ça qui allait les arrêter.

— Et Sandra ?

— Je l'ai vue esquiver en drop, terrible meuf, je te jure, elle gère. Elle avait son parachute et elle prenait les balles dedans. T'en aurais fait une robe.

Ses yeux se figent au-dessus de mon épaule.

— Tiens, c'est pour nous.

Du menton il me montre un camion, en marche arrière vers l'une des portes des cages. Jamais vu un truc pareil. Des bâches noires. Pas de plaques. Des brassards descendent en formation de combat. Leurs casques brillent dans le soleil, surfaces noires vitrées. Toute une souris, mappée sur un corps de muscles et de nerfs rompus à la domination. Pendus à la ceinture, matraque et tasers, clés, boucles de lacets, poches de gaz innervant, frappés des mêmes motifs, trois cercles noirs.

— Crap.

Ils ouvrent les portes et commencent à embarquer les plus jeunes. Les autres sont écartés d'un coup de matraque, de crosse de Famas. On essaie de se planquer mais trop tard. Le milicien se saisit de Dani, je m'interpose direct, moi dans mon armure invisible.

Je vais pas laisser faire. Mon cœur ne bat pas plus vite, il est juste là, en soutien de mes gestes. Et je me vois lui prendre le bras, le retourner en clé. Et un autre arrive, son flingue là, devant moi. Le canon. J'entends Dani hurler. C'est pas grave. Il faut bien en finir. Le milicien envahit tout mon champ de vision, du charbon partout et ---

--- son visage disparaît en poudre de sang et d'os. Son corps s'écroule. Des cris. Et c'est la panique. De la mitraille, de la caillasse. Un camion explose pas loin. Des cris, des refrains. Je vois passer des drapeaux noirs, portés sur des dos de fédérés cavalant dans le paysage de guerre. C'est frontal : des scooters déboîtent les troupes stationnaires à coups de battes cloutées, des footballeurs à fond de MMA démâtent tout ce qu'ils trouvent sur leur chemin. Je reconnais des tenues de jogging des quartiers Banane et même des Lilas, avec leurs patchs psychédéliques borderline jihad, ce sont des vagues successives d'injures et de coups qui pleuvent sur les combis. Ça se déchire et ça crève là, sous mes yeux. J'attrape Dani par la main. Je me sens pousser, grandir, dans cet espace qui me reste de peau. Je l'emmène vers un bout de cage défoncé pour quitter cet enfer. Je n'y vois plus rien, je tousse, ça pique. Je mets un coup à un keuf qui passe plié en deux, je me défoule sur sa gueule et je sens remonter en moi l'horreur et le dégueulis et j'ai envie de mourir mais lui il va crever avant moi ce fils de chacal retourne en enfer toi et ton putain de taser toi et ton putain de petit cul bien serré dans l'uniforme et Dani me traîne loin de son nez en sang, attends Dani, j'ai pas fini, attends, encore juste un coup de coude dans sa face je vais te me le…

… dans la nuée je vois apparaître dilem hilare caméra à l'épaule – bandana sur la bouche, sa chevelure en palmier – agile en survêt et Adidas à scratch. Et dans son sillage surgit un guerrier sorti tout droit d'un film de fantasy des années 80. Pantalon de l'armée reprisé, du scotch noir partout pour tenir les pièces d'une parka déstructurée, absolument, totalement incroyablement parfaite. Des bottes à talons de 12 cm, plus stables qu'une paire de Creepers. Un masque à gaz moddé d'un dessin de la Souris Noire en papier mâché. Et un putain de bâton de combat préhensible, couvert de stickers.

Mon petit cœur fait boum boum boum.

— Ah ben te voilà ! shoot dilem en me braquant avec son objectif.

Je sais pas quoi dire.

Je reste debout les bras ballants.

— Oh oh, hohode le cinéaste militant.

Le warrior se plante devant moi. Je plonge dans les yeux du masque à gaz. Je vois rien. Et je sais pas d'où ça remonte mais je comprends, d'un coup violent au plexus, que je suis en présence de Gwynplaine.

— Prête-moi ton bâton, je réussis à articuler.

Une voix lente d'enfant rauque émerge des abysses de latex.

— What ?

dilem me regarde comme si je venais d'ouvrir la bouche et qu'un bouquet d'otaries venait d'y éclore en ak ak ak.

— C'est quoi son délire ? elle demande à dilem sans me quitter des yeux.

Son masque est un néant de bondage sensuel.

— Elle est à la Filasse, il répond.

— Ils ont Villon. On a peut-être une chance de le rattraper.

dilem regarde Gwynplaine, qui acquiesce hiératique.

— Oh boy, ricane dilem en dégainant sa Fujitron PX-34.

*

On galope vers le commissariat, dilem sur nos traces en mode full reportage temps réel. On a récupéré trois autres soldats en armures de PVC, sabres et couteaux jusqu'aux dents – je sais pas si ce sont des vrais, je sais pas comment c'est possible de se battre contre milices et keufs avec des feux d'artifice, du paintball, du plomb et des rêves.

Nous entrons dans le commissariat en boule de furie et c'est d'une violence sans nom. Dans le sillage des soldats, j'avance, dilem juste derrière mon épaule – il commente en décrivant tous nos gestes. J'ai repéré les lieux quand ils m'ont sortie plus tôt : des bureaux vides, quelques flics fatigués qui encaissent notre sauvagerie sans broncher. On dépasse la pièce de notre interrogatoire, puis celle de notre détention. On est comme un train et des fois je vois le bâton de Gwynplaine hacher devant et des gerbes viennent nous engloutir. Je la vois traverser un milicien – l'ouvrir littéralement pour se créer un passage vers le sous-sol.

— Holy shit.

— Bad girl, ricane dilem.

Escalier de bois, couloir. Tout au fond, un milicien qui dégaine et c'est à couvert qu'on termine la course, un soldat fauché direct à moitié coupé en deux, Gwynplaine en mode aaaaah fonce dans le goulot, un pote à sa droite qui tire au fusil patate. Le milicien déboîte, prête le flanc. Le bâton lui arrache un bout de joue. La porte derrière est un bloc d'acier qu'on déloge à trois.

dilem n'a pas quitté sa cam.

On entre dans une pièce nue. Un centre de stockage, des box, des grilles. Tout vide. Gwynplaine semble entièrement faite de rage, ça brille partout autour d'elle alors je me mets à sa hauteur. Elle sent le fumier et la rose.

— J'espère qu'il n'est pas trop tard.

— Pourquoi ?

— On peut pas le laisser à l'ennemi… il…

Sans s'arrêter, Gwynplaine tourne son masque vers moi. Ça me fait un drôle d'effet, l'impression d'avoir une sorte de robot qui ne peut tourner qu'à la base du torse.

— Il n'est pas comme nous, je dis.

Gwynplaine répond rien.

Ça lui suffit.

On atteint le bout du sous-sol. Un énorme trou a été pratiqué dans le mur à la foreuse. Des poutres étayent l'entrée.

— Curiouser and curiouser, siffle dilem.

Gwynplaine enjambe la pierre et s'engouffre dans le tunnel, bim, bam, golgoth. Je suis le mouvement, flanquée des soldats et dilem ferme la marche, la lampe torche de sa caméra nous trace un chemin. Je l'entends derrière ruminer.

— Fi, question.

— Mmm.

— Qui a enlevé Villon ?

— Charnier.

dilem hallucine.

— Alain Charnier est ici ?

— Tu le connais ?

— C'est le gros bonnet des assauts sur le vingtième, massif trou du cul. Qu'est-ce qu'il lui veut à ton poète ?

— J'ai l'impression qu'il a grillé la milice de la Souris et qu'il veut se garder Villon pour lui, mais ce que je ne m'explique pas, c'est le con de pélican.

Gwynplaine et dilem marquent le pas.

— Quel pélican ?

On arrive au bout du tunnel. Ça s'ouvre en grand. Sur le moment mes yeux et mon esprit ne semblent pas comprendre la même chose. Comme si je venais de franchir une frontière que je ne pensais pas exister auparavant.

— Putain de bordel à queue, mais qu'est-ce que c'est ? articule dilem, rivé à sa caméra.

Gwynplaine ne dit rien. Devant nous, dans une sorte d'excavation de vieille crypte d'église, sur un plancher de marbre vieux de mille ans, pas loin, sous un plafond si haut qu'il semble taillé à l'intérieur de la colline – *sous* le parc si mes calculs sont bons – s'impose une montagne de fringues phosphorescentes. Des couleurs qui pulsent de partout. Je peux me tromper, mais je crois pas : c'est du merchandising Eurodisney, de la merde made in China pour habiller la famille entière aux couleurs d'un monde merveilleux, uni dans un même imaginaire. Combien de tee-shirts là-dedans ? De combis, de culottes, de robes de princesse ?

dilem n'en croit pas l'œil de sa cam.

— Alors là les louloutes c'est véritablement la déchetterie de la Souris, là où elle fait tous ses petits cacas en secret la sale raclure…

Gwynplaine laisse les deux soldats à l'entrée du tunnel. Je fais le tour de la pile et je trouve Charnier à genoux en train de pleurer dans ce qui ressemble à un tee-shirt Minnie.

— Pourquoi tu m'as pas dit, pourquoi tu l'as laissée t'arracher à moi. Je voulais pas que ça t'arrive, je voulais que tu sois à moi pour toujours, mais...

Il m'aperçoit, il prend peur.

Le tee-shirt contre son cœur.

Taille XXS.

— Je savais pas, il me dit en me fixant.

Il est couvert de mon sang séché et d'une substance bleue qui ruisselle sur ses mains. Comme si le tee-shirt avait déteint. dilem lui colle son viseur sur la gueule.

— Commissaire, une question !

Charnier a l'air de ne plus savoir où il se trouve.

Et c'est là que je l'entends.

Villon.

Je regarde la pile d'affaires.

J'ai pas halluciné.

— Villon, t'es là-dedans ?

Une plainte. Faible. Qui vient du *dedans*. Je fais le tour des fringues, affolée, Gwynplaine derrière moi. Je le cherche, je l'entends, je sais que c'est lui. Sa voix se précise.

— Villon !

— ...... crocodile......

Faible.

Si faible.

J'arrive mon amour. Je réfléchis pas : je rentre dans le tas je passe mon corps tout est moite tout gluant de je ne sais quelle matière viscose les couleurs et les formes écœurantes je baigne dans une soupe de sourires et de personnages de logos barbouillés de coupes ratées c'est du jus de machine du tissu débité à la hâte pour habiller des robots des drones je tends les bras en extension je tends les bras et j'appelle mais je bouffe du coton molletonné je recrache une paire de gants picsou je tends les bras et je l'entends qui gémit Villon juste là devant je tends les bras et j'attrape une main puis deux suintantes et je tire et je crie à Gwynplaine de me ramener mais ça résiste c'est comme si tout nous aspirait voulait nous assimiler j'ai l'impression que ma peau imprègne la couleur comme des tattoos de chewing-gum mais Gwynplaine tire fort sur mes talons et la succion n'a plus d'emprise je nous sens glisser je m'accroche à ces mains et c'est comme naître à l'envers je ressors de l'autre côté du monde je prends une inspiration je glisse au sol sans perdre les mains et j'extrais Villon de la nasse ses cheveux collés et sa peau bleue si fine qu'on voit dedans il est nu comme un ver il coule lentement et je l'accueille entre mes bras et je le serre fort fort fort –

##

J'ai décidé de suivre Gwynplaine jusqu'au *New York*, à bonne distance. Passé les flambeaux, par un jardin désaffecté rempli d'écureuils empaillés – fake Central Park en mai. Des poubelles infestées de ratons laveurs, une porte entrouverte libérant une vapeur de radio, couloir de parpaings et un débarras. Dans une pirouette j'entre au siècle dernier : le hall du *New York* est une fantaisie décadente qui rappelle les grandes heures de Five Points, carrefour mythique où l'on s'entassait pour le plaisir du bourgeois venu visiter la cathédrale du vice. Aujourd'hui tribus entières dans des box Art déco en ruines. Dans la détresse et la famine, recourir aux artifices du monde ancien pour se donner le droit de survivre. Refonder les règles, sur un terrain qui ne souffre plus d'aucune logique. On s'échange, se bat, s'ébat. Je les trouve beaux et sales, ivres de bidouille et de jargon dans leur monde de poche. J'en vois qui dorment les uns sur les autres, des tapisseries sous un ciel d'étoiles.

Les ascenseurs sont kills depuis longtemps, ici c'est bougies piles. Gwynplaine grimpe au premier, second, pis troisième. Des marchands de camelote et des groupes de kids qui font du skate entre les chambres. Des sculptures de moquette arrachées et des passages de plastique transparents, un dédale aux parois arrachées. Je me retrouve encombrée par les corps endormis, les enfants sales qui me dévisagent. Des mains s'accrochent, m'accrochent, me retiennent. Je perds Gwynplaine des yeux. Le temps que je me défasse des courtisanes, elle s'est volatilisée au carrefour suivant. Couloirs. Longs. Plusieurs portes défoncées. Et puis s'ouvre sur ma gauche une double suite et c'est la cohue. Des ballerines et des hommes bien mis, sarabande de comédie, mascarade. L'écho d'un monde adoré qui n'existe plus. Je ne lis aucune joie sur ces visages. Que de la mélancolie sous le maquillage. Des simulacres de séduction. Un théâtre où toustes se donnent à voir. Je traverse la maille serrée de dos, ielles regardent quelque chose, quelqu'un. Je joue des coudes, je veux voir moi aussi la source de cette fascination. Comprendre ce rendez-vous dans les tours de la fausse ville qui ne dort jamais. Poussez-vous, laissez-moi contempler. Je suis le parquet défoncé des yeux. Une baie vitrée brisée laisse entrer des étoiles en prismes et je sens une déflagration autour de moi, un son cristallin – est-ce une voix ? – venu d'ailleurs qui me guide vers elle. Et au centre de la piste de danse je vois ce que je crois être un trombone à coulisse. Un instrument en argent retourné sur lui-même qui scintille d'argent et de cuivre. Il change de forme, devient ouverture obscène. Avale sa propre béance, suinte un jus bleu et mute en tubes qui se sucent et se pénètrent. Des membres préhensiles se détendent en filaments, s'enroulent et le tuba se fait bipède et se déplie moelleux. La foule est en apnée et la silhouette devient souffle et prend le pouls entier des regards et s'offre à nous, et devient nous.

Ô pauvre de toi. À quoi en es-tu réduit ?

Gwynplaine derrière me saisit délicatement aux hanches. Elle me retourne. Elle me creuse et je sais que c'est mon cou qu'elle veut. Alors je lui laisse ma peau et elle plonge et moi sur sa balafre je lèche, je mange du soleil.

HEMATOPOIESIS

Quand nous émergeons du commissariat, tout est plongé dans la brume. Des claquements dans la distance, échos de feu – des hurlements. Je crois qu'il y a des corps au sol. Une trottinette passe, trois mektons à poil et en tatanes dessus, hilares.

Bon.

— On rentre à PdF, dit Gwynplaine en remontant Ramponeau.

— Attends un peu, Terminator.

Elle s'arrête sans se retourner.

— Ma maison, c'est au 33. Il est pas en état d'aller plus loin.

Les soldats soutiennent Villon par les épaules. On lui a passé une salopette Géo Trouvetou et sa peau a cessé de briller. L'immense plaie qui part de sa hanche s'est encore agrandie.

— J'ai ce qu'il faut pour le soigner.

Gwynplaine regarde Charnier, qui n'a pas dit un mot depuis la remontée. Il étreint le tee-shirt dans ses mains, comme s'il y lisait une prophétie. Villon souffre, alors je m'approche.

— Ça va ?

Je pourrais jurer que ses yeux ont encore changé de couleur.

— Mon ange, il dit.

Je retiens ma respiration.

— Tes ailes scelleront mes lèvres.

On laisse Charnier aux soldats, et nous on porte Villon. On prend par le parc, les lacets. Des arbres arrachés. Je vois des camionnettes garées plus haut. On se fait discrètes, j'aperçois les Chouffis en haut de la tour, toujours là, en méditation. Ça me rassure, ça veut dire que l'invasion n'a pas renversé la barricade du porc, quant aux lascars je ne sais pas, mais j'ai l'impression que le secteur 5 va tomber bientôt. Toutes les fleurs sont en train de brûler mais l'odeur de chèvrefeuille en mai est plus forte que les flammes. Ça me rassure, de me rappeler les moments de paix, en promenade le soir sous les bouquets. Les arches sont brisées, il y a eu des combats ici, soldés par des retraites mutuelles. No man's land – plus rien ne bouge que nous. Mais Gwynplaine semble savoir où elle va. Des réverbérations de cris, de rires. Je vois des drapeaux, parfois des gyrophares. Comme si tout se préparait à la suite. Ça me donne envie de chialer. Je me retourne pendant l'ascension des degrés de pelouses retournées et dans le lointain de Paris en ruines, je vois les grues. Les squelettes nouveaux qui apparaissent et se tendent en câbles et structures. Prêts à venir nous raser et nous reconstruire, nous reformater. Et là soudain, très loin à l'ouest dans une trouée de feuillage, se dessinent les tours étincelantes de la Défense – cette Métrique qui nous nargue, qui n'a pas fini le boulot. Mes larmes se transforment en aigreur, remontée violente. Depuis quand n'ai-je pas bouffé ?

Sur le parvis de la maison du peuple de l'air, des gradins vides. Quelques banderoles au sol. Des traces de lutte. Du sang et toutes les fenêtres brisées. Il y a un petit homme recroquevillé sous un des bancs. Un soldat va le chercher – c'est un têtard. Il porte une sorte de costume de rat.

— Ça va, lui dit dilem.

— J'ai eu très très peur.

Il lui tend son sac à dos.

— Tu peux m'aider?

Le rat prend le matos sur son épaule et couine, eh bien, comme un petit rat.

Le Belvédère est désert. La rue Piat est remplie de débris éventrés. Un hélico noir passe en grondant. On entend le moteur d'une grosse cylindrée qui s'approche. Un mégaphone aux annonces incompréhensibles. Gwynplaine nous fait passer par la villa Faucheur, elle connaît les gardes sous le porche, les grandes portes ont résisté. On traverse le parc intérieur et la vie nous saute au cou, des blessés sous les préaux. Des sentinelles sur les balcons, aux fenêtres crénelées. Ici, difficile d'entrer sans risquer l'embuscade. Le vieux Kachi est assis sur les marches, des enfants jouent à la marelle avec une boule de pétanque en plastique. Je regarde leur point de départ, dans le cartouche en demi-cercle: c'est l'enfer. Et le point d'arrivée, haut dans le ciel, une cité.

Belleville.

Kachi nous sourit, il caresse un petit furet noir qui se roule sur le dos. J'ai l'impression qu'il pleure un peu.

— C'est toute la Commune qui saigne.

*

La rue Chantal Akerman en pente parsemée de meubles et d'abris de fortune. On rencontre des communardes fatiguées derrière des étagères de livres. Aux fenêtres on a déployé des draps, du linge et des fanions. Des armures de keuf entassées dans un coin, du pneu qui crame. dilem va faire des interviews, le rat en assistant tout croche. Pas le temps, pas l'envie : je m'inquiète pour ma maison.

Pour mes gosses.

J'entre au 33.

— bz ! Lou !

Une fenêtre de la verrière a été cassée, elle laisse entrer une pisse froide de nuage. Tout a l'air en ordre et soudain je le vois, le sale canard. À moitié assis, pas sûr de lui, torve et morve. Gwynplaine brandit son bâton, mais je lui dis que c'est OK, que c'est un poète, ce canard. Je cherche des yeux une lumière, une présence. Rien. Tombeau.

Villon essaie de dire quelque chose.

— Chut.

— Ne pas… me jeter à l'eau. Garde-moi… près du feu.

Ce n'est plus de l'inquiétude, c'est un millier de couteaux qui me transpercent le bas-ventre.

— On va le mettre là, je dis à Gwynplaine en débarrassant la grande table.

On l'allonge sur le bois, le pauvre se tord. Je sais pas quoi faire, je sais pas comment le faire. Alors je le déshabille, méthodiquement, en prenant soin de plier ses affaires. Étrange, il me semblait que le tee-shirt avait deux manches. Il n'y en a plus qu'une. Un défaut que je n'aurais pas remarqué ?

— Le voile brûlant, dit Villon.

J'implore Gwynplaine du regard. Son masque ne me renvoie qu'un néant d'indifférence au centre d'une souris.

— Bon, je me dis à moi-même face à cette plaie béante. Il y a sûrement un moyen de refermer ça.

Sa blessure est comme une déchirure de tissu, oui, c'est ça, une sorte de soie sauvage aux lisières bleues.

— OK.

Je file dans ma chambre chercher du matériel : fil bleu, aiguilles, épingles, mes ciseaux de couturière, un découd-vite. Je vais faire ce que je sais faire.

Gwynplaine me regarde, impavide.

Je commence avec tendresse par fixer un point dans la plaie. Je touche par curiosité. Est-ce que ça existe vraiment un être de tissu ? Je le regarde là et je me dis que c'est toi qui l'as créé, qui l'as cousu. Je sais, c'est complètement dingue mais ce serait la seule logique – il te connaît si bien, c'est comme t'avoir à côté de moi, la même présence. Comme si... tu lui avais donné ta vie, d'une certaine façon. Communiqué ta flamme, ta soif de beauté. D'une grâce. Alors je me dis que c'est OK de le recoudre, comme ce serait OK de recoudre tes propres affaires. Celles que tu portais tout le temps, toi qui aimais habiller les autres, toi qui aimais t'effacer dans une discrétion presque indécente. Ton pantalon kirghize, tes bottines et tes bretelles. Ta chemise trop grande qui te donnait l'allure d'un petit artiste de Montmartre. Je me rappelle comment tu te foutais de la gueule de mes fringues, de toutes ces couleurs, mais qu'il y avait en toi une fierté à me voir défier la cité tout entière.

Alors, puisque c'est peut-être une de tes créations, ce poète fou, je lui recouds ses plaies. Je le soigne du seul art dont j'estime la portée, le geste. Attentive, le monde disparaît, se dissout. J'avais oublié, au cours de ces dernières semaines, à quel point j'avais besoin de ces moments de disparition. Quand je deviens le geste, quand je deviens chaque point. Je sais ce que je fais. Couture invisible en diagonale sur la peau pour finir là où se croisent les lignes du corps en biais et ne pas créer de bâillante. Bien serrer. Froncer. Ça fait mal, je le sens. Villon a placé sa main autour de ma taille, il lâche pas et ses yeux sont des fonds marins qui s'obscurcissent. Putain, mais vous lui avez fait quoi ? J'ai l'impression qu'il manque des bouts de lui, un téton, un grain de beauté, je ne sais pas. Est-ce qu'il donne de lui ? Est-ce qu'il prend de la matière du dehors ? Cette peau élastique qui est la sienne, de quoi est-elle faite ? C'est pas du tissu – on dirait pourtant, d'un coup d'œil superficiel – mais c'est autre chose. Il y a du jus qui suppure, je le recueille sur du papier et je le vois coaguler rapidement. Ça fait des sortes de bandelettes que j'applique sur ma couture pour tout cacher. J'ai l'impression que son corps les absorbe, les réintègre. Je mords ma lèvre, ça me retourne le ventre mais j'ai presque terminé. Gwynplaine s'approche pour regarder la couture. Elle pose une main sur mon épaule.

— Calme maintenant.

Villon a fermé les yeux. Il respire en enfant. Clopin s'est couché près de sa tête. Je crois que ce canard est en bout de course. Je ne sais pas comment il fait pour rester vivant, ce vieux bidule qui couine.

Je les laisse en paix et je m'écroule dans un des fauteuils. Je reste assise dans un silence mortifère. Je me suis perdue. J'ai mal partout. J'ai du sang partout. J'ai des larmes partout et je pue. Partout. J'ai envie d'une douche, de quelque chose de chaud contre lequel me coller. Mais je ne peux pas bouger. Je regarde cet atelier, la seule chose qui me reste, concrètement, et qui peut à tout moment partir en fumée. Ma maison. Mon rêve.

Gwynplaine a placé sa hampe contre un mur et vient s'asseoir près de moi. Puis elle enlève son masque. C'est comme la voir se défaire de son visage pour laisser apparaître un autre masque. La première chose que je vois, ce que tout le monde doit voir, c'est la balafre. Elle lui coupe la bouche en deux en sourire. Une jeune fille. Androgyne. Belle comme un de ces poètes romantiques allongés, mort ou bien rêveur. Dans ce moment où elle se donne à voir, telle qu'elle est, douce, fatiguée, j'ai l'impression de la connaître intimement. Comme si j'avais déjà goûté ses lèvres. Tendrement senti sa peau. C'est un frisson où se mêlent passé et futur. J'ai du mal à garder mon calme alors je me roule un pétard, putain j'ai pas fumé depuis 1985.

— Qu'est-ce que c'était ce tas de fringues sous le commissariat ?

— Je ne sais pas, je dis en émiettant du bon pollen, tremblante. Peut-être une sorte de mue.

— Comment ça ?

— Toutes ces affaires, ça venait de lui. Il les a produites sous la torture – ou ce que Charnier lui a fait.

— Je comprends pas comment c'est possible.

— Je capte pas non plus.

Elle hésite.

— Parle-moi de lui.

— Il vient des geôles du parc.

Pause.

Bon, ne rien laisser de côté, n'est-ce pas ?

— C'est un ami de mon frère.

— Ton frère ?

— Le Kamikaze.

Gwynplaine me mate attentivement. Des galaxies dans ses yeux. Ça ne me plaît pas.

— Continue, elle dit, mais je sens bien que quelque chose ne va pas.

Qu'est-ce qu'elle me cache ?

— C'est un être différent de nous, je me demande s'il est pas le fruit d'une expérimentation ou autre chose. Il n'est pas humain. C'est une sorte de... création. J'ai d'abord cru qu'il était en tissu, mais non. C'est comme une matière de...

— De ?

— De rêve.

Elle regarde devant lui.

— Je vois.

— Tu vois quoi ?

— Il t'a dit qui est le Maître du parc ?

Je prends une inspiration.

— Melmoth.

— Et il t'a dit qui c'était ?

— Une sorte de milliardaire saoudien ?

Elle se lève. Va chercher son bâton.

— Quand il ira mieux, venez me retrouver à la laverie rouge.

Je crois avoir entendu bz parler de ce lieu.

— Tu veux ? je lui dis en lui tendant le blunt.

Elle remet son masque.

Elle s'en va.

*

Je prends ma douche défoncée de chez défoncée. Il y a un filet d'eau froide, pas longtemps. L'eau va manquer très vite. Ça sent la fin.

Ça suffit à virer mes croûtes de sang. Je me sèche dans une serviette, j'enfile une robe noire en élasthanne cousue en biais, elle emprunte mes formes, je sais pas, j'ai envie de me sentir. Je suis toute couverte de bleus et mes ongles sont en morceaux. Dans le miroir je cherche mon visage.

Miroir, oh mon miroir. Que vois-tu ?

Tes cernes, petite Fi. La fin.

Je tire mes cheveux en arrière, je les bloque d'une pince en bois. Comme si je voulais me voir dans toute ma plastique. Dans une forme de dénuement. Qu'est-ce qui se passe en moi ? J'étais une warrior et je me retrouve à vibrer au son d'une mélodie que j'entends pas encore. Quelque chose vient à moi. S'impose lentement dans le flux de ma vie. C'est un continent, c'est une envie de tout. Mon cœur bat comme un enfant.

*

Villon dort. Je l'emmène dans mon pieu, je le borde avec ma couette rose. Je reste accroupie à côté de lui. Je le regarde. Je me demande. Cette confrontation avec l'impossible. Lui. Les fringues. Le putain de pélican. Tout ça, ça a un sens. Ça m'échappe. J'arrive pas à trouver le trait d'union. Il ronfle, un peu. Là, tout près de moi. À ma merci.

Je range ma maison. J'ai l'impression que ça ne sert à rien, vu ce qui va nous tomber sur la gueule mais au moins je me sens utile. Je me sens exister. C'est mon lieu, mon ancrage. Ce que j'aimerais voir ce monde devenir. C'est vraiment pas grand-chose : une famille dans un grand atelier, des robes, des tissus, des rires. Pourquoi pas du gâteau.

Breaking news : le canard a décidé de faire sa toilette. Étonnant comment il fouille dans son plumage pour déchiqueter les puces. Il se sert de sa troisième patte pour se peigner. Je trouve un nouveau ton de bleu à ses plumes. Quand il comprend que je le regarde, il se fige. Tourne son bec et ses yeux deviennent pure parano. Pour me défier, il me pond trois petits cacas ronds.

C'est Lou qui revient en premier. Elle passe la porte pendant que moi je passe le balai. Elle reste sur le perron avec une petite valise en cuir. Il y a un instant de clarté entre nous, comme une entente silencieuse. Sans effusion, dans la retenue de nos êtres qui souffrent. On a appris à pas le faire porter à l'autre. Et même si on porte l'autre, inévitablement, on peut au moins se permettre de rester dignes. Elle vient se coller contre mon torse, ses mains tranquilles. Elle commence à chantonner, une mélodie que je ne connais pas.

Meuf, si tu montres pas que c'est toi qui parles,
— personne t'écoutera.
Alors, avant qu'il puisse couiner,
Sèche du poing sa gueule d'ange.
Que ça te pisse dessus

— C'est quoi ?
— C'est de moi.
— Oh.
— Ça te dit, on met un piano ici ?

— Heu. Oui ?
— J'ai dit à Pifou de le ramener.
— O…K.
Elle prend le canard sous le bras.
— Je file dans ma chambre ! J'ai des copines qui passent ce soir !
Je reste là avec mon con de balai, un sourire de douze mètres sur mes lèvres, et je me dis que bon, ptêt y a pas que moi sur cette planète à avoir envie de faire une pause kitkat.

Quand bz revient, c'est un autre délire. Il me fonce dessus en bisou bisou pendant que je suis en train de monter un tee-shirt fait de fragments de tulle en camaïeu bleu. J'ai l'impression d'un chien fou.
— Gwynplaine m'a diiiiiit !
— Elle t'a dit quoi ?
— Que vous aviez sauvé la vie du poète.
— Ah, ouais.
— Il est où ?
— Dans ma piaule. Il s'est pas réveillé.
— Je peux dodo ici ?
— Euh oui, j'ai fait les lits.
— Top !
Lou apparaît sur les marches, les bras croisés furax.
— bz, rends-moi ma game boy !
— Crève !
— On fait compet de Tetris ce soir !
— Vous êtes que des filles nulles !
Ielles commencent à se battre.
Moi perso, je continue à coudre.
Heu-reuse.

Farah revient au crépuscule. Forcément.

Elle se met direct à faire tout le ménage que j'ai déjà fait.

— Farah.

— C'est une porcherie.

Elle me regarde attentivement, concernée.

— Tu es très belle.

Je cille.

— Hein ?

— Qu'est-ce qui t'est arrivé ?

Je suis sincèrement perplexe.

— Heu.

Elle me prend une main. La retourne pour regarder les lignes. Fronce les sourcils.

— Quoi ? je dis.

Elle pose un doigt sur ma paume.

Trace de l'ongle une strie.

— C'est nouveau.

— Nouveau ?

— Elle n'y était pas avant. En parallèle de ta ligne d'amour, regarde.

Je regarde.

Je saurais pas dire.

Peut-être.

*

Plusieurs jours passent. Villon ne sort pas de son sommeil, et moi, je sors pas de l'atelier. C'est les gamins qui vont faire la récup, Farah cuisine. J'ai retrouvé la biographie d'Eulalie Papavoine que Luna m'a donnée. Cette couturière qui avait fait une infirmerie communarde. Condamnée, après un procès injuste – autorisée à se marier, pour reconnaître son fils de quatre ans. Je n'ai pas osé tout lire, de peur d'y trouver ma lâcheté. Je me suis remise à mon ouvrage, mes robes. J'ai l'impression de m'être perdue, puis retrouvée. Je prends soin de moi. C'est comme m'enraciner, d'un coup. Là. Besoin de stabilité. Comme si je pouvais décider, de ma propre initiative, que non, il n'y aura plus de guerre. Que la Commune tiendra pour toujours. Que je pourrai continuer à pratiquer mon art en silence, ici, dans ce lieu. Que je pourrai troquer de la nourriture contre du fil. Que le tissu de récupération continuera d'être trouvé dans les caisses au coin des rues. Que l'eau ne s'arrêtera pas. Qu'un jour, Villon se réveillera.

Je dors près de lui. Toute la nuit, je veille. Je le regarde reprendre vie. J'ai soulevé le drap. Son corps a complètement absorbé le bandage. J'ai décidé de me livrer à quelques expériences sur lui. Parce que je pense que cette nouvelle ligne, dans ma main, c'est lui qui me l'a donnée. Que d'une certaine manière, il communique sa surface. Il déborde. Il envahit et contamine, en don de lui-même. Et peut-être que cette aura, dans l'allée, c'était grâce à lui, aussi. Mais je voudrais pouvoir faire ça aussi, même si je ne partage pas son essence. Que je suis désespérément humaine. Alors lentement, je lui prends des cheveux, ceux qui tombent sur son oreiller. Et je les couds dans mes vêtements. J'ai l'impression qu'ils tiennent mieux, que leurs couleurs s'imposent. C'est peut-être moi. Je peux pas m'empêcher d'y croire.

La maison reprend vie. J'ai de l'espoir mais je ne veux pas savoir ce qui se passe. Le piano est arrivé. Lou s'est mise à composer. Je regarde son dos, dans la robe de lin blanc que je lui ai cousue.

Ses omoplates comme des ailes sous le dégagé de sa nuque, de son chignon. Parfois elle se retourne pour me regarder, gênée – puis tout en retenue, elle sourit. Elle est merveilleuse. Je m'inquiète pour elle. Il y a des rumeurs. De nouvelles grues apparaissent tous les jours. La nuit on entend encore les hélicos. Les gamins viennent parfois dormir avec nous. Dans ces moments d'angoisse, où je nous vois toutes brûler dans les flammes du napalm, je repense à Gwynplaine. À sa peau imaginée. À son sourire, à son sourire. À son futur qui m'échappe. Je ne lis plus le monde. Je m'endors en entendant les voix de mes amies, à l'Orée du monde. Ta voix, toi qui existes partout autour de moi.

Que reste-t-il du paysage de mai ?

*

Et puis un jour, un jour. L'eau s'arrête.

Et Villon se réveille. Il se redresse dans le lit.

Cligne des yeux.

— Pola ?

Je me penche vers lui pour l'enlacer. Il m'a manqué ce con. Il se rétracte dans un coin du lit, en animal coincé.

Je le calme direct.

— Villon, tranquille.

Il regarde autour de lui, comprend où il est.

Qui je suis.

— Como ?

— Oui, plusieurs jours.

Il se frotte les yeux. Il a l'air paumé. Comme s'il refaisait dans sa tête ce qu'il avait vécu dans ce sous-sol. J'ai l'impression de le perdre là, en un instant. Qu'il va se lever et fuir, comme il l'a fait plusieurs fois. Mais non. Il reste. Il me fixe intensément. Quelque chose a changé en lui. Imperceptible. Pas ses yeux. Sa texture. Il tend ses mains pour prendre la mienne. Il ouvre ma paume. Regarde la ligne.

Il se met à pleurer.

— Chut bébé, je dis en l'embrassant.

##

Gwynplaine m'envole dans le dédale de chambres de tapis de rideaux de paravents et d'éventails. Il y a des lits des matelas la vérité nue d'un repos. Nous tombons ensemble en torche – filantes dans la nuée. Les fenêtres déchirées et tout le fugitif de mon désir. Dans les bras de Gwynplaine. Dans ses bras, dans ses bras. Je sais que j'y cherche Villon. Qu'il me manque comme un bout de moi abandonné, laissé dans le silence. Mais tout mon corps demande cette eau. J'ouvre mon parachute pour amortir la descente en elle. Si le sang à mes tempes chantait, sa voix serait ma liberté. La fusion, la fusion – je refuse, je ne veux pas être elle je ne veux pas lui donner ce contrôle sur moi mais je n'ai pas le choix, j'en ai besoin. Si nous devons vaincre nous devons nous donner cette force, ce contact. Gwynplaine soupire. Son visage en écran liquide occupe ma pupille et je deviens de l'eau du sable qui coule. Métamorphose pour elle je prends sur moi d'être nouvelle à chaque frôlement tout en moi change aussi je veux cette capacité celle que Villon m'a donnée goutte à goutte de son être avant qu'il ne se livre complètement – je laisse couler. Gwynplaine s'empare, moi, qu'est-ce qu'il reste de moi. Je suis épuisée, ivre de bonheur de valses de serpents j'ai l'impression qu'une armée en moi devient la plaine où les lances et les phalanges et les coudes les angles là-bas ce qui m'attend c'est la fleur c'est l'eau du sang. Nos peaux ont appris à changer. Héliotropes nous nous tournons vers et j'ai tout qui hurle et chante et se donne j'en ai assez mais je n'en ai jamais assez je veux boire j'ai si soif me remplir pour habiter cette chair je suis en bout de course je me fends doucement et demain matin nous combattrons une dernière fois pour défaire le tyran nos ébats sont-ils répétitions encore lutte encore guerre ? J'en ai assez des combats je veux le nom secret de la paix que je trouve là sous cette aisselle je veux me laisser porter retrouver cet endroit d'arbres de vent où je prenais vie dans l'amour qui se change l'amour qui se donne.

EIDOLA

Tôt. Il pleut. Des gouttes en rafales sur la verrière, joyeuses. Pleurs de printemps. Villon se retourne, se plie d'une façon dont je n'ai jamais vu personne se plier. J'ai passé la nuit contre lui, sans vraiment dormir. C'était comme une bouillotte immense, de souffle. Il s'est mis à chanter de vieux airs révolutionnaires et il n'a pas cessé de murmurer poèmes et rêves. Parfois sa peau c'était comme de la pâte à cookies, parfois comme du marbre. Il change sa composition et sa densité, je crois, en fonction de ses émotions. Et puis il m'a rejetée pour se mettre au bout du matelas, en origami. Différencié.

Je me lève pour bosser. Il faut bosser. C'est la seule chose qu'il me reste, bosser. Sur le mannequin, j'ai composé une esquisse de bustier avec des pans qui pendent et des remous que j'aimerais draper derrière en série de feuilles. Des pointes. Des pointes. Je me laisse aller à sculpter lentement. Je rêve à des matières inaccessibles, des combinaisons que je n'avais pas encore imaginées. Du cellophane enrubannant une broderie anglaise, ivoire gaze de momie. Une soie vert d'eau qui devient liquide sous mes doigts, pour la modeler en capeline. Je dérive, torse nu face au mannequin, mon corps libéré de la tension du vêtement, sans allure. Juste moi.

Ça remue derrière moi. Villon me regarde, les yeux grands ouverts. Je continue mon ouvrage, sans ciller. Je sais qu'il me regarde. J'imagine que j'essaie de lui communiquer un temps éternel. Là, dans ce rapport à ce que je fais naître du plat de la main, de l'ongle, que je pique, enroule et tend. C'est encore moi, ou bien c'est lui, que je drape ainsi ? Tout se mélange. On a passé nos siècles à faire et défaire nos corps. Que reste-t-il d'eux aujourd'hui ?

Oripeaux.

— Adieu, vie d'éclats et sous notre roulotte, on résiste.

Je vais m'asseoir à côté de lui, une main dans ses cheveux.

J'y perds mon aiguille.

— Je t'ai réveillé.

— Malobidoo.

— Où exactement ?

— Là.

J'appuie où il me montre. Ça glougloute dedans, il en profite pour m'attraper et m'enrouler autour de sa taille. Comme ce même modèle que j'étire en volume. Ça me retourne, de réaliser que je deviens sa robe. Que je cherche son énergie, là où la torsion. Là où la vitesse et le ralentissement. L'emmanchure de nos avant-bras et les lacets.

On s'habille ensemble. C'est un rituel doublement intime, de se voir enfiler nos enveloppes. Comme se brosser les dents devant le même miroir. Une volupté qui n'a de nom que la sidération de l'avoir sous mes yeux, lui, debout à côté de moi. Ses pieds plantés sur ce sol qui nous retient de tomber. Je suis envahie par la beauté de sa peau et de ses yeux diamants et cul de bouteille. J'ai l'impression que ça y est : il est mien. Qu'il a renoncé à sa course à la différenciation. Il m'a acceptée. Il a confiance. Tout son être magnifique, si proche. De ses cheveux s'échappe un fil, celui avec lequel j'ai travaillé ce matin, par le chas égaré.

Farah nous a préparé un petit déj de titanides. Villon mange comme si demain était totale invention. Il engloutit tarte à la rhubarbe, muesli aux noix, confiture et café. Clopin sur les genoux, Lou le regarde de l'autre côté de la table. Dubitative. Je pense qu'elle a compris que c'était un être nouveau. Un être venu d'ailleurs, un ange, peut-être. Parfois elle me regarde et ce que je lis dans ses yeux, c'est une forme d'admiration je crois.

— Où est bz ? je demande.

Farah finit de me verser un vingtième café.

— À la laverie. Il a dit que vous devriez le rejoindre.

Je jette un coup d'œil à Villon, qui se goinfre. Le canard becque des restes en imitant une poule. Lou fait cette drôle de moue.

Elle n'ira pas.

*

On retrouve dilem sous le micocoulier. La barricade est devenue montagne de trottinettes entassées, de voitures, de parcmètres et de meubles. Pour traverser la place on doit emprunter un enchevêtrement de palissades où plusieurs dizaines de soldats ont fait leur maison – il y a même des petits rideaux décorés par les Papas. dilem prend des notes dans son petit carnet de lutte, assis dans un transat. Le rat dans sa combi fourrure grise et noir cradox s'acharne sur une cassette vidéo.

— Rembobine pas avec les griffes.

dilem nous voit, s'illumine – moustache taillée et barbichette, sarouel camel et chemisette – rose.

— Vous allez à la laverie ?

— Ouip.

— Je vous emmène.

Le rat charge le matos, on prend les escaliers et hop, on traverse Pyrénées et on remonte Levert.

— Le joli mois de mai sera filmé, dit dilem.

— Ça consiste en quoi ?

— Prendre la parole de toustes. La projeter. La partager. C'est la ville qui doit l'entendre, le pays tout entier. Ça part d'ici. Et ça va se propager. Et polliniser. Et le monde entier saura ce qu'est la Commune, ce qu'on est, ce qu'on fait. Comment on s'organise, comment c'est possible de résister juste en étant là – ça questionne le pouvoir.

— Tu comptes vraiment là-dessus ?

— Ne jamais sous-estimer la connexion entre ragots et révolution.

*

La laverie rouge est dans le sous-sol d'un des plus grands squats de Belleville, le Bloc, juste derrière Place des Fêtes. Un de ces lieux emblématiques où je n'ai jamais mis les pieds. dilem m'explique que c'est lui qui avait eu l'idée, bien avant la Commune, de faire un endroit où l'on pourrait laver son linge ensemble. Où l'on pourrait communiquer la passion des livres pendant qu'on regarderait tourner les fringues dans le tambour. Moi perso je lave mes fringues à la main, mais OK.

Une volée de marches derrière une porte de fer. Les machines à laver dans une galerie sous un plafond bas. Des communardes en train de lire, des étagères pleines à craquer de propagande et de romans, de poésie et de bandes dessinées. Sur le bois sont gravées des histoires d'amour en quelques mots. Des messages de détresse d'une génération laminée – on nous avait dit que la fin du monde était inévitable, qu'il n'y avait plus aucun ciel derrière ce nuage de pluie triste. Mais j'y crois encore, toujours. L'espoir ce matin a un goût de Chat Machine.

dilem nous emmène un peu plus loin, derrière une porte gardée.

— Je vous laisse gérer, je vais étendre mes slips.

La rumeur d'une activité. Grésillements. Des câbles suspendus et des posters, des stickers. Le *Plainsong* de Seefeel bloqué sur repeat. Un fournil de machines qui ronronnent et des bonnets qui hoquettent derrière des écrans. Des racks entiers de consoles, de bobines qui tournent dans les deux sens. Craquements. Des images partout, clips et démos. Je reconnais quelques machines, du temps où je traînais avec mes potes à l'Orée, de l'Amiga, du Commodore, Mo5, Ti-99 et tiens, ahah, un Alice. Je me pose derrière un type qui pianote derrière des lunettes de soleil en plastique. Je le regarde naviguer dans un tissu de 3D aux angles aigus, les dégradés remontés. Il se déplace dans les interstices de plusieurs plans. Dans la gouttière de ce qui assemble les vecteurs. Villon contemple l'écran silencieusement. Concentré. Qu'est-ce que ça lui rappelle ?

bz me chope direct.

— MEUF !

Il est comme dans une sorte de transe.

— Alors c'est ici que tu te planques.

Il regarde partout.

— Lou est pas avec toi ?

— Nan.

Il a l'air déçu. Je comprends rien à leur relation.

— Tu veux voir sur quoi je bosse ? il dit.

— D'acc.

Au milieu des travées, Villon serre très fort ma main dans la sienne. Parfois, il tourne ses yeux vers moi, émerveillé par les couleurs. J'ai l'impression que lui aussi est composé de plans, de pans juxtaposés. Son visage en tenseurs. Il faudrait tirer le fil pour voir s'il se découd.

bz s'installe derrière une multi-console full custom – clavier noir et gras, loupiotes. Il entre un accès et nous voilà sur une immense trame bondée de nouvelles formes. Silhouettes disproportionnées. Je m'imagine les habiller, les enrober, les enrubanner dans leur multiple dimension. Une nouvelle façon d'envisager les jointures, les emmanchures. Je cherche les matières instinctivement. Je me demande si je pourrais conjuguer de l'organdi et du plastique. Où est-ce que je vais pouvoir en trouver, maintenant que tout le bas du quartier c'est Keufland ?

— Tu vois ça c'est notre organisation, on a crypté tous les accès et en visualisation, ça donne une sorte de plan infini où on peut mettre des nodes, tu vois. Chaque node, c'est une bécane et le but là, c'est qu'on puisse s'interfacer avec d'autres surfaces, parce que des lieux comme le nôtre il y en a partout, et c'est avec ça qu'on va partager les informations.

Je me penche sur l'épaule de bz, c'est immédiat : je peux sentir sur ma peau le déplacement des lignes et des figures géométriques en ballet de composition. Rapidement, je place les coutures aux endroits où ça ferait du sens.

— Le croisement des trames et des chaînes, je murmure.

bz me regarde.

— On fait du tissu, d'ailleurs.

J'ai l'impression que tout ce que j'avais en moi se déploie. Le ballet des données et les sillons qui deviennent monde, le jargon, les programmes toujours plus complexes, les logos, les marques et les anti-marques. Comme un mur de larsen nous séparant du reste de l'univers. Naviguer, construire. Des jeux, des forteresses à faire tomber. Un nouvel horizon. Barrière artificielle dans l'artifice lui-même. Est-ce que c'est si différent de ma couture ? L'énergie d'une dérivation, depuis la vie elle-même. On s'y accroche désespérément, comme si ce modèle pouvait receler de la valeur. Mais au fond, la seule issue, c'est le corps – traces composites reliées d'étincelles, les clusters de nos rêveries et toutes nos données physiques, physiologiques et intimes. Nos gestes ont pris la place de nos claviers. Nous sommes nos propres matrices.

Quand je sors de ma contemplation, je me rends compte que Villon a disparu. Je le cherche dans les galeries, les reflets en territoire. Je le retrouve accroupi devant un écran qui diffuse en boucle des dessins animés. Je m'assois près de lui.

— Tu sais... il commence.

— Mm ?

— J'a des papilles, et des sessions de cœur mais jamais j'ai pu dire, ou juste penser como sa.

Il me montre sur le moniteur une extension de personnage, qui se tord après une chute, en accordéon. Sans souffrir.

— J'a l'un pression ke né jamais jé vé m'enfouir. Je reste prison. Je reste.

— De quoi tu parles ? Des geôles ?

Il tourne son visage et j'imagine un maquillage en travers de ses pommettes, pour le définir dans sa complexité. C'est comme un canevas. Un objet qui s'adapte et adapte en retour d'échange. C'est une machine organique à désir, une mode capricieuse qui change d'avis. Je l'aime si profondément, comme si j'avais passé ma vie à ses côtés. Comme si c'était toi et que je pouvais t'aimer, dans toutes tes dimensions. Après tout ce temps à t'imaginer, à vouloir te venger. Je pourrais le sculpter en toi, le rendre à toi. Il faudrait que je l'habille. Que j'extrapole sa beauté pour lui donner la flexibilité dont il semble avoir besoin. Et moi, enfin, me doter d'un objet dont je ne pourrais jamais éteindre la flamme. Au fond, tout au fond, je sais que je suis en train d'abandonner la révolution pour me donner tout entière à ce qu'il représente.

*

Gwynplaine nous attend derrière un rideau, assise sur un parpaing. Je reconnais Gaston derrière une table de jardin, noyée de papiers. Des plans du quartier, des emplacements de barricades. Pas mal de rations dans un coin, des caisses de munitions. Des fusils.

— Vous avez mis le temps, dit Gaston.

Je vais m'asseoir sur un transat en jetant un coup d'œil à Gwynplaine, qui a remis son masque. Elle a changé de style : un manteau coupé de travers aux épaulettes décorées de fils barbelés, un col en point de bourdon, des lambeaux enroulés dans une ceinture de cuir rouge. Un pantalon rouge et des sandales doriques. Elle a teint ses cheveux en turquoise, pincés en palmier. Mon petit cœur n'en peut plus. Villon reste près du rideau. Il fixe Gwynplaine sans bouger. L'air semble soudain fait de métal en fusion.

— Je sais pas si tu sais, dit Gaston, mais ce Charnier, c'est un sacré barjot.

Ah oué je l'avais oublié, lui.

— Il mord ?

Il hausse les épaules.

Villon regarde tout le monde.

— Dovè ?

Gaston nous emmène jusqu'à un petit débarras gardé par deux communards. Il ouvre la porte. Le pauvre Charnier est toujours dans son costard blanc rouge. Le tee-shirt entre ses mains semble tomber en lambeaux.

— Depuis qu'on l'a amené, il n'a pas décroché de son tee-shirt. Il refuse toute nourriture. Il se laisse mourir je crois. On va le laisser faire.

Villon fait un pas sur le côté.

— On pense qu'il y a une sorte de charge émotionnelle liée à sa fille. On a fait notre petite enquête... Elle serait morte il y a quelques années déjà.

Villon entre, Gaston l'arrête.

Je jette un coup d'œil à Villon.

— Lacha-mi fa solo.

— Je peux pas vous laisser entrer seul.

Villon gonfle le torse.

— U talkin to mi ?

— Écoute, mon petit, va falloir que tu changes de ton avec...

— Es Keuf toé ?

Je m'interpose direct.

— Je pense qu'on peut lui faire confiance. Que voulez-vous que ce vieux lui fasse ? Laissez-le gérer, il est directement impliqué. C'est bien pour ça que vous nous avez fait venir, non ?

Gaston regarde Gwynplaine, qui fait oui de la tête. Alors Gaston souffle et dit d'accord, d'accord mais venez pas me chercher si ça tourne mal. Villon crache par terre. Il a l'air bien remonté.

— Chéri, je lui dis en renouant son nœud de cravate tronquée, fais gaffe, n'oublie pas ce qu'il a essayé de te faire. J'ai pas envie de…

Ses yeux prennent une teinte de colère.

— Es sheurte, es moi.

Je repense au bandeau qu'il a exsudé, puis réintégré. Je repense à la montagne de fringues cheap. Je comprends que ce tee-shirt Minnie, oui, c'est un bout de lui. Villon place un doigt sur sa bouche, puis il ferme la porte.

— Bon, dit Gaston, j'ai le Conseil qui commence. Pas d'emmerdes, hein, je reviens.

Il nous laisse devant la porte, avec les deux gardes qui font semblant de rien entendre. On se met à l'écart. Je me roule une clope, en silence, c'est presque gênant. Ça dure mille ans. Gwynplaine est une statue appuyée sur son bâton.

— Ça va ? elle demande.

Je la regarde, amusée.

— Ça va.

Pause.

— Et toi ?

Elle hoche la tête.

Le silence, à nouveau.

— J'ai repris mon travail, je suis contente.

Et soudain, ça sort. J'ai l'impression qu'il faut que j'en parle, et que personne pourra comprendre, pas même Villon. Peut-être parce que je la connais pas. Peut-être parce que j'en ai marre d'être en boucle dans ma tête.

— Tu sais, je me suis posé pas mal de questions après ce qui s'est passé dans ce commissariat et j'en suis arrivée à la conclusion que je voulais plus me battre. Je suis pas faite pour ça. Je suis fatiguée. Je me suis battue toute ma vie et j'ai cette vengeance en moi, que j'arrive pas à faire taire, mais si c'est cette vengeance-là qui guide ma vie, il va se passer quoi quand ce sera fini ? Je sais, c'est un gros cliché, mais merde quoi, j'ai pas envie de me retrouver face à moi-même sans m'être au moins posé la question de ce qui est bon pour moi, tu comprends ?

Elle me regarde derrière son masque, j'imagine qu'elle sourit.

— Oh, je sais ce que tu penses. Que je suis égoïste, que je profite comme une bourgeoise de ce que la Commune m'offre, et que je m'implique pas. Mais moi, ce que j'ai envie de faire, c'est coudre, tu vois ? Et je peux bien aider les filles à se débrouiller et même aux barricades je peux faire la chouffe c'est pas un souci pour moi mais à un moment, je dois comprendre que...

— Tu as parlé de Melmoth.

Il me faut trois secondes pour enregistrer et sortir de mon petit nombril de merde.

— Oui.

— Viens.

J'hésite.

— T'inquiète pas pour ton mec.

— Mon... Villon n'est pas mon mec. Je sais même pas si c'est un homme.

— Tu l'aimes.

— Et comment tu sais ?

Elle décampe.

Oh putain elle m'énerve.

D'autres couloirs. Je comprends que je suis au cœur du système de défense de la Commune, où se ramifient l'organisation logistique, le dispatch. Je vois passer des troupes parfois, des hommes et des femmes épuisées. Ce qui me surprend le plus, c'est que la plupart portent des fringues de la Filasse, certaines que j'ai moi-même cousues. Un uniforme de non-uniforme. J'en tire une étrange satisfaction, mais je commence à être habituée à mon petit ego. Je ne sais pas si c'est ça qui les protégera des balles de l'ennemi, mais…

Attends, une idée, là. Juste là, tu la sens ? À peine. Une phrase que tu m'avais dite un soir, en rentrant de l'atelier, tu te souviens ? Qu'est-ce que tu m'avais dit ? Que nos fringues pouvaient être des boucliers contre l'oppression. Qu'elles pouvaient nous protéger de la surveillance, de l'autorité. De la punition. Qu'elles étaient comme des vestiges du libre, qu'importait leur qualité, pourvu qu'elles soient venues de nous, du dedans de nous. Que l'insurrection, c'est aussi le style, notre expression jetée à la face du luxe et des imitations, notre besoin de différenciation perpétuel, actualisé dans le taux de rafraîchissement rapide de nos identités. Tu te souviens, tu m'avais dit ça, tu –

— Fi ?

J'ai blinké. J'étais où ? L'idée se dissout, comme des touches de piano au-dessus d'un abîme ultra-violet. Nous sommes dans une salle d'état-major, des cartes aux murs.

— Regarde.

Gwynplaine me montre une zone en Île-de-France. Marne-la-Vallée. Le parc, divisé en cinq zones de couleurs différentes – territoires de l'imaginaire en conserve. Puis sa périphérie, aujourd'hui véritable cour des miracles. Et puis d'autres zones de couleur, envahissant progressivement les alentours, suivant le même schéma concentrique, toujours en cinq. Une onde de choc, propagée depuis l'épicentre du parc.

— Et là, regarde.

Elle me montre une carte de Paris. Divisée en cinq zones.

Et puis une carte de Belleville.

En cinq zones aussi.

Les mêmes putains de couleurs.

— What. de. fuque.

— Personne n'a fait le rapprochement.

Elle regarde la carte, toute fière.

Enfin, non. Masque impassible.

— Je capte pas, tu veux dire qu'inconsciemment tout le monde répète la structure d'organisation du parc, même… nous ?

— C'est ça.

— C'est complètement con.

— Pas forcément si on suppose que Melmoth n'est pas une personne.

— C'est quoi alors ?

Elle s'adosse au mur.

Je peux pas m'empêcher de la trouver abominablement sexy.

— On sait depuis un certain temps déjà que la Métrique opère suivant un plan bien précis, à travers toutes les couches de la société – c'est un dogme politique implicite qui a bouffé nos valeurs, nos amours, nos amies. C'est une sorte de symbole devenu autonome, tu vois ? Ce qu'il reste du monde ancien lui a prêté allégeance, sans même connaître son existence – on a plié devant la mise en mesure du vivant. Les forces de la sécurité privée de la Souris en sont le bras armé, incarné. On sait qu'elles forment certaines brigades républicaines, qu'elles expérimentent des armes médiatiques et mortelles. Il y a deux ans, on a intercepté des communications entre plusieurs groupes gouvernementaux qu'il nous a fallu des mois pour décrypter. Il y avait ce nom, Melmoth, qui revenait souvent, mais pas pour qualifier quelqu'un.

Là, elle m'a pécho.

— C'est quoi alors ? je répète.

— Une doctrine. Un programme de manipulation des masses. Une guerre de propagande. On n'a pas eu plus de détails, mais les messages parlaient d'une modification des comportements par des procédures précises et mathématiques, ça nous a donné l'idée d'une sorte de programme capable d'affecter le réel. De l'appauvrir et de le contrôler.

J'ai jamais entendu Gwynplaine parler autant. Je pensais que c'était juste une warrior.

— Il y a des gens à la Laverie à qui j'en ai parlé. Ils penchent pour un algorithme qui aurait permis d'accélérer les processus de la Métrique – une nouvelle façon d'optimiser la division du monde en unités et de recadrer les gestes, les statures. Et que ce serait né là-bas, au cœur du royaume de la Souris Noire, au centre de l'intelligence corporate qui a fait de ce monde un camp de travail.

— Je... OK.

— Ces fachos auront un jour la capacité de faire de la publicité directement dans nos rêves.

Franchement là, moi, j'aimerais retourner dans mon atelier.

Mais du coup, ça me fait penser :

— Villon a dit que ce Melmoth avait ses bureaux au 33. Que c'était bien quelqu'un et pas un ordinateur qui travaillait depuis l'antenne parisienne à l'établissement du parc. Alors oui, OK, il avait l'air d'être barge, mais franchement, de là à penser que...

Elle m'interrompt.

— Fi.

— Quoi ?

— Il faut que je te dise quelque chose.

On entend des hurlements.

— Villon, je dis, en mode panique panique panique.

Devant la cellule, un attroupement. Je ne vois pas ce qui se passe. J'ai l'impression d'avoir déjà vécu cette scène, cette foule dont l'objet d'attention m'échappe. Je joue des coudes et Gwynplaine m'aide à passer. Devant la porte, les gardes veulent entrer, s'en prendre au poète.

— Ne le touchez pas !

Je me sens protectrice, littéralement faire écran de mon corps, comme dans cette ruelle. Je me précipite dedans. Villon, là, dans un coin de la pièce, assis par terre, serrant le tee-shirt entre ses mains. Je jette à peine un coup d'œil à la masse rose et rouge suintante sur ma gauche pour aller le rejoindre. Je le prends par la nuque, je l'embrasse de partout.

— Ça va, t'as rien ?

Il me regarde pas. Derrière moi, j'entends Gwynplaine étouffer un juron. J'ose pas me retourner pour vérifier ce qu'est exactement cette masse rouge.

— Qu'est-ce qui s'est passé ?

Villon lève ses grands yeux vers moi, ces yeux dans lesquels je veux vivre. Ces yeux qui là, maintenant, en cet instant de confusion, m'expriment toutes les excuses du monde, incompréhensibles, inaudibles. Je le touche de partout. Il n'a rien. Ou alors. Si. Putain.

Il lui manque une oreille.

— Villon, je lui dis en prenant son visage entre mes mains, dis-moi ce qui s'est passé.

Il murmure.

— *Thy yearning amply fed at last, prepared to meet, Thy mates, Eidólons. Thy Body permanent, The Body lurking there within thy Body.*

Mon cœur se brise, instantanément. J'ai du mal à respirer. Je me détourne de cette bouche qui a parlé en énigme. Je vois le cadavre fumant par terre. Retourné comme un gant, Charnier. Je n'ai jamais vu ça. C'est un rôti d'intime – dentelle d'estomac, de poumons. Gwynplaine ramasse quelque chose dans un mouchoir. Je n'ai pas le temps de voir – une sorte de petit bijou, un tube enroulé sur lui-même – une broche ? Je reconnais cette couleur, phosphorescence. Un bout de Villon. Comme une excroissance détachée. Son oreille, transformée ? Une évidence : une arme. Dans ma tête les sirènes, la boue, les coups de fusil dans la forêt. Le bruit des chars et les armées de la mort qui entrent en Belleville et qui nous massacrent et nous dévorent sous les yeux de nos enfants.

##

Dans ses bras, dans ses bras. Gwynplaine ne me serre pas comme Villon. Villon, il s'enroulait, il se nouait, c'était comme un enfant accroché à sa peluche. Gwynplaine, c'est certitude. Pas besoin de la rassurer. Elle est là.

— Il faut que je te dise.

Je me relève sur un coude.

— Quoi ?

— Tu te souviens quand vous êtes venus à la Laverie ? On a parlé de Melmoth.

— Oui. Tu voulais me dire quelque chose. Et puis j'ai oublié de te demander.

Elle prend une inspiration.

— J'étais à l'inauguration du parc.

Je ne dis rien. Je sens monter en moi la tempête.

— Avec mes parents. Ma mère était gérante d'une petite agence de voyages. Elle avait réussi toute seule à nous tirer de la misère, parce que papa ne pouvait plus travailler. La Souris n'arrivait pas à vendre ses places alors elle avait rempli les hôtels de professionnels du voyage et on avait des invitations. On se pensait privilégiés, on était juste...

Ses yeux se perdent dans la vapeur.

— C'était mon anniversaire. J'avais huit ans.

J'ai du mal à croire qu'on est là, dans cette chambre sans mur sous le ciel qui s'éclaircit, et qu'elle me dit ça et que demain matin nous serons peut-être vitrifiées toutes les deux devant les Remparts.

— Ton frère a brûlé sous mes yeux.

J'ai l'impression d'avoir perdu toute consistance. Des vagues sous ma peau, électriques larguées. J'ai froid. Je n'ai plus envie de bras, de visage. Je me sens faible et affamée, y a que mes nerfs qui me tiennent debout en flèche de tension. J'appelle à l'aide, dans le néant. J'appelle à l'aide et je sais que personne répondra jamais.

Gwynplaine s'est rendormie. Je me lève, je me dégage de son étreinte. Je passe ma robe dans le scintillement d'une rosée. Le satin ne froisse pas mon épiderme. Elle m'effleure. Je prends soin des plis et de la ceinture. Je lisse le col asymétrique. Ces reflets sont autant d'expressions, de petits regards, de soupirs. Je sais de quelle étoffe elle est faite. Je me souviens de l'Eidolon qui se donnait en spectacle aux Pueri hier soir. J'ai une boule dans la gorge qui devient un poing étranglé. J'ai besoin de respirer.

Je rejoins le Festival, nos combattantes se lèvent. On prépare l'assaut. Tout me semble si loin de moi. La fin s'approche. Je peux la sentir. Après tout ce temps, ces rêves de grandeur. Ces esquisses d'amour dans le clair-obscur. Toute cette beauté qui s'épuise. Dans quelques heures, si nous sommes encore vivantes, nous serons au sommet du château. Et nous ferons tomber le sombre suzerain. Non, je ne désespère pas. Je sais tous les sacrifices qui nous ont menés jusqu'ici. Tout ce qui a permis de coudre cette robe.

J'entends des cloches dans la distance.
Des pulsations. Un bruit sourd qui fait trembler le réel.

boum

Boum...

BOUM

SUBMERGER TON SOLEIL

Un voile masque la lumière du ciel, Belleville plongée sous une couette sale. À travers les rues, les pentes et les allées. Entre les barricades, les sacs de farine complète, les entassements de vivres et de machines à laver. On a croisé dilem et sa caméra suivi de trois rats, pyjamas rapiécés au pelage râpé. Il nous a dit qu'il avait entendu parler de ce qui s'était passé à la laverie. Que Villon était une sorte d'assassin d'un genre nouveau. Que tout le monde voulait le rencontrer, pour le féliciter. Villon s'est esquivé sans dire un mot, visiblement gêné.

Il avait besoin de retrouver son bois.

On retrouve le chemin du Parlement des Oiseaux. Entre les troncs, les chaises brisées. Le mur du fond, les graffitis. Une couverture, une table renversée. Des branches.

— On va se faire une cabane.

Je me mets au travail, en escomptant qu'il se joigne à moi. Ça le sort de sa torpeur, de son silence. J'ai pas envie de m'imposer à lui, mais je m'inquiète. Je suis une anxieuse. Si je dis pas les choses qui font trembler mon cœur, j'ai l'impression de m'écrouler de l'intérieur. Il me faut des prises pour tenir debout. Alors je m'active, je dresse des poteaux, je ramène une bâche, des feuillages, des cailloux. Il cueille des fleurs, des petites fleurs toutes jaunes. Il les enroule entre mes épis.

— Des cabanes dans tes cheuvs.

On attend dans le refuge, serrées l'une contre l'autre. Je sais qu'il a besoin de me parler. De me dire. Je lui laisse le temps. Il s'allonge, pâle cristal de mélancolie.

— Charnier voulait mourir, n'est-ce pas ?

Il se perd dans la contemplation d'une toute petite araignée, qui tisse entre deux feuilles.

— Tu sais donner la mort.

Lentement il fait oui de la tête.

— Ils peuvent faire de vous des tee-shirts. Ou des armes.

Il faut que je me jette à l'eau.

— Je ne comprends pas, t'es quoi ? Je sais que c'est difficile, peut-être que tu ne sais même pas, au fond. Mais qu'est-ce que je peux faire si je ne sais pas d'où tu viens ?

Il soupire. Il met tout son être dans cette saignée.

— Soi eidolon da Mehdi.

Une mésange vient se poser.

Alors, alors.
Alors.

*
*
*
*
*
*
*
*

Alors : ça commence par une chanson. Une putain de ritournelle à se trépaner direct. *C'est un tout petit monde*. Encore et encore, tous les jours. L'hymne, rythme.

C'est un monde de rires
Un monde de larmes

Quand tu es arrivé au parc, avec tout ton talent, tes robes et tes tissus, tu pensais simplement donner du bonheur. Mais tu as dû montrer tes papiers, exister administrativement pour la Souris. Tu ne pouvais pas être Mehdi. Tu n'en avais pas le droit. Mais tu avais besoin de ce boulot, c'était vital pour toi. Tu étais prêt à tout pour nous aider. À renoncer à qui tu étais. À te livrer tout entier à leurs regards. Jamais tu aurais pu croire que ça te ferait tant de mal. Tu te croyais protégé. Tu avais Villon. Mais Villon, tu me l'as caché toute ta vie. J'avais des indices. Un recueil de ses poèmes médiévaux sur l'étagère, que je n'ai jamais ouvert. Et qui a brûlé avec toi. Parfois un mot, sur cet ami imaginaire que tu avais cousu de toutes pièces une fois, sous tes couettes. Un corps imaginaire, un corps d'homme très jeune, pour te donner confiance. Comme une esquisse de ce que tu voulais que ton propre corps devienne. Mais la puberté est impitoyable avec les rêveurs. Pendant tout ce temps, Villon a grandi en toi, ton double, toi-même. C'est avec lui que tu es allé postuler. Que tu as joué ce jeu, celui que tu jouais depuis ta naissance. Celui de la gentille fille, de la gentille couturière qui aimait les dessins animés de la Souris plus que tout. C'est vrai, tu les connaissais par cœur. Tu t'étais identifié à un certain nombre de personnages. Cette petite souris couturière dans *Cendrillon*. Mary Poppins. Tu avais envie de cette magie. Tu savais comment faire de la magie – tu avais créé Villon. Pour toi il était aussi réel que moi. Mais tu nous avais gardés séparés. Tu le voulais pour toi seul.

C'est un monde d'espoirs
Et un monde de terreurs

Tu as commencé à travailler dans les ateliers souterrains du parc. Au début, ce devait être grisant : coudre Baloo, Tigrou, qui prenaient vie dans tes mains durcies, calleuses. Les journées passaient sans distinction. Répétées, toutes les injonctions, les obligations de pointage, d'apprendre à se tenir droite sous la pluie pendant les pauses. Dans le ciel se peignent des sourires de glace, la Souris qui regarde, partout, dans les angles des plafonds, dans les serrures. À chaque porte, un formulaire. Répétées toutes les injonctions, tes pronoms obsolètes, la forme de tes courbes et la taille de tes os, ta voix filtrée pour laisser filer une gamme d'aigus, tes ongles longs, trop longs. Cette souffrance n'a pas de nom, pas de sortie. Juste obéir pour un chèque, accepter de répondre avec la bonne grammaire, la bonne syntaxe. Ne pas se perdre, ne pas décevoir leurs attentes. Garder en soi l'idée qu'on n'est pas ça, qu'on ne sera jamais vraiment ça, mais rien n'y fait, ils sont partout, toute la journée, derrière toi. Seul Villon, imperturbable, te regardait avec amour depuis un coin de la pièce.

Il y a tant à partager
Il est temps de s'en rendre compte

Jour après jour après jour, le manque de sommeil, la promiscuité avec tous ces autres corps brisés au dortoir, la routine épuisante et le climat froid, gris invivable. Tes mains écorchées. Tu es parfois tenté de céder, tu as tellement sommeil. Dans la cour froide, tu te surprends parfois à vouloir tout laisser tomber. Mais tu aimes ton métier : tu donnes corps au rêve. Combien d'enfants vas-tu émerveiller ? Ça vaut bien les railleries, les regards en coin. Tu es fort, tu n'as pas besoin de validation. Tu sais qui tu es. Tu t'appelles Mehdi. Tu as la vie devant toi. Tu vas devenir un très grand couturier. N'aie pas peur. Tous les soirs, dans ton petit lit, Villon te veille, assis sur le tabouret. Il te chante des poèmes dans l'hypnagogie. Il te rassure. Il a toujours été là. Il sera toujours là. Parfois tu te demandes si d'autres peuvent le voir. Les gardes, peut-être. Et ce type étrange qui rôde dans les galeries. Tu n'es pas sûr d'avoir vu son visage, masqué en permanence par un nuage de fumée. Tu connais son style : un de ces vieux costumes des années 50. Avec le mouchoir dépassant de la poche gauche de la veste. Lui, tu le sens. Il fume, il te regarde de l'angle d'un couloir quand tu passes pour aller à la cantine. Tu as l'impression que Villon tourne les yeux pour le défier. Que ces deux-là se connaissent. Se reconnaissent. C'est peut-être juste ton imagination.

Juste une lune
Juste un soleil d'or

Mâcher des haricots au lard dans la cantine froide. Dans ton plateau, le jus brun où nagent des petits pains déborde sur ses brocolis. Un petit cube de lait. Des ananas en triangle. Un rectangle de céréales. Tout est brandé Souris, comme les objets de toilette dans le dortoir. Tu étires un sourire, celui que tu dois porter en tout temps. Ici, les sourires sont une monnaie d'échange, un moyen de survie. Protection. Vous êtes trois à déjeuner en section non mixte, réparties sur les tables d'un hangar sans fenêtres. Une radio diffuse un fond sonore – la foire de 1964 de New York où la Souris avait présenté *It's a Small World* pour la première fois. La télévision en marche, mutée, diffuse en boucle un vieux *Silly Symphonies*. Dans une mare noir et blanc, des canards joyeux plongent en ronde. Encore et encore. L'inauguration c'est dans quelques semaines. Vous êtes en retard, vous manquez de sommeil. Et tu commences à entendre des rumeurs. Sur une mystérieuse attraction pour laquelle il faut des costumes spéciaux. Plusieurs filles sont parties y travailler. Aucune n'est revenue au dortoir. Pas de nouvelles. Pendant que tu couds, penché sur ta machine, enfiler, régler la tension, tu t'obsèdes. Tu as envie d'en savoir plus. Le soir avant de te coucher, tu erres dans les couloirs aseptisés, à la recherche d'un passage vers cette attraction fantasmée. De quel dessin animé, de quel film est-elle l'adaptation ? C'est la seule chose qui te permette de tenir, cet horizon. Ce secret. Tu as besoin d'un secret. Villon te dit de ne pas y penser. Que c'est pas pour toi, que c'est pas pour vous. Tu le rassures, tu lui dis qu'après l'inauguration tu iras à Paris, tu te feras embaucher dans une grande maison. Tu en finiras avec tout ça. Il te croit.

Et un sourire signifie
Amitié pour tous

Et puis un jour on t'appelle au bureau du superviseur. On t'explique que ton travail est bon, qu'il mérite plus. Tu sens une présence dans ton dos. Le type au costume. Son visage flou, dans un nuage de fumée. Il t'observe, puis quitte la pièce. On te fait signer un contrat de silence. Rien de ce que tu verras ne doit fuiter. Tu acceptes. La veille de ton transfert, tu n'es qu'excitation. Tu as bien rangé tes affaires. Tu n'as même pas le droit de dire aux autres que tu t'en vas. Avant l'aube, tu sors discrètement. Tu rejoins les deux gardes, au bout du corridor. Villon est inquiet, très inquiet. Tu lui prends la main, tu la poses sur ta joue. Ne t'inquiète pas, tu lui dis. On est ensemble pour toujours. Il ne peut rien nous arriver. Il te croit. Vous montez dans la mini-moke qui permet de se rendre d'un coin à l'autre du parc, par les tunnels au-delà des zones interdites. Des pentes vers les tréfonds, où les panneaux se font rares, puis inexistants. On te demande de passer une blouse pour travailler. Les ateliers sont vastes, et vous n'êtes que très peu. Personne n'a le droit de parler, vous êtes constamment surveillées. La milice porte des brassards avec trois cercles noirs. Vos déplacements sont contrôlés. Vous n'avez le droit qu'à dix minutes de pause le matin, une heure pour déjeuner, et dix minutes l'après-midi. Impossible de savoir ce que tu couds, tu n'as qu'un seul bout d'un ensemble complexe, dont chaque couturière détient une partie. Tu essaies de deviner de qui il s'agit, de quoi. Une créature peut-être. Et quel est ce tissu ? Une sorte de viscose. Chatoyante. Le soir, dans ton lit, Villon te dit qu'il flippe. Il a l'impression que tout le monde peut le voir. Qu'il y a d'autres présences que lui ici. Des amis imaginaires comme lui.

Impossible, tu penses. Les amis imaginaires n'existent pas pour les autres. Mais Villon insiste : il dit qu'il y a des fantômes, partout. Que tout le monde a peur. Tu penses à un nouveau prototype de maison hantée, peut-être es-tu en train de coudre la peau d'un spectre. Parfois, tu vois pleurer les travailleuses. Tu essaies de les rassurer mais aucune ne veut te parler. La terreur règne. Tu commences à te demander ce que tu fais ici. Tu te dis qu'il faut que tu partes. Rien au monde ne mérite ça. Tu demandes à voir le superviseur. On te le refuse. Tu demandes à partir. Hors de question. Tu te rebelles. On te tabasse. On te jette en cellule. Et Villon, Villon et sa poésie, Villon et son sourire.

Villon n'est plus là.

Entre les montagnes
L'océan, immense.

Quand tu sors de l'isolement, on te remet au travail, sur ces ectoplasmes. Tu ne sais pas ce qu'ils ont fait de Villon. Un soir tu pleures et une collègue vient te consoler, dans l'angle mort des douches. Elle te dit de te calmer, que ce n'est pas grave. Et puis, et puis, elle te dit qu'elle aussi a perdu son ami ici. Qu'elle était venue pleine de rêves et que c'est ce qu'ils font aux gens qui rêvent trop, on leur prend ce qu'ils ont de plus cher. Et que c'est peut-être l'objet de cette attraction : dérober les amis imaginaires des gens, les emprisonner pour les remplacer par des amis plus réels : la Souris et son gang de potes. Tu n'arrives pas à y croire mais au fond tu sais que c'est vrai. Que c'est ce qui se trame là, en bas, tout au fond, dans cette pièce secrète qui n'a pas de nom, dont on dit qu'elle est faite de palmiers noirs et que c'est là, sous l'œil mauvais d'un oiseau de pures ténèbres, qu'on est en train de torturer Villon.

De le modifier, lui et sa substance de songe. Qu'on en extrait son jus pour en faire des tanneries d'invisibles qui serviront au merchandising, à vendre toujours plus de tee-shirts et de sweat-shirts, de pantacourts dégueulasses et de gilets brodés et de robes et de jupes et de cache-cœur et y a tout qui hurle et je peux pas laisser faire ça et tu peux pas les laisser ouvrir ce parc et cette attraction et tu peux pas les laisser prendre tout ce qu'il nous reste de beau et de tendre et de proche. Alors en toi se fait jour cette idée, belle en le soleil qui se lèvera bientôt. De les ruiner, de montrer ce qu'ils sont, dans ta chair. En travers de ta chair. Tu prépares, dans le secret de ton cœur. Tu baisses la tête, tu obéis. Tu as déjà tout perdu. Ta famille. Ton identité. Ton travail. Ton meilleur ami. Tu es tout seul à présent.

Et tu brûles de le clamer.

*

La lumière a changé dans le bois devenu or, ambre. Le cuicui, les trilles et les vibrations. Je trouve un espace entre inspiration et expiration. Villon a du mal à se concentrer, il peine à trouver ses mots. Je prends toute sa douleur, là, dans mon ventre en miettes. Un déchirement pour ces deux êtres sensibles, séparés pour toujours.

Nous partageons un silence qui dure trois millions d'années. Mais il y a encore des choses que je ne sais pas, que je ne comprends pas. J'ai besoin qu'il continue à parler, je l'encourage. J'enroule un de mes doigts autour de ses boucles. J'ai l'impression qu'il a besoin de me sentir, là, présente près de lui. Dans ce moment où il se livre, ses lèvres sèches. Je l'invite à dire, à continuer de dire. Alors, la suite naturellement : son enfermement, la torture, comment ils avaient essayé de le changer pour lui donner des formes impossibles, d'abord de le twister en Donald, puis en Minnie, mais il était trop résistant, trop ancré dans sa relation avec toi. Comment sa peau était devenue un terrain d'expérimentation pour ses tortionnaires. On lui avait réservé un traitement spécial pour le soumettre, lui, son amour, sa rébellion. Sa soif de différenciation. Et comment, dans cette fureur de vivre, ils avaient trouvé l'inespéré. Une nuit, alors qu'il se tassait dans la cage où ils l'enfermaient après leurs sessions, écorché vif, dépecé jour après jour, éternellement, comme si son être était fait de couches d'épidermes infinis, une nuit Melmoth était venu.

Il avait parlé, derrière son nuage de fumée : *vois, poète, à quoi ta chair de conte de fées peut servir. Te rends-tu compte de ta chance ? Tu sais combien d'eidolons ont disparu ici, dans ces mêmes cages ? Aucun n'avait ta résistance, ta soif d'exister. Tu es un astre au firmament, et tu m'appartiens. Tout comme le corps de cette couturière m'appartient. Ce que je vais faire de toi, de vous, sera pure création. Vous serez la matière dont seront faits les rêves de tous nos enfants. Les peaux fragiles dans lesquelles leurs parents pourront les voir grandir. Ces mêmes peaux que nous pourrons remplacer à volonté. Pour toujours. Quand je suis venu m'installer à Paris, dans ce bureau, j'ai compris qu'ici je pouvais faire ce que je n'ai jamais pu faire là-bas, sur l'autre rive. Là-bas, il n'y a pas tout le passé d'ici, ta poésie. Ici, il y a la différence à dompter. Ici, c'est terre fertile. Alors n'aie pas peur. Tu seras la frontière d'un monde nouveau. Tu n'as pas envie d'être cette frontière ? Cette limite ?*

Villon n'a plus jamais revu Melmoth. Il dormait entre les palmiers qui dansaient sous les plafonds hauts, sous la haute garde du pélican noir. Traumatisé, condamné à l'écorchage éternel. Et puis, un jour, tu t'es enflammé. Et tu as mis le parc à l'arrêt et on s'est intéressé d'un peu trop près à ce qui se passait à Marne-la-Vallée. Melmoth a disparu, la Palmeraie a été scellée. Dans ce lieu maudit, Villon a compris que les tortures avaient cessé, il a vécu des années, à ronger sa cage. Et le moment venu, il a combattu le pélican, il l'a blessé et il a fui dans la nuit noire. Une longue errance, faite de rien, sans maison. Son arrivée à Belleville. Comment il a retrouvé la trace de l'ancien bureau du type au costume enfumé. Là où l'attendait ton mannequin, oublié là par le suzerain. Comment il est lentement devenu fou. Seul. Abominablement seul.

Et moi je suis arrivée dans sa vie. Je l'ai percuté de face, avec mes doutes et ma colère, mes petits rêves de robes et de vengeance. J'ai admiré sa capacité d'échappée, la splendeur d'un humain ancré, centré. Être jalousie de ne pas l'être, moi, ancrée. Centrée. De vouloir sa vie à lui. De fuir la mienne pour lui donner mes rêves et mes soupirs, mon ventre et toute ma force de prise, ma force de retourner et d'entrer en l'autre pour m'y blottir. J'ai envie de pleurer tout ce qui me reste de beau.

— Mon frère a brûlé, parce qu'ils vous ont séparés. Et les cendres qui restent de lui, c'est toi.

Il me prend dans ses bras, c'est un geste doux, affection.

— Merci de m'avoir dit tout ça.

Oh mon dieu, mais qu'est-ce que j'ai fait pour le mériter, lui ? J'ai tout en moi qui demande sa peau, mais pourquoi ? En quoi est-ce que je me mens ? Est-ce que je l'aime pour lui-même ou bien pour ce qu'il pourrait me donner de sublime à coudre, des robes magiques, des ensembles féeriques ? Des silhouettes nouvelles, impossibles éphémères sur l'horizon. Je l'aime, je l'aime. Je ne veux pas l'utiliser, je ne veux pas l'avaler. Il existe, il est là, devant moi. Je le reconnais. Dans sa souffrance, son unicité. Sa différenciation instinctive. Sa présence dans ma vie n'est pas un hasard. C'est une épreuve : deux cosmos qui se sont croisés au même instant, au même endroit. Rien de tout cela n'est anodin. Nous avons un rôle à jouer l'une près de l'autre. Et maintenant, nous sommes là toutes les deux et ce qu'il y a à dire, à faire, c'est à deux que nous le ferons. Ensemble. Deux cosmos qui se frôlent. Mais où se trouve la couture pour nous tenir ?

— Fi, il commence.
— Chut.
— Da. Ma...
— Quoi ?

Il prend ma main, l'embrasse dans sa paume, précisément sur cette ligne de destin qu'il m'a donnée. Il pince ses lèvres et tire dessus, lentement. Elle brille comme imbibée de miel, constellée de salive phosphorescente. La ligne s'enroule autour de sa langue. Il tire dessus, pour en faire sortir une extrémité. Il la tient entre deux doigts. J'en prends un bout, il prend l'autre. Et lentement je m'enroule à mon tour, jusqu'à lui, jusqu'à sentir la ligne de ma main fondre sur ma langue et se mêler à la sienne et nous mêlons nos destins. J'ai peur de ne plus jamais pouvoir me défaire, de l'avaler mais la peur j'en ai plus peur. Je suis prête. Qu'il me laisse le temps, qu'il me laisse la place alors je lui montrerai que je peux tenir debout toute seule.

##

Soudain la cohue. Je suis emmenée par la vague, loin dans le ressac, sur les rochers. Entre les parois lamées du Festival, miroirs d'aluminium où se reflète le flot incessant de la confusion, tout se mélange. Sang et haillons, haleines de bouc en rut et mains crispées. Dans le ciel, une nuée de drones en arc, formation qui se lève tel un démon sur son mont chauve, dépliant ses ailes de vampire en filet de mort. Le voile brûlant. L'essaim stagne puis, comme d'un coup de semonce, expiration d'une apnée trop longue, il s'explose en fleur et lâche de ses minuscules cales une pluie de mortelle poudre féerique. Le tableau qui s'empare du réel est une chair dévorée par le poison de l'imaginaire, ces drones peints en sourires, oreilles de souris en trois rotors, c'est la punition de l'invisible. Sous leurs ventres ouverts, parade et Pueri flambent ensemble. Les chars deviennent ruines. Les phalanges communardes résistent encore mais l'afflux de réfugiés empêche la coordination. Carnage. Et sur les Remparts, déployées en figure de ténèbres, les ailes du Pélican noir perché – les portes du Royaume s'ouvrent et dégueulent les troupes de cuir et de casques. Les brassards et les drapeaux. C'est la charge. Ils vont purger la Périphérie. Pueri, communards et réfugiés se tassent, font bloc. Cette marée de mort s'avance. La marée reflue, mouvements de panique. On se piétine, on hurle, et c'est bientôt une montagne de corps qui s'entassent devant le mur ceignant le Royaume. Je vois un adolescent au corps flamboyant, véritable félin enveloppé de bandages éclaboussé du sang de sa moisson. Sa chevelure de feu se délite en dreads constellées d'étoiles de mort, de gri-gris. Quand la colonne de souris noires rencontre ce qui reste de la parade au pied des Remparts, le choc est semblable à deux courants contraires sur l'arête d'un rocher. Aucun silence n'accueille ce moment suspendu, juste poing contre face. Les armes de l'Ennemi déchirent les peaux, extraient toute magie des corps. Ils se sont adaptés depuis la victoire de Place de Fêtes. Ils ont compris comment rompre l'enchantement. Alors il n'y a plus le temps : je dois récupérer notre drapeau. J'avance dans le massacre, en priant pour que personne ne me voie – j'ai placé le châle du péplos sur mon visage pour rester invisible et la robe mérovingienne accélère mes pas de danse – j'esquive tout regard, toute balle traçante. Des bruits de casseroles et de crécelles. Tourbillons, torches, écume ! Tout le souffle semble aspiré vers le ciel – de la cendre, de la poussière, du sale et de la peau séchée. Brouillon de combat, mais je trouve la force d'avancer jusqu'au mât de Mai. Quand ils comprennent ce que je suis venue faire, un bataillon de Communards fait écran. Ils se placent en quinconce et encaissent un assaut, me laissant le temps d'un bond de gravir la barre. J'accroche les prises espacées, une par une, les pans de ma robe en ailes. Je le vois là, tout là-haut, il tient bon, il brille dans la fumée purulente. Je tends la main – électricité quand je le touche, le drapeau crépite et scintille. Il sait que je suis là, que je suis venue pour lui, alors il se donne à moi et se plie dans l'angle pour accompagner ma main. Je le saisis et l'arrache à ses attaches – pardon pardon pardon – je sais que ça fait mal.

Je me souviens de ce sentiment de plénitude, entre tes bras. Quand il me semblait que le monde pouvait nous accueillir, sans jugement. Quand mon être tout entier vibrait d'exister en lui-même, pour lui-même. Il est loin, ce temps. Regarde-nous aujourd'hui, pissant nos existences !

J'enroule le drapeau autour de mon avant-bras puis me laisse glisser jusqu'en bas. Les combattantes ont tenu bon, parmi elles je me tiens debout et je brandis le drapeau vers le ciel, hurlant de toutes mes forces :

— Sans plus rien que les flammes, encore ! Que nous soyons lumière, que nous soyons vengeance !

Je sens la déflagration, l'onde de choc depuis le drapé. C'est physique, c'est le réel lui-même qui prend vie.

— Nous serons le feu, nous serons le cœur vide ! Nos flammes prendront ces tours ! Nos flammes incendieront le trône ! Nos flammes sont plus fortes que vous !

Un cri dans la nuée, l'espoir, l'espoir ! Les dernières troupes se regroupent et font pression, je peux voir la nasse se créer, faire pression. Pistons. Et je vois les enfants perdus venir en renfort depuis les forêts, leurs chansons démentes irradiant le massacre. Leur puissance agile passe sous les matraques et sous les étranglements, elle brise les genoux, déchire les tendons. Elle submerge les phalanges.

— Temple, brûle !

LE REFUS TOTAL

Sur les gradins, foule. On a retrouvé Pifou et les têtards au Belvédère en mode sortie de nuit pyjamas et couettes en tresses. On va s'asseoir sur les rambardes du haut du parc, la place de la maison du peuple de l'air en plongée pleine à craquer. Citoyennes et tribus, les ouvrières et les soldats, les infirmières, les gars du carrefour et la Division Drx. Il y a même un troupeau de lamas bien chill. bz a pris sa console et pianote, Lou tient Clopin entre ses mains, le canard roucoule. Villon triture une jonquille.

Plusieurs ténors prennent la parole, relayés par des glaneuses, par des skaters. La Faucheuse s'avance sur le proscenium, elle parle. L'heure est grave : des rumeurs venues du bas quartier, les colonnes avancent, les grues se tendent au loin, la république des keufs et des tracteurs. Plus rien ne peut l'arrêter. Les dernières charges nous ont laissées exsangues. On ne sait pas ce que nous réserve l'avenir, mais une chose est certaine : il passera par la mort d'un certain nombre d'entre nous. On parle de nouvelles armes, aux mains des milices privées, ces mêmes milices qu'on a vues pénétrer profondément dans nos défenses. Des armes aux effets impossibles, qui pèlent la peau. Je jette un regard à Villon. Les yeux absents, la bouche tendue. Je sais qu'il connaît ces armes dont on parle.

Je me souviens de Charnier à la Laverie.

Et puis un homme immense se dresse, je l'ai déjà vu au cours du peu d'assemblées auxquelles j'ai participé : c'est un rhéteur qui défend les familles les plus fragiles.

— Nous ne pouvons les laisser nous intimider ! Nous avons des armes, des vivres ! Nous tiendrons ! Nous avons nos barricades !

— Pas assez !

— Et nos malades ? Et nos blessées ?

— Nous pouvons encore tenir Ménil et PdF, nos sentinelles voient loin, et nous pouvons compter sur les autres quartiers pour protéger nos arrières !

Une femme en jupe noire se lève :

— Si les Lilas tombent, Place des Fêtes suivra !

— Banane ! hurle un posse de chemises hawaïennes.

Je jure avoir vu un lama acquiescer.

— Nous sommes fortes, nous devons tenir. C'est la défense perpétuelle qui nous donne espoir. Sans elle, nous sommes comme eux.

— Conneries ! C'est Gaston qui a gueulé, les sentinelles au Père-Lachaise ont entendu parler de la colonne près de la tour de l'Alchimiste, des enfants et des adolescents qui sont prêts à tout casser si on les laisse, et on doit les laisser ! Ils survivent au milieu de l'ennemi, parce qu'ils sont jeunes et que la Métrique doit encore tenir les médias mais ça ne durera pas. Les commémorations de la semaine sanglante arrivent, ne nous trompons pas : les spectres de Mai ne viendront pas à notre secours !

— Le Comité de Salut public se déclare prêt à faire percée.

Et c'est là que je la vois : Gwynplaine, dans la troupe qui accompagne la délégation de PdF. Elle ne porte pas de masque. Libéré, son sourire. Et sur toute la figure sont peints les trois cercles noirs en kaléidoscope.

— Si nous jouons la surprise, alors nous avons une chance de reprendre Stalingrad, et de là, le nord.

— Et après, le Grand Paris !

— Vous êtes tous devenus fous !

— Prouvons-leur que nous sommes prêts à aller jusqu'au bout !

— Les Pueri arrivent, attendons !

— Exécutons tous les otages !

— Le collectif des Mères n'est pas d'accord !

— Pyrénées avec vous !

— L'AS PIAT s'en BAT LES COUILLES !

Des vivats, invectives. Volent des ballons de foot.

— Trop tard, trop tard. Nous avons déjà disposé de l'un d'eux, le commissaire Charnier, exécuté dans nos geôles par le peloton d'excellence.

J'hallucine.

— What, mais...

Villon me retient.

Fait non de la tête.

— Allons ! fait Gaston en levant le poing.

— À la Tour ! hurlent d'autres.

— Non ! Non !

— Coin coin ! fait Clopin, debout sur sa troisième patte en mode flamant.

dilem s'est infiltré dans l'assemblée, caméra au poing. Vingt rats le suivent, des caméras partout.

Pifou me glisse :

— On va quand même pas se faire des pass citoyens, hein.

Dans les gradins ça dégénère. Une faction dissidente des Blaireaux des Rigoles décide de manifester sa colère vis-à-vis des quotas d'eau. Des mémés baston réclament une redistribution territoriale de Jourdain, le Pré-Saint-Gervais s'oppose. On croit à la fiesta, on en vient aux poings. L'assemblée explose en salsa pugilat, les lamas s'en mêlent, ça crache et ça défonce. Le Comité de Salut public déguerpit la queue entre les oreilles. Villon se redresse, commence à insulter les gens en araméen – je crois. Gwynplaine l'aperçoit, s'avance vers nous. Je veux me tirer d'ici.

J'hyperventile.

*

Je rentre au 33, véritable boule de cris. Les enfants m'ont suivie, Villon derrière. Le canard chie partout, des petits cacas phosphorescents. Je vais m'enfermer dans l'atelier face au mannequin, au bouillonné de tissus et aux lignes belles. J'ai envie de m'y plonger, de rester dedans pour toujours, mon nid, mon derme. Je me roule en boule. Je n'ai plus rien à dire, j'ai peur pour nous toutes. Personne ici ne sait ce qu'il faut faire. Il faut penser à fuir, maintenant. Pourquoi personne ne parle de fuite ? N'y a-t-il nulle part où aller ?

Villon passe le rideau. Il regarde le chaos, fait un son de gorge et vient se poser près de moi. Chat patient. Après un temps long, lourd d'ébauches de larmes qui veulent pas sortir, je pose ma tête sur son épaule, et nous restons là à regarder rien en particulier. Scotchées. J'ai le sentiment d'une spirale vers nulle part. Plus aucun but. Plus aucune énergie. Je crois que c'est vraiment la fin. Il n'y aura bientôt que des zombies à habiller. Ou des spectres.

Mm.

Une idée.

— Comment t'as fait, avec Charnier ?

Villon tourne ses yeux vers moi, chacun d'une teinte brune distincte. Profonds, beaux comme des marrons au soleil.

— Synthesis.

— Montre-moi.

Il lève sa main en fleur, ses doigts étirés. Et je ne sais pas si c'est moi ou bien la réalité qui a décidé une fois pour toutes de s'ouvrir mais je vois les pétales de ses ongles danser et se tordre. Ça s'enroule et ça tricote et il l'approche de mon avant-bras et mes poils se hérissent et lentement, un par un, s'arrachent.

— On peut en faire quoi d'autre, de ces pétales ?

Il hausse les épaules.

Alors je comprends : tout son être peut se donner, en filaments, en surfaces, en duites. Mais il peut aussi prendre, et assimiler. Comme de la vapeur, décoller la peau de l'autre. Ça dépend qui demande. Ça dépend qui force. Parfois c'est inconscient, parfois ça se donne en miséricorde. Charnier pleurait sa fille. Villon l'a entendu. Quelle puissance. Est-ce que c'est la sortie de cette putain de prison ? Est-ce que c'est le moyen de faire face sans crever ? Et même plus : c'est réclamer notre identité face à l'oppression des corps, à l'expression normée. C'est attester de notre droit à être autre chose plutôt qu'une chose. C'est subjuguer. Par la beauté.

Je pense à la défense perpétuelle.

Je pense à une robe.

*

Dans le salon, Lou fait un puzzle par terre avec Farah et Clopin, qui choisit les mauvaises pièces du bec. bz explique à Pifou le fonctionnement de sa machine.

— Et la ligne de commande permet de chuchoter le viridien. Enfin, je crois.

— Kid, Pifou lui dit, tu sais que moi non plus je comprends rien, mais putain, c'est beau de ouf. Tu crois qu'on pourrait faire une sorte de monde parallèle avec des grenouilles ?

Je prends une besace sur la table, mon poing américain au cas où. J'enfile une casquette anonyme – la queue de cheval par le strap arrière.

— Où tu vas ? me demande Farah.

— Je vais voir au Jardin j'ai besoin d'une référence.

— Je viens avec toi ! dit Lou en prenant le canard.

bz la regarde se lever. Il claque sa machine au nez de Pifou et nous emboîte le pas sans moufter.

*

Le Jardin Libre est un havre de sérénité dans un éclat de soleil. J'entends des clameurs plus loin dans le quartier. J'ai la trouille collée au ventre, partout. Un tic-tac morbide. Tout qui tremble. Faut que je me stabilise, que je trouve une force d'ancrage sinon je vais me disperser. Sinon je vais continuer à trembler et me défaire comme une vieille couture.

Je me suis assise face à Luna, je l'ai encore dérangée, on la dérange toujours. Elle a sa pile de livres devant elle, elle est penchée, méditant. Combien de pages par jour ? Vit-elle encore avec nous ici ?

— Une robe, tu dis ?

— Tu as parlé des spectres. Ceux de la Commune, mais aussi ceux de l'ancien peuple qu'on a enterré ici ? Je ne me souviens pas exactement de ce que tu as dit.

— Oh, je vois. Tu parles des Mérovingiens.

— Oui.

Elle se lève et va chercher dans un tiroir plein de feuilles et de mousses. Je vois un hérisson se rouler en boule tout près. Lou couine.

— Ah ! Nérisson !

— Où où ? dit bz.

Les deux enfants commencent à se dire que peut-être ce serait bien d'organiser un thé à l'atelier avec les hérissons et peut-être inviter Luna si elle est d'accord. Et Clopin, bien sûr, que Lou a envie d'habiller d'un petit gilet de tweed pour canards.

— Dis, Fi, dis oui !

J'interroge Luna du regard, qui soupire et oui, pas de soucis, faisons ça quand tu veux.

Elle dégage un volume, qu'elle vient ouvrir devant moi.

— Il y a ce passage dans les Mémoires des sœurs Calot. Elles avaient commencé déjà à s'inspirer de cette période, quand Vionnet était leur protégée. C'est bien la seule chose que je connais en couture.

Elle me montre. Des gravures en deux dimensions d'une femme sur une butte pleine de vagues et de nuages. Une couronne de soleil.

— Une reine ici enterrée, sous la colline de Belleville.

— Elle s'appelait comment ?

— Va savoir. Cunégonde ?

— Frénégonde ?

— Féligonde.

Je me mords la lèvre. Je commence à lire.

«… de soie côtelée violet-indigo, maintenue à la taille par une large ceinture en cuir décorée de plaques-boucles. Par-dessus la robe, une longue tunique de soie brun-rouge doublée d'une toile de lin, ouverte sur le devant, de grandes manches à bandes de satin rouge garnies d'un galon brodé d'or. Elle était fixée par des fibules rondes et une grande aiguille d'or, ainsi que par une ceinture entourant la taille et croisée dans le dos, puis revenant se nouer en bas du ventre. Un long voile de satin rouge couvrait la tête et descendait jusqu'à la taille fixé sur la tunique par deux épingles d'or. Des chausses de toile de laine retenues par des lanières croisées, recouvertes de bottillons de cuir noir tenus par des lanières de cuir noir rejoignant une jarretière. Entre la tunique et la robe, un baudrier fermé par une très grande garniture de plaque et de contre-plaque.»

Je pense à de l'organza, transparent sur du satin. Du taffetas et du cuir.

Du fil de chenille.

— OK. Une armure, quoi.

J'ai dit ça tout haut, sans m'en rendre compte. Est-ce que ça se produit de plus en plus souvent, de me parler à moi-même ? Luna me regarde, un de ses yeux à moitié fermé.

— Petite Fi, tu sais ce que tu fais ?

— Non. Mais je vais le faire.

— Tu cherches quoi ?

Je croise les doigts devant moi. Je regarde mes articulations blanchir. Je m'accroche à moi-même. Le cri, en dedans, qui continue de me crucifier, qui arrête pas de m'empaler, ce cri qui tremble, qui me pousse vers la dernière zone d'ombre de ma psyché. Cette brutalité sublime. Ou bien peut-être si vraiment peut-être, si enfin, peut-être, Villon dit vrai, et si c'est vrai, alors, peut-être là, tout en bas de moi, tout au fond de moi, là où dorment les fantômes et Colère cachée, là, vraiment là, il y a la structure. Il y a le plan, il y a comment ça tient debout. Il y a l'arête et la colonne vertébrale.

— Je cherche à manifester l'invisible, qu'on puisse s'en servir contre nos ennemis. Je veux que ce soit tangible, je sais que je peux le faire avec un vêtement.

Elle fronce les sourcils, alors j'insiste.

— Tu vois, c'est comme essayer de dire que des vêtements peuvent se gonfler d'une idée, de l'intérieur d'eux-mêmes. D'espoir, de force. De résistance. Comme ces fantômes dont tu parlais, qui hantent encore les habits des pauvres gens qui sont morts ici. Si on les gonfle assez, peut-être que ces fringues pourraient même nous protéger des balles. Assez pour pouvoir couvrir nos combattantes. On peut fabriquer des spectres.

— Mais pour faire cela, il faudrait des textiles qui n'existent pas.

— Je les ai. J'ai de l'essence magique pure. De la poésie physique qui se manifeste depuis la matière elle-même.

Luna me regarde, inquiète.

— Cousette, qu'est-ce que tu racontes ?

— Melmoth a commencé par en faire des fringues à vendre et maintenant qu'il est revenu dans son château après le premier exil, il veut plus, il veut imposer son ordre et la Métrique est à ses ordres. Si on ne réagit pas maintenant, tout le monde va mourir.

— Fi…

C'est la voix de bz, mais je l'enregistre pas de suite. J'ai du tambour dans les oreilles. Je regarde mes pieds, mon corps recousu dans tous les sens, bouffé par le temps.

— Je raconte que c'est notre chance. À nous la marge, à nous les voix qui parlent jamais et dont tout le monde se fout bien. Je dis qu'on peut gagner cette guerre avec une robe.

— Fi !

— Quoi ??

Je réagis trop tard. Des gars ont commencé à escalader le mur d'enceinte. Lou vient se réfugier près de moi. Des coquillards ? Non, ils ont l'air plus sales. Mais déterminés à piller – pas d'ici, ou alors des bakeux en mode camo, trop sales pour être honnêtes. On recule. Le canard montre les dents. bz s'est mis devant Lou, qui le pousse pour s'imposer. Ils finissent côte à côte, poings devant – ah putain que je les kiffe ces mômes. Luna charge en premier avec la batte sortie de sous la chaise de lecture. Elle éclate une première tête. Ça paralyse tout le monde, de voir cette petite montagne de cheveux blancs moulinant du homerun sans broncher. Elle n'a jamais dit qu'elle était non violente, pas quand il faut défendre ce qu'on a de plus cher face à la barbarie. Ça me donne une pêche de ouf. Je vois le canard mordre le cul d'un type en casquette Gravroche. Je me jette dans la mêlée, j'entends les gosses rire et c'est parti : deter on les explose !

*

On a cavalé jusqu'à l'atelier. Je bloque direct la porte avec la grande barre de fer. Sur la route, on a commencé à voir péter des foyers de fight, des fêtes sauvages. Personne n'a plus le contrôle, ou alors on laisse faire jusqu'à ce que ce soit too much, qu'on fasse nos propres fafs, ici, chez nous. Ça ne me regarde plus. J'ai décidé de passer à l'étape suivante. Faire cette révolution par l'envers. C'est peut-être ça le désespoir.

Y a mass mob dans le salon. dilem filme Farah en train de cuisiner, au moins trente rats en train de s'échanger de vieilles consoles portables et de jouer à je ne sais quel Popeye. Lou s'installe à la grande table pour dessiner avec le canard, qui mange tous mes pastels. Moi perso j'ai pas envie de répondre aux questions des cinéastes mais il faudra peut-être avoir un moyen de mettre en valeur le travail, si besoin. Je mets ça dans un coin de ma tête mal rangée.

Villon m'attend au pied du mannequin. Il est en train de composer des vers sur un bout de papier arraché à un vieux *Bazaar* qui traînait sur le matelas – l'image rétro d'une robe cerf-volant d'Hussein Chalayan, SS97. Des cordes en nef gothiques suspendues qui nous relient à nous-même, pour ne pas s'envoler. Cette robe, ces robes, ma vie à présent. On reste là à se regarder bêtement, sans savoir quoi dire. Je suis couverte d'herbes et probablement que le sang des autres fait partie de moi à présent.

Je m'agenouille à sa hauteur.
Je lui prends le visage, je prends sa langue.
J'ai l'impression de le posséder. D'en disposer.

Je le prends pour acquis.
Je n'ai pas le choix.

*

La première toile me prend une semaine. Je mange des sandwichs, je vis dans les mêmes fringues, je me lave à peine. J'ai des échos de ce qui se passe dans le quartier, le Comité de Salut public a repris le contrôle, certaines disent que c'est eux qui ont volontairement créé du chaos pour se justifier. Beaucoup sont d'accord avec l'idée d'une sortie contre l'ennemi. On parle de plus en plus des Pueri, de ces groupes d'enfants qui arrivent du centre de Paris, prenant la Métrique en tenaille. Je m'en fous, je veux plus savoir : je veux juste réussir à finir cette robe. À la faire plus belle que tout, et m'en servir pour nous protéger. Je ne sais même pas comment. C'est un saut dans le vide, un saut dans la foi.

À partir de la base mérovingienne, j'ai dessiné un modèle qui se fend dans la longueur. Je sais que je ne vais pas pouvoir la finir comme je le veux, pas tout de suite : d'abord le prototype en toile bleue, qui servira d'épreuve pour toutes les déclinaisons si je dois explorer les possibles. Je modélise sur le mannequin, je me souviens de tes mots écrits à l'intérieur. C'est comme s'ils ancraient le style, naturellement, comme si les plis suivaient le phrasé. Mes ongles sont sales, mes mains tordues par les aiguilles – tout à la main, tout à la main. C'est comme ça que je la veux, cette robe. Sortie de moi tout entière, avec mes erreurs et mes intuitions. Et quand ça ressemble à quelque chose, je le sais immédiatement, même sans essayage. Je peux la voir : elle ne demande aucun corps, cette robe. Elle n'est pour personne en particulier, ou bien, peut-être que j'ai Lou en tête. Cette robe est petite, cette robe est un bijou. Et je la veux sans chute, avec le minimum de couture car cette robe, cette pure expression de l'émotion brute, elle n'est pas faite de fibres.

Elle est faite de Villon. De lui, poème. De son corps, poème. Passif. Doux poème qui me regarde de ses yeux de lama tendre, mâchouillant de l'herbe à chat. Il se donne lentement. Il tire de ses veines des fils invisibles. Comme s'il était marionnette et marionnettiste. C'est hypnotique. Un ballet lent où se dessinent des filaments qui lentement se solidifient au contact de l'air. Je les coupe et je les utilise pour coudre des tissus en ma possession, ou ces pans de peau transparente qu'il détache lentement de son bas-ventre, déposés en mue par terre. Quand je les dispose ensemble, ils se superposent et prennent des couleurs que je peux lentement shifter vers les tons désirés, en les faisant glisser les unes sur les autres. C'est délicat sous mes doigts, c'est une patinoire. À coudre, c'est un délice. Je ne sais pas s'il s'épuise. Je ne sais pas ce que ça lui coûte. Dans mon égoïsme, dans ma folie, ses besoins, je n'y pense pas tant que ça. Je n'ai pas le luxe de la culpabilité, plus maintenant. Ça n'a pas l'air de le gêner, alors je me dis qu'il comprend et que c'est pas si grave et qu'il va régénérer. C'est une créature venue de l'autre côté du temps.

Parfois, pendant que je travaille, j'ai du mal à respirer. Il me faut du temps pour aplanir, plisser. Lui donner cette forme qui convient à la courbe. Ce rêve brûlant me prend tout entière. C'est comme des blocs d'air qui veulent pas passer et qui restent en le thorax. C'est un geste qui veut sortir et qui finit en boule de cri dans le torrent. L'incroyable douleur de cette déflagration, de cette dévotion

– sa radicale beauté, sa pure énergie d'amour et de malheur. Je ne sais pas à quel moment sa souffrance me devient nécessaire – prise dans cette sidération de le voir là, se donner à moi. Je sais ce que l'on risque : moi, dans l'obsession d'une spirale infinie qui me rendra possessive et jalouse et méchante ; lui, qui se donnera entier, malgré la fuite permanente, et sa peur. Par amour, il s'offrira à moi et je l'avalerai. Et je le tuerai. Voilà ce qui nous attend. Et ça me rend triste, triste à mourir de lui prendre tout ça. Je n'arrive pas à m'y résigner. Je sais qu'il le faut, car sinon, sinon.

Dans un coin de la pièce, Lou me regarde monter mes pièces, penchée sur mon tabouret, pliée en deux pour fixer un raccord.

— Tu l'aimes ?

Qu'est-ce que je peux bien répondre à ça ?

Est-ce que l'admettre, ce n'est pas le perdre ?

— Oui.

##

Depuis les contreforts, le pélican se jette dans la mêlée. Il déchire nos rangs mais nous tenons bon. J'arrache une lance plantée dans un mur et j'y place le drapeau que je hisse haut puis j'avance entre les dos, je pousse vers la première ligne. Tout est pression, les Pueri ont amené le poids qu'il nous fallait pour repousser l'ennemi jusqu'à la plaza de l'Apprenti Sorcier. Mais le pélican est accompagné de nouveaux drones et c'est dans la fumée purulente du gaz et de la moutarde ancienne que les armées s'affrontent – échos de ferraille et de voix brisées d'enfants qui paniquent. Le pélican n'épargne personne et c'est impuissante que je vois la faction

Sixième avec laquelle bz a choisi de se battre en déroute. J'aperçois son petit nez sous son bonnet, incapable de trouver son chemin. Je lui hurle de ne plus bouger – on ne m'entend pas et soudain je me rends compte que je risque de le perdre là, aux portes du Royaume, après tout ce qu'on a traversé. Je sens mes larmes monter mais très vite je vois Lou émerger de la masse, son casque en pointe et ses bottes hautes, toute d'or et de nacre – elle fond sur l'oiseau noir, le défie. Les plumes balafrent l'air, Lou tient bon et de la pointe de sa lance perce le flanc du démon. Son bec s'ouvre, Lou force. Des camarades viennent enfoncer les défenses ennemies, le pélican s'envole. Lou se pose près de nous, pantelante. Je cherche Gwynplaine des yeux. Je la trouve pas. Faut qu'on se dégage, qu'on quitte le champ de bataille, au moins pour se regrouper. Mais j'oublie que je suis la porteuse du drapeau. Ils me suivront toustes. Alors je me dresse vers les Remparts et je demande qu'on me suive, sans faillir. Des hourras et nous voilà en marche. Je prends les enfants avec moi, je reste focus devant. Une explosion nous fait chanceler, poussière, gravats. Et dans la clarté qui se dissipe je devine Gwynplaine à la tête de la colonne des Ados. Les plus coriaces, mélange de Pueri et de Belleville, de myrmidons. Une brèche dans la muraille, là. Juste sous les arches du *Grand Hôtel*. Nous allons entrer. C'est le moment de vérité. Tout va tomber. J'ai attendu ce moment avec ferveur, m'y projetant sans y croire. Depuis que nos corps ont fait changer la peur de camp. Depuis que les spectres se sont mis de notre côté et que l'eau lustrale nous a donné force et détermination. J'avance, les enfants se rassemblent autour de moi. Je peux déjà imaginer le château brûler. J'ai l'impression que le futur se referme sur moi. Que mon cœur est un bombardement de tempes. Gwynplaine se tourne vers le nord. Des éclairs illuminent sa peau de papier, les tremblements d'une onde.

LA SPIRALE ET LA MORT

— Alors?

— J'arrrrive.

Lou est en train d'enfiler le premier modèle depuis plus de vingt minutes. Je ne sais pas ce qui se passe. J'ai promis de ne pas la regarder se changer. Je sais qu'elle n'aime pas encore totalement son corps.

— Je suis une peluche humaine cousue dans le velours, je l'entends dire depuis l'autre pièce.

— Aloooors???

— Voilà voilà.

Elle débarque et c'est merveille.

Elle tourne sur elle-même, la robe scintille, étincelle. On dirait du feu liquide qui se rétracte et s'étire en fonction des mouvements. Je n'en crois pas mes yeux. Villon sourit – de ce sourire un peu las que je lui connais depuis quelques jours. Une résignation peut-être. Farah siffle.

— Spa ouf, dit bz.

— Kessticonnais, dit dilem en chaussant sa caméra.

Il tourne autour de la petite, à sa hauteur.

— Non moi je trouve que c'est vraiment bien. Vas-y, bouge un peu.

Lou continue sa ronde autour de la grande table.

Clopin la regarde tourbillonner, hypnotisé.

— Tu l'as faite pour elle, cette robe? demande Farah, épluchant des carottes sur un tabouret.

C'est ce que j'ai dit, oui. Parce que je pense que seul un enfant peut comprendre comment la porter. Et peut-être, aussi, que ça me demande moins de tissus. Parce que mine de rien, j'en demande beaucoup à Villon. J'ai l'impression de me justifier. Je sais qu'il est infini, et je fais ce que je peux pour coudre avec des tissus qui traînent mais si je veux pouvoir tester jusqu'au bout, il va peut-être me falloir une robe entièrement de lui.

Ça me terrifie.

— Et t'appelles ça comment déjà ce style ? demande bz.

— Du glamour, dit Lou dans un mouvement d'esquive.

— Genre, de la classe ?

— Non, du glamour féerique. T'y connais rien.

Elle explique : les fées écossaises, des deux cours royales de Seelie et d'Unseelie, partagent la même capacité à créer de l'illusion depuis leur être – on parle de fluide féerique. Ça leur permet de s'habiller par exemple, ou de créer des illusions pour attirer des mortels.

— La mode c'est un peu ça, elle dit en se regardant dans le miroir, tellement belle que j'ai du mal à me dire que c'est à peine une ado, à la puberté hackée.

Elle se retourne, la traîne se déploie en châle, dont les mailles se prennent sur les clous du mur. Et c'est la catastrophe : la robe entière se défait comme tirée d'un seul trait livrant à nos regards le corps nu, exposé, de Lou. Déjà, de un : impossible de comprendre comment c'est possible qu'une robe se défasse entièrement. Est-ce que c'est une propriété du fil ? Est-ce que j'ai mal fait quelque chose ? Et de deux : mais merde, Lou. Toute seule, là. Devant nous. Ne portant rien dessous qu'une petite culotte. Je l'imagine en mode full panique. Je me précipite pour la couvrir mais l'incroyable se produit : Lou se redresse, écarte les bras. Se montre. Puissante, après le port de la robe. Dans ce corps qu'elle nous montre – révélé par la matière, puis dénudé. Des traces de lumière s'éteignent doucement sur sa peau, laissant l'impression discrète d'un maillage, d'une armure subtile qui recouvre tout.

Et les yeux de bz deviennent eau de source.

*

Retour à la table de travail. On bosse nuit et jour, c'est absorbant. J'ai pris Lou comme première d'atelier, bz aide en petite main, il gère. Ça prendra le temps que ça prendra. Enfin non, non. Dehors, c'est l'enfer sur terre. Ici nous sommes dans le déni. Total. On a de quoi tenir un siège, Farah a fait ce qu'il fallait, on a même du gâteau à la banane. On entend régulièrement les gens gueuler dehors. Des bombardements, des hélicos. Il paraît que le château d'eau s'est pris un missile. Mais on dit aussi que les barricades tiennent bon. Que tout le monde y met du sien, que ça a créé de nouvelles alliances. Mais c'est dur pour les mômes, alors on a proposé d'en prendre quelques-uns. On fait garderie et le canard aide à détendre tout le monde – les dégâts se comptent en plumes. Farah surkiffe.

La robe. J'ai dû la remonter entièrement, avec des ajustements. Je me dis que c'est une sorte de palimpseste, qui montre les étapes de sa création. Ça m'inspire quelque chose, de ne rien cacher de cette démarche. De laisser apparaître les endroits où j'ai repris. De montrer les ouvertures, voire les souligner et en faire de nouvelles variantes, qu'on pourrait facilement changer de place – là où ça bâille par exemple, ou même où je drape le pan de gauche. Là. Mmh. Coudre avec ces gosses, je pensais pas que ce serait aussi émouvant. Le collectif me change. Je ne suis pas comme Villon, je n'ai pas passé ma vie à me différencier – juste le désirer, me projeter dans une vie autre, dans la vie de l'autre. Je sais ce que je ressens. Je connais mes biais. Je travaille sur moi. Mais c'est pas en continuant à me mentir que je serai aimée. Je me dis que peut-être mon esprit se relâche un peu. C'est de bon augure : qu'avoir enfermé mes angoisses, restreint le champ des possibles à ce lieu, ne plus regarder ce qui se passe dehors, ça m'aide. Ça me calme.

Villon, c'est une autre affaire. Autant je me déplace un peu dans le périmètre pour fumer, papoter un peu à Krazu ou voir au Belvédère où en sont les grues, autant lui ne met plus un orteil dehors. Il a fait son nid dans le mien, une masse de fringues agglutinées dans laquelle il respire doucement – il a la plus petite respiration du monde – je me suis d'ailleurs demandé pourquoi un être fait de pure imagination respirait. Peut-être par mimétisme. Ou peut-être simplement que l'imagination respire un autre air que le nôtre. Je le trouve très chaud. La quasi-totalité de ses ongles de mains et de pieds ont disparu. Ils ont probablement servi au premier prototype. Je me demande ce qu'il laisse. Ça ne m'inquiète pas : comme une peau pelée, son corps connaît le chemin du retour.

*

Un matin, Pifou débarque avec sa clique croassante.

— Sérieux, mec ? Je l'accueille, en full marcel sweat pants et tatanes compensées de chez Fendi x Coq sportif.

— Il paraît qu'ici c'est The place to be. Tout le monde parle que de vous dans le quartier. Je suis jalousie.

— Niaise-moi pas.

Je vois déjà les têtards installer des sacs de couchage et, what, des tentes ?

— On a une yourte aussi.

— Et du yaourt !

Farah essuie ses mains sur le torchon.

— Alors en cuisine, patates.

Têtards au garde-à-vous.
— Oui, maman !

*

On fait le deuxième test de jour, dans le salon de coiffure du mec d'une copine à une meuf de Marwa – un salon post-apo qui snobe tout le monde, gros bingo de hype. On s'est regroupées de l'autre côté des bacs de shampouinage : Farah, dilem et quelques rats, bz, Pifou et trois têtards, le canard dans l'eau qui bulle. Surtout Poli et Céon, deux stylistes en mode wow full 1985 de leurs cheveux en palmier, perfecto sur cycliste et cascades de colliers en toc. Juste magique.

Lou dans sa robe. Lou, galaxie. Lou kicke tous nos regards en orbite. Je peux entendre chaque respiration dans l'audience. On est là, en pack, hypnotisées par les poignets cassés. Par la chevelure sur les flammèches de ses froissements. Qu'est-ce que je cherche exactement ? J'ai dit à Luna que je cherchais à fabriquer des spectres mais peut-être qu'il y a autre chose. Peut-être que je suis folle de penser que des ballons d'imagination pourront empêcher des fafs de nous fracasser. Mais qu'est-ce qu'il me reste, à part mettre des sparadraps sur des plaies béantes ? J'ose pas regarder le réel en face. Ma psyché refuse l'élasticité. Je le sais.

Mais je la défie quand même.

Lou s'étire entre les chaises et les miroirs. Je lui ai mis une écharpe, distincte du reste. Je la regarde se plier et se déplier. Une volte d'ouverture, la robe s'écarte, devient voile devient ailes devient couronne puis renflement mou, solide. L'organdi réagit et de la moire sort un éclat, radiance. Les lumières tamisées créent des variations.

Je vois Villon se pencher en avant, intrigué – s'attend-il à quelque chose ? Une de ses mèches s'échappe de son chignon, chaque fois ça me terrasse : je l'aime si profondément, à un niveau si profondément profond, tout ce qu'il est, tout ce qu'il me dit, tout ce qu'il donne. Il a donné corps au quartier entier, à la lutte. Cette robe, c'est lui. L'inspiration. Ma muse.

Le silence insupportable, l'air pesant. Lou absorbée dans sa danse décomposée. Vertige tourbillonnant, la robe vacille comme si elle voulait échapper au corps. Prendre son autonomie et sortir flotter dehors, au-dessus des pavés de Belleville, à travers les barricades, entre les communards à bout, entre les réverbères et les jardins publics condamnés. Mais Lou est toujours en contrôle, ses bras trouvent des prises. Soulève et guide. Quelque chose change. La robe domestiquée trouve une autre façon de s'exprimer. Elle se dévoile en vibrations, puis par des jeux de lumière. Quand Lou passe devant les projecteurs, nous discernons très distinctement sur le mur, derrière, l'ombre d'une silhouette déformée – toutes griffes dehors, une crête en arête de dos. Trous pour yeux. Moignons d'ailes. Villon reste concentré, attentif, ne perdant aucun détail de l'apparition. Les enfants prennent peur. Les autres s'étonnent – c'est le pestacle.

Et moi, moi.

Moi je ne m'attendais pas du tout à ça.

*

Un matin, toute la Filasse vient nous rendre visite. Marwa me tape la bise, regarde le bordel ambiant sous la verrière, on a des chats maintenant aussi, parce que bon, les enfants.

— Tous les matous du tiekar, tavu.

— Ouais bon écoute : si vous voulez rester ici, va falloir suspendre des hamacs. Avec les tentes, c'est pas gagné mais on peut réorganiser si vous êtes que... heu... quatre.

— On a le matos aussi, dit Jibao.

Ah ouais le matos. Je peux pas dire que ça me gêne : je manque franchement d'une surjeteuse. Je me dis que le problème de ma robe, c'est qu'il me manque l'outil et que j'ai beau tout vouloir finir à la main, peut-être que pour que ça tienne, faut y aller à la mécanique. La pureté, c'est peut-être pas le moment.

— On t'a ramené ça... dit timidement Guenièvre.

Elle sort Mamie d'une boîte en carton.

Mamie, oh Mamie ! Que tu m'as manqué.

Je serre la machine à coudre entre mes bras, je crois retrouver contre sa coque de plastique ta chaleur, à peine. Vibration.

— Il paraît que tu fais des merveilles, dit Betty.

— Qui t'a dit ça ?

— Les petits rongeurs.

Je jette un coup d'œil à quatre rats en train de faire une partie de Destins sur un bout de parquet libre.

— Dis-moi pas que c'est toi qui habilles les rats.

— Mais oui.

— Petite cachottière.

dilem entre précisément à ce moment. Le Vaudeville. Betty rougit.

*

Pour fêter les retrouvailles, on regarde *Cendrillon* toustes ensemble en rond autour de la télé ramenée par Pifou – c'était ça ou le *Golden Eighties* de Chantal Akerman, une comédie musicale et fashion dans un mall où tout le monde est triste et personne n'obtient ce qu'il désire. Mais ce sera pour une autre fois, les enfants ont choisi. On se fait passer les bonbons et les tablettes de Merveilles du Monde. On se moque des personnages ultra-genrés tout en rêvant de faire partie d'un conte de fée. Fascinées par des souris qui construisent une robe, petites ouvrières ingénieuses aux voix fluettes, entassées dans des dés à coudre nacelles, portant des aiguilles trop grandes : leur ouvrage, tout en suspension dans la pièce, rubans et volants qui se nouent, s'attachent et s'enlacent en déliés de nœuds, camaïeu de roses et de blancs. Magnifique. La fée marraine finira par transformer cette merveille en meringue de fin de défilé. Tout le monde la siffle, cette tricheuse. Betty a tourné les yeux. dilem dans l'obscurité, qui l'observe elle, comme moi je regarde la robe des souris. Ses yeux caméra la capturent. Elle se laisse faire.

*

Un soir, je m'acharne sur une manche et ça me gave. Mamie s'emmêle les fils. Crache un jus noir de rouille. Je vais tout casser, sérieux. Villon dort en boule. J'ai le dos en compote, l'impression d'avoir coupé deux cents rondins.

Je sens une présence au seuil de l'atelier.

dilem en calbut.

— Viens, il me dit.

Au salon, bz et Lou ronflent dans des métapodes, cosses végétales en laine que Betty et les filles ont rapportées. Entre ça et les rats, les tentes et tout le bordel, je peux dire qu'on est bien. dilem se fout en tailleur devant la combo TV-magnéto. Il y a toute une pile de K7 devant, piratées je ne sais où. Des étiquettes en anglais.

— T'as bien parlé d'une attraction secrète d'où ton poète se serait échappé, c'est bien ça ?

— Oui.

Il feuillette mon fanzine. Depuis qu'on se connaît, il a pas arrêté de le lire compulsivement, même aux chiottes.

— J'ai fait un peu de recherches, du coup. J'ai trouvé des vieilles cassettes un peu partout dans les squats, dans les infokiosks, avec les rumeurs de conspi toussa, et pis des vieilles bobines d'actu, dont l'inauguration, tu sais, avec Anne, comme je la kiffe elle.

— Elle ressemble à Betty.

— Tu savais, il dit en changeant le sujet subtilement (pas), qu'il était prévu qu'il y ait une attraction à Eurodisney adaptée d'une autre attraction mise en place à Tokyo Disneyland en 87, *Cinderella Castle Mysterious Tour*, et qui utilisait les props de *Taram et le Chaudron magique* ?

— Beuh, non.

— Est-ce que ça colle avec tes geôles ? T'imagines, s'ils avaient vraiment conçu une sorte de camp de concentration pour les amis imaginaires à partir de vieux fragments d'histoire des parcs ? C'est tout un délire : parce que la France aurait été plus accommodante, ils auraient pu faire un prototype ici. Une salle pour dépecer les amis imaginaires de tous ces gamins qui viennent aux parcs. Une usine, je te dis. Pour en faire des tee-shirts. De la merde à vendre aux gros imbéciles.

— Hm.

— Et c'est pas tout.

Ensemble, on regarde la vidéo de l'inauguration. Le générique de fin. Les hurlements. Les crépitements de flammes. Toi, mon frère, en train de te faire cramer hors champ. Personne venu t'éteindre. Est-ce qu'ils ont laissé faire ? Est-ce qu'il était déjà trop tard ?

— Tu as vu ?

— Quoi ?

— Ben le truc.
— Nan, j'ai rien vu.
— Tu fais pas attention.
— Mais ta gueule.
Il reprend quelques images en arrière.
— Là.
— Quoi.
— Regarde.
— Quoi ?
— Le mur du château.

Tout en bas, à un endroit planqué, derrière des fougères, à un endroit impossible à voir si on n'a pas déjà la référence, je vois l'ombre du démon révélé par la robe dans le salon de coiffure. La même silhouette. Les griffes.

— Tsé, y avait des Mérovingiens, sous le parc à Marne-la-Vallée. Une nécropole qu'ils auraient déplacée. Tu y crois, toi ?

Je crois surtout que j'ai dépassé le stade de la sidération.

*

Le lendemain au petit déj, alors que dans ma tête je suis déjà en train de me dire que mon plan infernal pourrait bien marcher, j'entends du raffut dans le couloir, des pas dans l'escalier et, par la porte ouverte, Biya débarque avec ses deux meufs. J'arrête mon œuf battu à mi-chemin. Elle regarde le lieu sans rien dire, un sourire étrange qui scanne tout. Elle ouvre le frigo, tire du tarama périmé. Elle déchire le bout de pain qui traîne sur la table et se le tartine de rose – approximativement.

— Qu'est-ce que tu fous là ? je dis.

Elle croque dans la tartine.

— Mon microbiome est maintenant n% egirl pour n > 0
— Wat ?
— Paraît que t'as besoin d'une styliste ?
Est-ce que tout le monde est devenu fou ?

*

Pendant qu'on travaille en vase clos, le reste du squat semble pulser d'une énergie de vie. Tout ce que Belleville compte de losers et d'enfants est désormais ici, avec nous. Parfois des bobos. On a fait une petite infirmerie, on s'occupe des plus jeunes, des mamans avec leurs gamins, ça arrive mais on a un sérieux manque de place. Des gars de PdF ont installé une mezzanine dans la verrière, ça aide. Je pense que Biya se tape Marwa. Ça me dérange pas, sauf le matin, quand elles gloussent ensemble.

— Ils n'auront pas nos chattes.
— Chaque fois qu'on baise, on gagne.

Dans la journée l'atelier vit d'esquisses et de tentatives. Je ne sais toujours pas ce que j'en attends concrètement de cette robe mais j'ai l'impression que tout le monde trouve sa place autour d'elle, dans une euphorie collective : la Filasse rapièce ce qu'on nous rapporte des lignes de front, diffuse ses vêtements modifiés pour habiller le quartier. dilem a commencé à passer ses films sur les murs de la rue Akerman. Des visages géants de témoignages et de slogans, de vérité crue, de regards qui engagent, qui enragent. Un cri de ralliement : peupler nos pierres de vivants, nos rêves d'autonomie, le sacré de l'expérience présente, le refus des programmes et des injonctions contradictoires. Tout ce que ça dit de nous à la face des grues, des files de camions, des ordres de marche et de la guerre qui s'en vient. Je me souviens de cette ombre sur le mur du salon de coiffure, ce démon – émanation d'eidolon, peut-être. Comme si la robe pouvait exprimer d'elle quelque chose d'autre que sa simple existence. Un sens au-delà, qui passerait par la terreur.

— Tu en penses quoi ? je demande à Villon, en lui débobinant un carré d'existence.

— dé ?

— L'ombre. Est-ce que c'était toi ?

Il ne répond pas. Il me regarde faire, peut-être inquiet. Je remarque que ses cheveux s'amenuisent. Est-ce qu'il n'est pas plus petit qu'avant ? À moins que ce ne soient les bretelles qui lui donnent cette allure de leprechaun.

— Parce que tu vois, j'ai réfléchi et...

— Aïyeu !!

— Pardon pardon pardon.

Furieux, il m'arrache l'aiguille des mains.

Me la secoue sous le nez.

— Dimoipa ksé la Gnon, alors wat, t ouat ?

Il se courbe, comme je l'ai vu faire parfois pour se rassurer quand il est triste.

— Qu'un cygne blanc est un corbeau noir.

Il se serre dans ses propres bras.

— Obscur, sauf l'évident.

Il se met à pleurer.

— J'ai de quoi, et suis sans rien.

Et là ses yeux. Le geste du regard, qui dit tout. Dans chaque pupille, différente.

— Je retiens tout, et je comprends rien. Rien.

En vérité, c'est moi qui le comprends plus.

*

Il fait bientôt nuit. On est une trentaine dans la forêt. C'est Villon qui a proposé. J'ai envie de lui montrer que ça compte pour moi, son monde. Il y passe plus de temps depuis quelques jours, il dit : son garden. Moi j'essaie de ne pas y mettre les pieds. C'est son garden, oui. Je crois qu'il commence à essayer de me dire quelque chose, à sa façon. Qu'il a besoin de s'éloigner de moi. Que peut-être notre entente sur la robe le pousse à remettre en cause notre relation. Peut-être qu'il ne pense même pas en ces termes, que je projette. Mais je sens qu'il a peur de moi. De ce qui l'attend, si je vais trop loin. Je suis tétanisée à l'idée qu'il puisse disparaitre du jour au lendemain. Ça me détruirait, je le sais. Alors je fais attention.

Il faut qu'il me fasse confiance.

On s'est agglutinés derrière la végétation, pour laisser à Lou la place de marcher le long du mur. Ce nouveau modèle est mon préféré. Une demi-cape. Des manches ouvertes et des lanières qui pendent du baudrier. Une structure folle, aux finitions inouïes. Je suis très fière de notre maison. Je sais qu'elle peut nous sauver du désastre. Si seulement notre cœur pouvait arrêter les balles. Pour Lou, c'est presque acquis : elle semble hantée.

Ce soir, je lui ai demandé de lâcher prise, de ne pas tenter de maîtriser les mouvements de la robe. Qu'elle se laisse aller, et c'est ce qu'elle fait : de long en large, elle parcourt la fine bande de terre contre la paroi, pieds nus, et la robe prend son envol – claquements, transformations. dilem n'en perd pas une miette d'image. C'est un moment de sorcellerie sans filtre. Rapidement dans le retour d'un dégagé de mollet apparaît une ombre sur le mur, à peine esquissée par la lumière des torches : la robe d'abord, puis son reflet autonome qui change de forme, sans rapport avec le réel d'origine.

Et soudain se courbe, s'étire.

Se tord. Griffes. Les arêtes poussent.

Stupéfaction.

Villon se lève. Clopin sur ses talons.

— Qu'est-ce que tu fais, attends.

Villon m'écoute pas. Au mur.

Il avance la main vers le démon.

— Es moi.

Et le démon le saisit. Villon se débat. Donne un coup de pied. Deux ! Lou crie. L'ombre se décolle du mur. Clopin se rue sur trois pattes, la mord pour qu'elle lâche le poète. Un revers de griffe et le pauvre canard va valser contre un arbre dans une explosion de plumes sales. Je me précipite. Une odeur de métal brûlant, un goût âcre dans ma bouche. Villon hurle, quelque chose crame. D'un coup de queue, l'ombre disparaît dans une fougère.

— C'était quoi ? dit Lou.

Villon s'écroule.

Je le rush dedans direct infirmerie. J'essaie de savoir où il a mal. Sa peau est irritée sur l'avant-bras, mais sa souffrance semble sans rapport avec elle. Est-ce qu'il a été brûlé ?

— Chéri, parle-moi.

Il sourit puis se crispe.

— Chaud comme le fer, je claque des dents.

— Chut, arrête tes conneries, OK ?

— Couché sur le dos, j'ai peur de tomber.

— Qu'est-ce qui s'est passé, dis-moi.

Lui devant moi quand j'avais du mal à croire à ses bras. Lui, campé dans ce monde. Ce qui me submerge, c'est la réalisation soudaine que je me mens : vengeance et création ne combleront jamais ce vide.

— Je meurs de seuf.

— Il délire, dit bz.

Je trouve quelque chose, dans le creux de sa main, entre le pouce et l'index. Un trou béant, sans fluide.

— Pour l'âme du povre violon, là sur couche molle.

— Il va s'en sortir ? miaule Lou.

— Meurs de seuf auprès de la fontaine.

bz file lui chercher une bouteille, on lui humecte les lèvres. Je pose ma main sur son front. J'entends un brouhaha à l'entrée, des cris, des gesticulations. Branle-bas de combat, des portes qui claquent. Pifou, qui prenait son tour de garde, déboule, la mèche folle.

— Les Pueri !

Je laisse Villon aux bons soins de Lou et Farah. Je prends bz par la main et je le tire dehors, à la suite des enfants, de la Filasse, des têtards et des squatteurs. Une foule remonte la rue vers le Belvédère. On se joint à la marée. dilem et – what – une bonne trentaine de rats derrière lui se détachent de notre groupe pour filmer un club de boys qui klaxonnent sur leurs scoots à max. On arrive sous la tour chouffi. Des hourras, des vivats. Toute la rue Piat est envahie – on sort des abris, des drapeaux, des banderoles. La colonne des Pueri arrive en trompettant dans Belleville. Remonte depuis le bas du quartier et par la barricade des lascars – ils sont des centaines, non, des milliers puant dans leurs anoraks. Une procession qui n'en finit pas de couler. Des enfants, des adolescents, des visages de cendres, de sourires et de larmes mêlés. Odeur qui remonte vers nous. Embrassades, colliers de fleurs pour le cortège – c'est peut-être le moment où l'espoir revient visiter les visages. C'est un flot continu – partis du centre-ville il y a deux mois, passant tous les blocages, les longues heures d'attente, la pression permanente. Les files cassées par les charges, les nasses. Les disparus pendant la nuit, l'opprobre des bons citoyens, les dénonciations. Les grèves de la faim, les sit-in. L'idée que rejoindre Belleville pourrait sauver ce qui reste de dignité, de lien solidaire. Alors nous voilà réunis, enfin. La rue saturée, appartenant à toustes. Des regards, des yeux. Des paroles emmuetties par la rumeur, la clameur. Des percussions résonnent. Le crépuscule pose un voile d'étoile dans le bleu, du mauve, le vert du parc, et tous les oiseaux. Le vent qui se lève. Les bras levés. Et tous ces corps, toutes nos fringues distribuées pour donner l'ampleur, célébrant tous ces êtres ici, là, multipliés dans le collectif. Nous y sommes, putain. C'est maintenant que ça se joue. La liberté ou la mort.

Et puis, et puis.

Une chaleur dans l'air, comme un déplacement massif. Un grondement sourd. Des explosions. Partout derrière nous, vers Bastille, République. Je devine nos drapeaux déchirés entre les arbres. Trois nouvelles immenses grues noires étincelantes ont poussé dans le bas du parc. On imagine les rues infestées de souris noires. Des gyrophares se multiplient. Des éclats de mégaphones. Des coups de feu. Et la panique commence. Fête ou émeute, je ne sais pas. C'est incontrôlable. C'est le début d'une nuit éternelle, dont nous ne sortirons pas vivantes. Mais avant la mort, avant que les grues ne nous dévorent, nous aurons peut-être eu la chance de nous battre. Et de célébrer, ensemble, ce dernier sursaut.

Des poings se lèvent, la clameur, nous sommes des milliers. Rien ne pourra nous arrêter. Ni les coups, ni les tractopelles. Les chants nous prennent. C'est communion. Et sous mes yeux apparaît Villon, monté en courant – bz dans sa foulée, mais il est trop petit pour le retenir. Le poète affaibli se dégage en lui laissant sa chemise, se hisse sur une colonne, les bras levés. Ruine d'homme, décomposé dans des haillons, sa peau qui noircit sous nos yeux, colonisée. Il se tend, se détend, se déploie en sémaphore, j'ai l'impression qu'il commence à se tordre – il hurle dans la nuée sous les feux d'artifice.

— Orphelins du sang, ils viennent demander pitance au rongeur, miettes de fromage de lune et dans leurs habits de moines, on leur donnerait le monstre aux dents de bois qui entre les palmiers broie les os !

##

Chante la colère, Déesse ! Regarde-nous entrer dans les entrailles de l'Hôtel de la Reine pillant fracassant tout ce qui passe à portée de batte. Le luxe ancien, vénéré, réduit en cendres. Leurs balcons, leurs meubles de princesse, on défonce tout et on sort en bouillie de guerrier par les baies vitrées – direct sur la plaza.

— Au château ! hurle Gwynplaine.

Mais trop tard : le bas de Main Street grouille déjà de souris noires. La bataille du grand magasin de l'Emporium est un désastre pour nos forces – nous nous replions vers Tomorrowland pour contourner par le nord-est – nous prenons son petit château à travers le labyrinthe de la Reine de Cœur – tous les dodos massacrés, les bosquets en feu derrière nous – nous jaillissons dans les escaliers pour faire tomber les sentinelles – je brandis le drapeau haut sur les petites tours pour leur dire nous sommes là ! Nous ne partirons plus, flèches agiles déterminées, ceci est notre terre, nous la réclamons au nom des femmes, des enfants, des hommes éveillés ! Sous les coups de canon nous quittons le fief encore nombreuses, et les myrmidons couvrent notre retraite. Nous semons nos poursuivants dans les sombres attractions – un massacre dans le ventre de Monstro, tout au fond de Pinocchio. On ressort par Peter Pan, poussières d'étoile, on trace vers Adventureland au pas de charge – fausse jungle pleine de recoins et de petites criques. Des tambours au loin. Une procession militaire, morbide. On est déjà encerclés, qu'ils viennent de la petite ceinture, entrant par tous les portails – véritables passages dimensionnels entre les différents mondes. Ils déboulent, on les attend dans Pirates des Caraïbes, on réussit à leur couper la retraite. On les repousse dehors, sur la plage minuscule, puis le bateau pirate est submergé, on jette les traîtres par-dessus le bastingage, ça explose de rires et ça vomit déjà. Quelle joie d'être en vie. Mais soudain, les flammes. Un mur féroce qu'aucun vent ne vient attiser, qui s'attise de l'intérieur de lui-même. C'est un brasier de joie, qui met les palmiers dans tous leurs états. Des ombres dansent sur les fausses pierres, sur les faux troncs, un sabbat qui commence ; des gestes désarticulés ébauchés, les cris qui s'emparent de l'échine et font vibrer les premières particules. Dans l'envolée, le rose devient bleu et à travers le déroulé de fumée, des hordes sont avalées, en prise avec d'autres silhouettes. Résonnent les trompettes. Chaos informe, d'une matière folle. On se réfugie dans les racines de l'arbre des Robinsons suisses. Certains veulent monter mais moi je sais que c'est par en dessous que nous pourrons les surprendre : par les grottes du Davy Jones Locker, l'enfer des pirates. De nouveaux renforts ennemis sont arrivés. Qu'importe : nous sommes plus rapides, aguerries aux méandres.

— Dernière ligne droite, me dit Gwynplaine.

— Katabasis go.

Nous nous infiltrons comme des rats dans le ventre de la terre. Nous avançons dans les ténèbres, parfois des embuscades, nous perdons hommes après femmes mais nous persistons – les combats dans les goulots étroits, les giclées de sang sur la fausse roche, les amies qui tombent, impossibles à relever – les pleurer mais continuer. J'ai harnaché le drapeau à mon sac à dos et nous parvenons aux marches de la grotte mauvaise envahie de ronces. Épines déchirant nos uniformes, épines empalant nos chairs, nous taillons dans la masse. Frayons le chemin, nous débattant – et là, dans les ténèbres en pointes, le grondement, le souffle. Nous nous immobilisons. Il ne reste que cinq d'entre nous, vaillants. Nous sortons les boucliers. Le sol tremble. Sous mon casque, je vacille. Des reflets d'écailles. Des yeux rouges, le son mécanique d'une pression hydraulique et dans la fumée bleue apparaît le dragon du lac de feu, son cou immense, ses narines. Flammes et torches – une de nos amies hurle en tombant dans les flaques de boue. Nous nous cachons derrière les stalactites et les murs d'étincelles, les tourbillons de chaud et les ronces qui se resserrent autour de nous. Est-ce la fin ? Est-ce la fin mes amies, pas encore, il nous reste le drapeau, il nous reste une lance alors allons ! Gwynplaine, avec moi ! Je me redresse, j'ouvre grand le drapeau – le déplie en étoile, il me répond, vivant, oh vivant, mon Villon, viens avec nous, protège-nous, que ton cœur rouge et noir nous porte alors allons ! Nous prenons ensemble la lance et nous nous jetons la pointe en avant. Les flammes, les flammes. Nous tenons bon, le drapeau nous protège avançons ! Avançons fières et déterminées, solidaires sur la hampe notre destin ! La pointe dans le ventre, perçant, les ronces qui déchirent, la chaleur qui nous décolle, la sueur, les larmes, l'espoir ! L'ESPOIR !

LE CHAOS VAINCU

Quand je me réveille ce matin, je sais que ce sera mon dernier rêve. Qu'après cette respiration, ce sera le songe ou la mort. Villon n'a pas passé la nuit ici. J'avance au radar vers un café, vers un caca. Je savoure ces derniers moments une appréhension froncée dans le bas-ventre. Tous les jours je me vide de toutes les doublures qui me tapissent l'intérieur, frôlements soyeux qui se déchirent à l'approche de la dernière déflagration.

Malgré la peur, le quartier a fait la bamba toute la nuit. Une nouvelle lune de danses et de chants. Dans les rues, sur les places, les Pueri sont venus s'installer, se mêler. De nouveaux étendards, des échos de réverbérations nous donnaient la sensualité. Dans l'air qui se réchauffait entre nos paumes passaient les images, les histoires, les hauts faits. Jusqu'à Télégraphe les groupes se sont organisés, les chœurs. Les barricades noires de monde. Toutes nos ressources partagées. Bouillies de bandes et de corps : une célébration sans début ni fin, un chœur d'attention et de soin radical entre nous toustes. Malgré sa blessure, Villon n'a eu de cesse d'offrir ses poèmes et sa présence. Je l'ai souvent perdu puis retrouvé au cours de nos errances. Il est chez lui ici. Toustes ielles le connaissent, une légende, le prince des poètes sur sa terre d'exil. Je l'ai vu embrasser pas mal de gens, disparaître dans des coins sombres. Chaque fois j'avais l'impression de l'aimer un peu plus.

Je le retrouve dans un coin du salon, blotti près de Clopin. Le pauvre canard a du mal à respirer. Le démon a lacéré son flanc. Nous l'avons retrouvé à l'aube, dans un lavabo de la salle de bains. J'ai fait ce que je pouvais pour le soigner. Je ne sais pas s'il va s'en tirer. Je ne sais pas ce qu'on va dire à Lou. J'ai l'impression qu'il faut qu'elle gère. Qu'elle apprenne. Parce que ce n'est que le début de la fin. Je prends lentement conscience que ces jours seront les derniers pour la Commune. Pour nous. Pour cette petite famille, cette petite maison. Comment pouvons-nous survivre à l'histoire? Se réveiller une dernière fois, peut-être. Et faire éclore ici, avec nous, de ce côté de la douleur, les fleurs bleues de satin.

Quand Lou émerge, elle se met à pleurer direct, dignement. On lui explique patiemment – elle est forte cette petite. Je vois bien que Villon est touché. Il cache sa propre douleur. L'une après l'autre, les habitantes du 33 se réveillent et nous faisons bloc, ensemble. Nous assistons aux derniers râles du canard. Ses petits yeux qui s'éteignent et se ferment. Un bout de langue qui dépasse encore. Je vais chialer, je vais vraiment chialer mais je me retiens. Tous les mômes s'accrochent à moi. Nous regardons la bestiole crever, entourée des siens. Et nous regardons Villon, solennel, s'approcher. Tendre les mains. Prendre ce qui, il y a quelques minutes encore, semblait boule de chaleur. Il approche ses lèvres des plumes. Pas une larme. Juste, ses yeux tremblants d'azur et de coriandre. Nous les laissons seuls, c'est trop dur pour tout le monde. Au fond de moi, je sais ce qu'il va se passer, dans leur baiser. Il va l'absorber. Je fais sortir les enfants. On attend sur le trottoir, Farah a fait des glaces maison. Il y a des confettis partout sur les pavés. Le ciel voilé, cataracte. La fin du monde, vraiment.

Villon finit par nous rejoindre.
Il porte un nouveau foulard autour du cou.
Couleur canard.

*

Je me remets au travail, l'impression de vide plus présente, plus concrète. Je m'épuise pour rien, je ne vais nulle part mais j'y vais. Une robe pour nous protéger toustes du malheur. Une robe pour invoquer les fantômes, les démons. Je ne sais plus ce que je fais. Si ça peut marcher. Je dois revenir à moi. Revenir dans ce monde fatal où l'on meurt. Je ne nous sauverai pas avec du songe. Je m'oublie dans un drapé, dans mes pensées qui ne semblent plus avoir aucun objet que la forme, la forme elle-même qui se dit elle-même. Quel gâchis : si près d'un but que je me suis moi-même fixé. Et tellement déçue de tout. J'ai l'impression de ne plus appartenir à rien. J'accepte la guerre éternelle. Elle me parle le soir quand je suis seule sous ma couette qui pue. Elle me tord en deux, en quatre, me crible le ventre de couteaux. Elle prend tout la guerre mais elle reste un horizon à dépasser, pour entendre enfin.

Je me souviens de ce que j'avais ressenti quand les vibrations de l'armée avaient fait trembler ma chambre au dernier étage de l'Orée. De ma fenêtre, j'avais regardé tout en contrebas les chars et les grues dans la fournaise. La terreur qui s'était emparée de ma famille, de tous les habitants, des poules et des chats. J'avais eu du courage, ce jour-là. Je m'étais battue dans la boue dans un champ vide. J'avais dû fuir quand mes amies étaient tombées. De loin, de si loin, j'avais regardé les tracteurs défoncer mon intimité, impuissante à pouvoir réclamer ma maison. Couverte de bleus, j'avais quitté ce que j'avais connu de plus cher. Exilée à moi-même, dans un pays hérissé de murs, franchis un par un pour venir jusqu'ici.

Et maintenant ?

Me prend soudain
– l'envie
–– d'aller
––– brûler
–––– Eurodisney.

L'idée fait son chemin dans ma tête – et la tempérance qui a accompagné ces derniers mois n'a plus d'emprise. Cette fois, j'ai bien plus qu'une batte de baseball à ma disposition. J'ai toute une armée. Et j'ai une robe. Des images de Villon, de lui, de son passé, de son futur, de toute sa transversalité. De ce qu'il représente pour les marginales, pour les défaussées, pour nous toutes ici en galère – juste parce qu'on refuse d'être des putains de petites cases juste parce qu'on veut pas remplir leurs putains de petites cases juste parce qu'ils nous auront pas avec leur mise en mesure leur compétition leurs algorithmes et leurs caps et leurs axes et leurs carnets de route et leurs profits et leur putain de chierie de Métrique parce qu'on est comme de l'eau on s'échappe on s'échappe parce que la vie bordel.

*

Au cours de la journée la maison se remplit. Je ne suis pas la seule à avoir besoin de me sentir chez moi quelque part. Un quotidien qui tient debout quand même. Chacune dans son trip, à la place qu'elle s'est choisie. Comme si rien ne se passait. Comme si tout allait durer. L'eau continuerait de couler. Le Parlement des Oiseaux de chanter. Le sang cesserait. La folie cesserait. Il n'y aurait plus que sourire très doux, venu de la lenteur nécessaire de la vie.

Depuis la mort du canard, Villon n'a pas montré le bout du nez. Je crois qu'il m'en veut. Je ne sais pas pourquoi. C'est peut-être juste moi qui me fais des films, mais mes craintes se confirment. Il a peur. Je lui ai fait peur. Je suis trop proche de lui, trop attentive. Et ça ne sert à rien. Les canards meurent, et nous brûlerons. Je ne sais pas ce qu'il veut de moi. Depuis le début de notre relation, j'ai l'impression que c'est lui qui a voulu tout ça. Il est venu ici, s'installer. Chez nous. Mais ici, c'est aussi chez lui. C'est moi qui l'ai chassé. S'il a disparu, pour ne jamais revenir, je l'aurai mérité. Je ne sais pas comment je vais gérer. Est-ce que tout ça, ces mains, ces regards, c'était dans ma tête ? Est-ce que je me suis projetée dans une histoire qui était finie avant même de commencer ? Peut-être, peut-être. Mais ça valait le coup.

Je suis sur le chemin.

Gwynplaine rentre de sa ronde. Elle a l'air épuisée. Elle a fait le tour de toutes les barricades, en surface et dans les canalisations. Elle raconte que les accès des égouts et du métro sont bloqués et que chaque sortie est surveillée mais la colline est un gruyère. Si l'ennemi veut passer, il entrera – peut-être pas en nombre, mais il entrera. Mais on sait que le prochain assaut sera frontal. Massif. Décisif. Je me pose dans son dos, je la masse tendrement.

— Ça va te faire mal, là.

— Aïe. Oui.

*

— Il faudrait partir, je dis au dîner, devant tout le monde. Quitter Belleville.

— Pour aller où ? demande Lou.

— Aller brûler Eurodisney.

Déjà-vu, hein. Je regarde les visages. Pifou, Farah, Lou, dilem, bz et Camille, les rats, la Filasse. Les réfugiés. Ma force.

— Ce parc, c'est leur point faible. L'alliance de la Métrique et de la Souris Noire, c'est là-bas que ça existe. C'est physique.

Gwynplaine ne dit rien.

— Et heu, dit Pifou, on fait comment ?

Déjà-vu.

Alors je leur explique la Croisade. Longtemps. Pas trop.

Tout le monde, silence.

Gwynplaine se lève.

Me fait face.

— C'est le pouvoir que tu veux, meuf.

En moi, un mouvement. Une remontée que je croyais disparue. Une émotion qui me met la peau à l'envers. Un fragment détaché du temps, dérivant jusqu'au plexus pour m'empaler, lentement, un souvenir à la fois. Imaginer comment fuir et rejoindre le parc. D'aller y foutre le feu une bonne fois pour toutes, de réclamer ces terres au nom de nos rêves. On me dit que la périphérie du parc est déjà pleine de réfugiées, on pourrait faire une plus grande armée. Masser nos troupes et prendre d'assaut le château de la Belle au bois dormant. Tuer le dragon. Renverser Melmoth le suzerain noir.

On ferait la fête toute la nuit et au matin on construirait des cabanes autour du lac, dans les bois, dans les hôtels abandonnés. On dresserait des bûchers avec les effigies de la Souris, des costumes pourris cousus avec la souffrance de nos amies imaginaires.

— Je veux la vengeance.

— Et après ?

Je regarde mon audience, ma communauté. Leurs grands yeux doux. Mes amies. Ceux et celles qui ont pris soin de moi, pendant tout ce temps, perdus dans mes affres et mes contes de fées. Un jour, bientôt, tout passera. Demain matin peut-être. Et c'est ça, que je veux dire, et que je veux montrer, tant qu'il me restera un souffle.

— Vous.

Je pulvérise la barrière du pathos à Mach 4.

— Vous êtes tous mes enfants.

*

On a fait des masques. Des centaines de masques dans l'atelier, aux crayons, au feutre, à la peinture, y en a partout. C'est la folie. bz et Lou travaillent ensemble, je ne les séparerai plus. Je suis heureuse de les voir liées, sous la table, avec leur papier, leurs idées. Leurs rêves. Ils veulent transformer tout le monde. J'inspecte chaque masque, comme si je composais moi-même un bestiaire fait du petit peuple de mon cœur – les frères et sœurs emprisonnées de Villon, tout au fond de la palmeraie sous l'œil vicieux du pélican noir. Est-ce qu'il est reparti se faire un nid ? Est-ce que s'être vu, changé, sur le mur, ça l'a traumatisé ? Est-ce que ces brûlures sont permanentes ? Est-ce qu'il a vraiment disparu pour de bon ? Il fait son deuil ? Je pense trop. Je boucle. J'arrive pas à sortir de lui. C'est sûrement déjà trop tard.

Sur les murs, aux fenêtres, dilem et les rats diffusent des visages, des nuques penchées, des sourires et des mains ouvertes sur les murs, aux persiennes, sur le linge suspendu, dans les vaguelettes dans les caniveaux, sur les vitres des bars et sur les drapeaux partout. Des mots sur des lèvres qui invoquent le monde et la proximité. D'autres voix s'élèvent, pour dénoncer cette révolution – mouvement dont l'objet est lui-même. Désespoir face à la mort qui vient. Mais dans l'anarchie de ce moment, nos gestes appellent à nous créer un espace là. Moi, je n'ai plus que mes mains pour dire le monde. Entre elles, tout devient robe et l'opaque se dissout dans une dentelle dépecée.

C'est Biya qui a l'idée de faire des chars. De grandes structures, comme dans les parades d'Eurodisney, pour se poster hautes et fières quand nous sortirons. Ça ne me plaît pas mais je ne peux rien y faire, je peux juste décider de pas participer. Ça me semble dangereux, ça me semble grossier. Beaucoup de gens ici veulent aider : les structures se montent vite, échafaudages sur roues de voitures, tentures géantes, décoration. Je regarde ce cirque, inquiète, et je sais que je porte une responsabilité. J'ai parlé de la Croisade. J'ai convaincu pas mal de gens qu'il fallait partir, quitter ce ghetto. Je ne sais pas ce qu'on va faire, une fois passé les barricades. Mourir, peut-être. Mais il reste une chance. Je la porte en sourire, malgré les doutes. Nous devons boire à la source de ce qui nous fait vibrer. Nous nous transmettons les bouteilles d'eau pour célébrer le futur. On a nos propres sources, c'est bien tout ce qui nous reste à Belleville, de l'eau. Et un futur.

*

Ça fait plusieurs nuits qu'on entend les bombardements – le onzième est dead, les Buttes-Chaumont sont dead. Il paraît que les gars des Lilas ont perdu la partie. Nous serons les prochaines. Chaque instant de conscience est désormais voué à accomplir ce que je suis venue faire ici, à Belleville. Je couds avec Mamie en écoutant *La vie s'écoule* de Binamé en boucle.

Les yeux faits pour l'amour d'aimer
Sont le reflet d'un monde d'objets

Mamie continue de montrer des signes de faiblesse. La pauvre machine : c'était la tienne, une des rares choses que tu m'avais laissées, un cadeau de notre grand-mère, qui te l'avait léguée à sa mort. Elle m'a jamais lâchée, Mamie. C'est pas maintenant que ça va commencer, alors je change l'aiguille, juste histoire de dire : on s'y remet. Lou fait les retouches, essaie et m'assiste. Betty s'occupe des finitions. Et bz me sort des images vecteurs, des silhouettes impossibles, et je les cherche instinctivement dans le tombé de peau du poète – cette pointe, arête ou saillie en feuilleté déchiré. Je sais que tout ceci n'est pas inutile. Que si cette robe est une ombre de Villon, conçue dans son mouvement, elle sera violence et terreur pour l'ennemi. Nous nous réaliserons dans nos créatures, dans la matière vivante de notre imaginaire. C'est le rêve que nous opposerons à leur désert.

Sans rêve et sans réalité
Aux images nous sommes condamnés

Le tissu, on n'en manque pas. Il me reste les coupons de Villon, arrachés de lui. Vois à quoi j'en suis réduite mon frère, couturière de l'invisible ou de fantômes. C'est mon salut que je pioche dans ces formes. Que pour oublier l'impuissance, je me plonge dans un toi que j'idéalise. Je te pense, dans ta magie si simple. Qu'est-ce que tu veux que je te dise ? Que je me sens éventrée depuis que j'ai perdu cette vision de moi qui me rendait heureuse ? Que j'ai tout lâché pour me donner à la colère infinie, qu'elle m'a bouffé tout ce qui restait ? Et qu'il me reste que ces haillons pour toute croyance ?

Les fusillés, les affamés
Viennent vers nous du fond du passé

Dans cette robe parfois je panique. Là, suspendue entre deux états, la frivolité ou la mort, j'oscille. Je détruis l'un pour me reformer dans l'autre, en permanence. Je les épuise inlassablement, je m'épuise. Mais je vais te dire : je regrette rien. J'ai laissé ce corps se tendre et devenir plus dur que tous leurs murs, je suis devenue un continent à la dérive, impossible à couler. Je me suis livrée tout entière à l'idée qu'il existe un lieu pire que ceux que j'ai pu voir. Qu'il y a une fin à la barbarie de ce système et que j'en suis la fossoyeuse. En terminant ce point, je me dis que peut-être, je ne suis pas encore assez radicale. Je pense aux visages de dilem sur les murs. Aux fringues de la Filasse. À mes enfants. Aux Pueri. Aux chars. Je pense à des ombres d'eidola, à des brûlures. Il reste cet espoir.

Juste un point.

Rien n'a changé mais tout commence
Et va mûrir dans la violence

Un jour tu m'as dit : un point, c'est un point. Pas à côté. Dans le point. Alors je fais un point, je refais un point, je défais ce point et je refais ce point, je boucle ce point, je nœud ce point, je tire ce point, je le pointe, le point, je renoue le point, je perce le point, le reperce et le transperce, le point. Je prends le point, j'ouvre le point, je file le point et je serre le point, je pique le point, je me pique le doigt, je repique le point. Point de répit : je me venge sur le point, je saisis le point, je jette le point, je me jette dans le point, je tombe dans le point je tombe dans le point j'accélère dans le point je vais trop vite dans le point je fonds dans le point je me dissous dans le point je deviens le point je suis le point.

*

Et puis Mamie s'éteint. Elle a tout donné. Elle a fini par trembler, ronchonner et expirer. Plus rien ne marche. Il faudrait que je trouve quelqu'un pour la réparer vraiment mais j'ai l'impression que tout dans elle a fondu, ou s'est congestionné. Elle ne coud plus droit. Sa tension retombe à 1 tout le temps. Je dois lui dire adieu. Je n'ai pas envie de pleurer. Je vais la laisser près du lit. Près de moi, pas loin. Que tu saches qu'elle nous aura donné cette joie. Que notre grand-mère n'a jamais quitté nos vies.

*

C'est quand l'espoir de le revoir me quitte qu'il revient. Je le trouve une nuit, assis sur le muret, devant le 33. À cet endroit même où moi, j'avais guetté, il y a un million d'années déjà. Quelqu'un a dessiné des cœurs sur son front, au rouge à lèvres. Je ne sais pas quoi lui dire. Moi aussi j'ai fait n'importe quoi ce soir. Ces deux types aux Cascades. Contre moi.

J'entre, Villon me suit. Tout le monde dort. Je lui prépare une gamelle de restes, du quinoa tarte aux pommes. Il mange doucement, silencieusement, mais je sens toute la tension dans son corps. Je m'assois près de lui et je prends ce moment pour nous. Ne rien rompre. La retenue qu'il m'a apprise, j'ai décidé d'en faire quelque chose. Je l'observe patiemment comme j'observe les mouvements de mon cœur qui cherche à trouver de l'air.

— Toé ?

— Moi ?

— Ça va ?

Non, ça va pas. Non, je sens que le temps est perdu. Que tout est perdu et que ce partage-là, ce moment de grâce et de bonheur, c'est la dernière occasion. Ils vont venir. Ils vont buter tout le monde. Je sais ce qui va se passer. Et en moi, j'ai cette spirale infernale, ces violons qui tourbillonnent toujours plus profond jusqu'à toucher ce point du silence.

Ce poing du silence.

— Ouais ça va.

Il me regarde, amusé. M'offre une clope mal roulée.

Je tire une latte, je pose ma tête sur son épaule.

J'ai l'impression qu'il est tout mou.

— Seuf, il dit.

Je lui passe ma gourde. Quand il boit, il a cette façon très étrange de mettre ses deux lèvres dans le goulot. J'étais persuadée qu'il avait une pomme d'Adam.

*

La place Krazu se noie remplie à tout craquer, débordante de vie et de puanteur ralentie. Les Pueri ont pris les devants : ils disent qu'il faut partir. Beaucoup les écoutent. Les plus faibles. Les plus déterminées. On distribue les fringues, toutes les fringues de la Filasse – je n'ignore pas de quoi elles sont tissées, en fil de poète. Lui aussi le sait. À travers elles, Villon se *rend* au monde, à travers sa parole, la poésie de ce qu'il est sans même dire. Ses yeux, ses mains et tout son corps en don. Cette convulsion qui secoue Belleville c'est le sensuel de sa texture qui prend vie en toustes – des drapés qui ne seront jamais plus inhabités. Nous nous sommes parlées, après avoir bu ensemble. Je lui ai dit, pour mon plan. Le retour au parc. Il avait l'air d'accord. Je crois que lui aussi, il a compris que c'était notre dernière chance.

Villon a commencé des odes pour dire la Croisade vers les tours magiques, pour faire tomber les derniers monarques. Je comprends que c'est par lui que passe l'essentiel, dans ses gestes et ses mots. Ses gestes. Et les miens. Je sais qu'il a mal. Que la brûlure le bouffe, lentement. Je le patche comme je peux. Je ne peux pas me battre contre la marée. Pendant qu'il raconte, parfois, je me tiens pas loin et je fais semblant de coudre ce futur, entrer et sortir du tissu, d'ouvrir les jonctions. Une histoire de mains. Et je me rends compte que les enfants en premier m'imitent et s'approprient la couture simulée. Et très vite, je retrouve ces gestes à travers la Commune : un moyen de dire le lien, le rapprochement. Les gestes barricades deviennent gestes protecteurs. Et j'ai bien l'impression de voir briller des tissus d'eidolon quand, activées par les boucles de poignets, les fringues bordéliques deviennent émanations d'un ailleurs désirable.

J'ai sous les yeux tout ce que je voulais de ce monde : un continent tout entier qui va s'arracher du trottoir et partir loin. Rien de tout cela ne m'appartient. Je voulais juste habiller ce quartier. Lui donner l'éclat et le courage d'être. Je comprends qu'il y a des mondes dans des mondes. Et que je trouve le juste sourire, le juste point d'ancrage.

Et là, quand enfin en moi se tait le monde. Quand toutes mes robes ont cessé de m'appartenir, Villon vient me prendre la main et la pose sur son torse. J'entends un battement.

Deux, trois.

Douze.

Il va me dire.

Il va...

— Nous...

Mais c'est la voix de Gaston que j'entends nous déchirer.

— Le Jardin brûle !

*

La rue des Cascades est rivière de flammes. On fait une chaîne pour ramener les cartons et Luna qui nous engueule parce qu'on dérange ses archives. On lui explique que ce n'est pas fait exprès mais ces livres, c'est elle. On en met un max à l'atelier et dans des endroits qu'on estime encore safe mais on sait que c'est juste le début de la fin du début de la fin de la fin de la fin.

Je suis en nage quelque part rue Akerman. On a fini de sauver ce qu'on pouvait de la bibli et Luna est en mode total fight : je lui ai filé une sorte de poncho de mohair constellé de pin's, toute sa collection. Elle a pris la tête d'une unité d'infirmières. Elle ne va pas se laisser faire. Personne ne va se laisser faire. Nous sommes partout. Nos corps, nos visages, nos mains. Plus rien n'existe ici à part nous.

On sait que l'incendie du Jardin Libre est une déclaration de guerre. Que la charge est pour bientôt. Le temps nous est compté. Ma robe n'est pas achevée mais nous faisons collectif. Je n'y suis pour rien. Je me contente d'être là, et de me planquer dans le sillage du poète. Je culpabilise à mort, de tout. Tout ce que je désire à présent, c'est l'amour. Ce linceul sur mes yeux, c'est l'amour. Le sien, celui des enfants. Nous préserver.

Je me sens démunie.

Les vigies font sonner les cors. On a tracé les lignes. On a bouclé les issues. Les barricades sont levées. Les chars s'ébranlent. Des bruits de chenilles et de bottes et d'hélicoptères. Des flûtes stridentes partout qui chialent le futur. Tout le monde est prêt. J'ai dit à Farah de garder les mômes. Les têtards ont décidé de se battre – Pifou ne les aurait pas laissés se débiner anyway. Les filles de la Filasse se sont dispersées dans la foule, en full inspi *Mad Max*. J'ai locké sur moi plusieurs couches de protection nouées, tenues par des crochets. J'ai l'impression de me tenir dans le terrain vague de l'Orée. Dans cette boue toujours. M'en sortir pour de bon même en crevant.

Ça commence en lignes dans le ciel. Le gaz disperse et fait chialer, leurs masques protègent. Éclats de flashballs et de balles réelles. Nos chars s'effondrent. De nombreux communards résistent avec leurs armes. Belleville brûle. Et mon cœur incendie a mis le feu à mon cuir déchiré – un brasier d'où je m'extrais en rampant. Je le laisse se consumer derrière moi, une mue qui ne dit rien d'où je viens et qui laisse mon corps se détendre. Quand la colonne de fafs rencontre la parade place Krazu, le choc enlace deux vagues contraires sur l'arête d'un rocher. Poings contre faces, comme toute l'histoire qui a précédé la fission de ce pays. Toute la rage d'une génération qui vient réclamer son dû, heurtée aux principes, aux traditions d'un monde solide assis sur ses privilèges. C'est la reconstitution sans fin de l'affrontement qui a conduit au désastre, au perpétuel désastre.

La violence commence par des cris, des crachats, des objets qui volent, seules possessions d'un peuple itinérant qui jette tout pour s'extraire de la merde. Piochées dans la face de notre parade, ces chaussures, ces peignes cassés, ces poupées décapitées sont autant de mots, de revendications : laissez-nous la place, c'est ici chez nous ! Même ces murs, nous les demandons. C'est à nos ongles qu'il appartient de les gratter, de les user, de les faire tomber, pour en révéler la lumière cachée, celle qu'on nous a dérobée tout ce temps, pour nous forcer à embrasser la merde qu'on nous a vendue comme de l'or. Plus jamais, disent ces bouches édentées, ces lèvres craquelées de froid et de soif, plus jamais vous ne nous prendrez, plus jamais vous n'abuserez. En faisant corps, unique corps.

Dans la mêlée, je perds Villon. Un instant, il était là, près de moi. L'instant d'après, une meute nous rentre dedans. Je me retrouve aux côtés de Gwynplaine et de Pifou – des troupes tout autour. Nos gestes protecteurs existent : nous croisons les bras, les mains. Parfois ça suffit à tout esquiver, fuir ou repousser par la seule force de nos corps ensemble. Des fois, faut taper. Un keuf en travers de mon chemin, je le défonce, kick du genou dans le ventre, coup de coude dans sa mâchoire, je le déboîte. Je vais le rétamer, l'achever là mais Gwynplaine me retient, m'entraîne en retraite. Une présence dans le ciel. Je me retourne pour voir débouler six souris noires berserk. Les voilà. Entre leurs bras, des tubes compliqués, graisseux et luisants dans l'éclat des feux. Des eidola, peut-être, transformées pour devenir instruments de mort. Je cherche Villon des yeux, je ne vois que chaos, malheur et souffrance. Au moment de prendre l'avantage sur une phalange, je vois les yeux de nos soldats se lever. Sur le toit d'en face vient se poser l'immense pélican de mort du parc maudit. Il ouvre le bec, immonde. Les souris noires enclenchent leurs armes. J'entends Gwynplaine hurler, je me retourne et c'est Pifou que je vois se volatiliser – dépecé par l'onde de choc invisible d'armes broyeuses de rêves.

##

Après avoir défait le dragon, nous avons grimpé l'escalier vers le repaire de Merlin – laboratoire d'alchimie et de verrerie où le Magicien fabrique les baumes d'immortalité dont les riches résidents se couvrent le visage. Nous sortons sur la grand-place du Carrousel. Au loin dans Frontierland, déflagrations. Juste là devant nous : l'épée vorpale du roi des îles, dans son enclume. Gwynplaine la saisit de la main gauche, la pointe haut vers le ciel et ensemble, accompagnées des derniers myrmidons, nous passons les arcades du château pour accéder au grand hall scintillant. Nous sommes si près de lui, de son cœur, je peux le sentir il est partout ici, dans les tapisseries, dans la fausse pierre. Quatre à quatre nous grimpons les marches vers le sommet, vers la tour et la spire. Devant moi Gwynplaine écarte chaque menace, sentinelles qui chutent et tombent sous nos coups. Je bondis au-dessus des cadavres, le marbre souillé, et bientôt c'est le dernier étage, des colonnes et une porte immense dorée – la salle du trône, juste derrière. Avant que nous ne puissions l'atteindre, une ombre noire se pose et fait trembler les fondations du monde. Le noir pélican que nous affrontons, monstrueux gardien des geôles et âme damnée du suzerain. Ses plumes acérées et son bec emportent les chairs d'un myrmidon. Ivre de sang il se pose, il ouvre son bec et de son gosier sans fond sort un pélican, puis de son gosier ouvert un autre pélican puis un autre puis un autre. Gwynplaine brandit l'épée sacrée, la lumière qui jaillit aveugle l'oiseau de malheur et le combat dément commence : je vois les coups s'abattre et les voltes d'ailes et le bec immense avalant, mais Gwynplaine est pure énergie même blessée son armure déchirée par les pattes – même épuisée elle fracasse et s'agrippe et pousse sur les articulations de l'oiseau qui craque et s'affaisse bientôt. Le pélican se plie et gémit, Gwynplaine lui enfonce sa lame sous le bec et le cloue au mur avant de le démembrer sous nos yeux. Couverte de sang de plumes et d'huile noire, Gwynplaine s'accroche à son épée, dégagée des ruines du pélican. Elle faiblit. Je sors de ma planque, je vais l'aider à se relever, le myrmidon la soutient et moi je m'avance vers la grande porte. D'un coup de botte, je l'ouvre en grand.

Reflets d'un vitrail horizon penché et plafond ouvert en plusieurs veines. Je vois le calice noir – tige d'obsidienne au centre de la pièce. La rotonde et le trône. Grondements, implacables impacts : le pouvoir matérialisé au sommet du calice en boule de foudre verte phosphorescente. Apparition. Puis je te vois, Melmoth – à peine flottant derrière le trône, minable. Pauvre costume élimé sans personne dedans qui s'enroule et se déplace – peau arrachée au pire des démiurges. De qui es-tu l'eidolon, démon ? D'Oncle Walt ? Je te vois, misère, je pourrais avoir pitié mais je sais tout ce que tu as fait, toutes ces vies imaginaires que tu as prises à nos rêves. Je connais ton secret – tu n'es que le produit d'un esprit malade, malade de la vie, capable du pire pour t'approprier une lumière que tu n'auras jamais. Depuis combien de temps souffres-tu ? Regarde-toi. Tu erres dans ton sanctuaire, tu n'as plus nulle part où aller. J'enlève mon casque et mon armure et ma robe et je me tiens devant toi, alors ce sont mes mains qui te trouvent. Je t'entends gémir quand je te déchire. Je te défais et je laisse Colère tout entière. À ton contact rugueux, un monde ancien se délite et je le regarde s'éteindre sous mes yeux, complet ringard qui n'a jamais été élégant. Ce n'est pas seulement toi que je taillade de mes ongles, que je chiffonne et que je broie. Mes mains dans la matière triturent le monde, le repensent du bout des doigts. Je te regarde partir en lambeaux sans pitié. Te déchirer encore et encore et encore. Trouver toujours plus de toi et de ta souffrance où je puise la dernière énergie. Avant la fin de ta gloire, avant d'éteindre pour toujours cette haine en ton cœur de fibres, sache que nous triompherons du tissu mort. De ton règne de rien. Par cette dernière violence que je m'accorde, je nous donne une chance. Là, dans cette pièce magique où les angles se déplient, je vois un futur. Et j'y suis, et Gwynplaine y sera et les enfants y seront et Villon aussi, libéré de l'oubli et Mehdi, Mehdi. Tout le monde sera là et la mort n'aura plus d'emprise. Cet avenir de paix je le saisis comme je te saisis, débris. Je suis là et tu es là et nous sommes là. Je sors sur le balcon royal. Nos troupes victorieuses sous une nuit d'étoiles.

Je brandis ta peau, Melmoth --

NOS CORPS DE LUNE

Dans un état second où toute poussière semble immobile. La fraction de temps qu'il faut pour détruire l'importance de nos certitudes. Ainsi, la fin. Depuis mon arrivée à Belleville je savais bien qu'un jour tout ceci allait s'achever. J'ai tout essayé pour ne pas m'y confronter : la création, l'amour, le déni. J'ai appris à me passer du regard des autres et du mien. Je suis ici, devant toi. Différente. Dans toutes mes dimensions.

*

Nous avons fui. Pas le choix : sous les ailes du pélican ont dégorgé toujours plus de souris ; entre leurs mains des eidola twistés en impressions de structures tubulaires gluantes, nœuds de chair de merveilleuse dentelle, broderie morbide d'une âme. Me hantent nos amies mutilées, perdant leur peau, devenues lambeaux grillés dans la fournaise. Les bouches en gouffres noirs. L'odeur de cramé partout.

Larsen.

Gwynplaine me secoue.

— On reste pas là meuf !

On se replie le long des Cascades, puis aux Savies. Désolation. Des rats en feu, des cadavres dans des positions impossibles, habits et peaux fusionnés – figures de cauchemar dans ces rues familières, aimées.

Somnambule, je perds le chemin.

Où sont les enfants ?

Où est Villon mon amour ?

Gwynplaine m'emmène sous le Regard – la porte éventrée permet d'accéder à une échelle. J'ai pas besoin de son aide pour descendre. Plus bas, des coursives et des guirlandes à moitié éteintes. L'écho de clameurs. Le plafond de pierre se dégage et fait place à la voûte d'un collecteur. Grondement de l'eau, des torrents urbains qui s'engouffrent. Une section de PdF se tient debout en conciliabule. Hébétée, j'ai l'impression d'arriver dans une cathédrale avant le pillage. Plusieurs groupes sont réunis, des cataphiles, des spécialistes du traitement de l'eau.

— Place des Fêtes est en première ligne.

— Nous allons ouvrir toutes les vannes et noyer les rues.

Je les regarde. La Commune de 71 était un acte d'organisation ouvrière radicale. Que sommes-nous aujourd'hui, au crépuscule de cette nouvelle semaine sanglante ? À la merci d'armes nouvelles qui touchent ce que nous avons de plus précieux – nos rêves.

— Les Pueri veulent partir vers l'est.

— Nous sommes cernées.

— Où sont les spectres de Mai ?

Je cligne des yeux et je le vois. bz, plus loin sur la passerelle, avec un groupe de hackers en cercle, pianotant. Et je vois Lou. Lou, on dirait qu'elle a vingt ans. Flamboyante dans les lambeaux de sa robe magique. D'un coup mon corps reprend vie et c'est plus fort que tout, plus fort que mes robes, que la Commune, que le futur et que les démons. Plus fort que nous. C'est ce qui me fait vivre. C'est ici, là, quand je les rejoins, que je comprends : tout ce temps passé sur les diagonales, incapable de saisir ce présent-là, tout entier mignon, en demande. Je suis bénie des Déesses et des eaux. Je les embrasse et les serre contre moi. Leur chaleur, leur présence, véritable.

— Fi, on a eu peur !

— Je vais bien. On va bien.

Lou veut pas me lâcher.

— On va s'en sortir hein ?

Je ne sais pas quoi leur répondre.

Gwynplaine vient nous rejoindre, droite dans ses bottes.

— On retourne à la laverie par les tunnels entre les Regards. Place des Fêtes a besoin d'aide. Tu viens avec nous ?

Je me sens déchirée de partout. Je déclipse les enfants.

Qu'est-ce qu'il me reste à faire ?

— Je dois retrouver Villon.

J'aimerais qu'elle enlève son masque. Qu'elle puisse me donner ses yeux pour que j'y lise un encouragement.

Elle ne bouge pas.

— Tu déconnes.

— Non.

— C'est la mort qui t'attend là-haut.

— T'inquiète.

Je m'agenouille devant les enfants.

— Si tout va bien, on se retrouvera place des Fêtes et on partira avec les Pueri pour le parc, comme prévu, d'accord ?

Je ne sais pas si c'est à moi que je mens, à ielles. À mon propre destin.

J'ai passé le stade de l'apitoiement.

— Tu vas faire quoi Fi ?

— Je retourne à l'atelier chercher Farah et les autres et je vous rejoins à la laverie, ok ?

bz me croit direct.

Lou, c'est plus compliqué.

— Fi, pars pas.

— Ça va aller, chatonne. T'inquiète pas.

Je me dégage de son étreinte en souriant.

— Tu gardes bz à l'œil, hein.

Je sais qu'elle a envie de pleurer. Je vais retrouver Gwynplaine, accoudée à la rambarde. J'ai envie de me blottir au fond d'elle.

— Gwynplaine, fais attention, OK ?

Elle hoche la tête. Et moi je décroche. C'est maintenant.

J'ai l'impression qu'on m'arrache des bouts à la petite cuillère.

*

Le voyage est morcelé d'éclats de mort et de pluie. De l'eau partout. Des formes gesticulent. Des rires, un tombé de pétales sous la foudre. Des coups de fusil, des étranglements. Des flammes. Je claudique en traversant le désastre. Je dois parfois me cacher, pour éviter une patrouille de Souris. Il y a des exécutions, des pelotons et des charges. Je ne sais pas qui gagne. S'il y a encore quelque chose à gagner.

Place Krazu. Des rassemblements. Des bataillons, des brigades, des gangs de mobs. Des bouts de résistance qui y croient. Je vois nos fringues, l'intime de Villon partout sur les survivantes qui se dressent encore sur les restes de barricades. Pas d'ombres magiques sur les murs. Juste des ombres. Comment ai-je pu penser un instant que ça marcherait ? Personne n'a peur d'une ombre. Le monde a vieilli.

Devant moi brûle une montagne de tissus. Je crois que je reconnais Biya là-dedans, au milieu de ses amies. Je ne sais plus ce qui est dans ma tête ou dans ce monde, avec moi, dans la chair. J'admets lentement la possibilité qu'au point du jour, la Commune aura changé. Moi qui rêvais de Croisade, d'une beauté capable d'infléchir la trajectoire d'une grenade.

Allez meuf, courage.

Tu y es presque.

*

Farah est seule dans la cuisine. Elle a pleuré.
— Oh chérie, elle me dit en me voyant.

On reste dans le noir. J'ai l'impression de la voir pour la première fois. Je ne sais rien d'elle. D'où elle vient. Sa présence douce parmi nous. Sa confiance, quand je lui racontais mes doutes amoureux, ma passion pour le poète et pour le guerrier. Ses mains.

— Nous sommes perdues.

Elle semble réfléchir.

— Je ne t'ai jamais parlé de mon doudou.

Je la regarde, sidérée.

— C'était un petit poulpe gentil, avec des grands yeux. Un jour, on me l'a pris des mains et on a arraché chacun de ses tentacules orange un par un. Sous mes yeux. J'avais deux ans.

Elle fouille dans la poche de son tablier.

— Tiens, elle dit en me tendant quelque chose.

Un bout de peluche moisi. Suçotée pendant mille ans.

— Toutes ces années, elle ne m'a jamais quittée.

Je retourne le doudou mort entre mes doigts. Celui d'un enfant jeté dans le monde. J'ai l'impression de tomber, sans pouvoir m'arrêter.

— Farah, qu'est-ce que je dois faire ?

Tout ce qui passe entre nous. Tout ce qu'elle a entendu de moi au cours de ces longues soirées de mars, d'avril et de mai. Ce qu'elle est devenue dans ma vie depuis – à qui je dois tout ça. Sans rien savoir d'elle.

— Finis ta robe.

*

Je traîne le mannequin et la robe jusqu'au fond du bois. J'ai foutu tout mon matos dans ma banane et je retourne chercher tout ce que le squat a de tissus. Je m'y mets tout de suite sans me demander si ce que je fais est beau. C'est dans ce que me dit le mouvement que j'irai trouver un biais, un guide. Aucun oiseau nulle part – j'entends rien de la ville. C'est aux battements de mon cœur que je me fie pour rythmer un délié. Je tire j'étire je voudrais qu'elle prenne tout l'espace maintenant – elle est structurée, sur la description que je m'en suis faite, sur les plus-ou-moins mesures de Lou, mais maintenant, c'est moi qui dois la porter.

Je tranche dans le vif d'une ligne droite vers le sol quand je sens remuer dans le bosquet à côté. Je m'accroupis.

Villon en boule.

Énorme soulagement.

— Sors de là.

— Malobidoo.

— Viens.

Il prend ma main. Je le tire près de moi.

Il a vraiment l'air mal en point.

— Laisse-moi faire, d'accord ?

Je sais que ça le tue, de se laisser toucher comme ça. De se laisser aimer. Mais je crois qu'il a lâché prise. Il me montre comment l'aider. Plus précisément que la dernière fois. Il m'ouvre sa main et intuitivement je passe ses lignes de vie nœuds emmêlés. J'ouvre leur rouge et lentement en cercles concentriques je le masse. Comme quand je plisse. Je le couche, je le calme. Une main sur son front, quand je repasse du plat un froissé. Et sur sa peau en petites pointes je lui couds les plis. Point par point. Tout son paysage. Tout ce que j'ai franchi comme montagnes. Pas caresse : arpentage. Je suis à sa surface. En promenade pour l'apaiser. Il ronronne.

Je lui fais un soin de couture qui dure le temps que passent les symptômes de cette brûlure qui s'est encore agrandie. J'ai exploré tout son bâti. Il respire lentement. Je le laisse dormir un peu, je sais qu'il récupère. Avant de me remettre à l'ouvrage, je lui prends le foulard enroulé autour de son cou. Clopin. Je sais qu'il fait partie de lui. J'ai besoin d'énergie. Je me replonge dans les différences de matière, les vagues et la cape, le châle et les bottes mais soudain, le foulard donne à l'ensemble une autre direction. Je la suis de mes ciseaux et je trouve des réponses, de nouveaux problèmes. Comme si tout devait venir d'un point de perspective. Je suspends des bouts de robe ouverts sur les branches tout autour. Et d'instinct je tire tout en toile suspendue. Et je fais un toit pour le bois, depuis ma robe. *Je la répands*. Dans ce maillage de fil et de feuilles, de petits bouts de bois griffus, je me danse hors de la blessure.

Une main se pose sur la mienne.
Combien de temps me suis-je perdue ?

Villon debout regarde la robe. Moi aussi j'ai besoin de recul.

Je la vois pour la première fois dans son ensemble. Je ne sais pas ce que c'est. Une bombe vient d'exploser dans ma vie et toutes les traces sont là.

— J'y arriverai pas.

Il me saisit par les poignets.

— C'est toi et moi maintenant.

Je fais oui de la tête.

Mais mon cœur est détruit.

— Plip ?

— J'aurais dû te dire plus tôt que je me reposerais autant sur toi, je suis désolée.

— Sa va. Tkt.
— J'ai tout pris. Je t'ai rien donné.
— Dipa sa. Gad toé. Mi je suis fée comme sa.
Si seulement tu pouvais nous voir.
Peut-être à travers lui ou par ce mannequin.
— Il te manque ?
— Everyday.

On travaille ensemble. Pourquoi on s'est pas donné cette joie, de coudre à deux la même pièce ? On aurait compris nos malaises, nos craintes dans l'épreuve. Peut-être que c'était pas pour nous, cette joie. J'ai eu celle d'avoir été au plus intime de lui. Il m'a laissé l'envahir, malgré tout ce que son instinct pouvait lui dire. De me fuir. De s'écarter. De ne pas me laisser faire. Il m'a donné cette place sacrée au plus près du cœur et de l'éclair. Et de lui j'ai pris pour moi. Mon aura, ma clé de sol. Mes nouveaux tatouages. Lui, en moi. Cette idée – que je n'ai pas su me retenir de jouir de sa présence.

Sur cette robe dans ce volume où tant de soupirs et de mains ont disparu, nous trouvons le commun. Canevas de nous – du *nous*. Replions les suspensions lentement en enroulant les pans autour de la base de la robe. Ramassons tout ce qu'on trouve sur le passage, dans l'accident. Les masses que nous trouvons n'existent pas, elles ne peuvent pas exister. Les tendre les unes avec les autres – dégagées de la structure principale pour créer d'autres structures, mirages, échos de la première en simplifications extrêmes – ou bien en complexe bouillonné de fils et de giclées déchirées.

Quand nos mains se touchent au moment de fermer une ouverture, nous savons qu'il est temps d'arrêter.

Nous avons fait cela.

— C'est toi, et moi. Dans nos jardins.

Son plexus. Il a glissé une étoffe de lui dans la robe. C'est superbe – ce qu'il manquait à cette cascade pour devenir chevelure.

— Recommence.

Il se retourne et je vois partir de son dos une arête puis une cristallisation plastique – des auréoles diffuses. De mon aiguille je découvre de nouvelles coutures et je comprends que nous pouvons faire enfler, habiter toute la robe par son environnement. Cette forêt. Son souffle invisible marquant la peau imaginaire. Je ne fais que suivre les impulsions pour ne rien perdre de la vision d'ensemble. Du coin de l'œil, je devine Villon déroulé qui semble danser dans les remous. Son être pelé, donné. L'envergure de la robe change. Elle prend tout le bois, gonfle et se contracte. Chaque arbre est en soutien d'équilibre pour lui donner la force de se tenir. Alors elle devient, la robe. Elle prend consistance et de nouveaux appuis. Et son ombre apparaît. Cette ombre faite de Villon et de toute la forêt maintenant. Ce qui vient du dedans de lui. Et de tout ce qui vient du dedans de moi, mon énergie, et tout ce qui vient du dedans de toi. Tes peurs Mehdi, celles que tu partageais avec lui depuis ta plus petite enfance. Et vois ce que j'ai fait en cette nuit fatidique : moi aussi j'ai cousu un être de pur éphémère. Depuis l'énergie, depuis l'essence d'un autre. Qui s'est donné à moi par amour. Par envie de me voir belle et de régner sur ces flammes qui nous dévorent ! Regarde-moi dans ce vortex de vitesse et d'étoffe. Regarde-nous emportés par la gyre. Nous composons le plus grand que nous, depuis le plus petit – notre histoire, notre commun. Cette robe épousera Belleville comme elle a épousé ce bois. Elle nous épousera toustes. Et dans l'intimité de ses mystères nous guérirons. Nous trouverons la nuque du monde et le dégagé et --

Je sens Villon s'extirper du tourbillon. Le bâillement de la robe nous protège. Un vent s'est levé. Tout autour, il est. Et devant moi, à présent, Villon n'est qu'une brise.

— Amour, je lui murmure. Nous n'avons pas fini.

— G fini, moé.

— Tu vas pas me laisser, pas maintenant.

— T'été 1 ange kan jté rencontrée.

— Arrête tes conneries.

— Niet. Je savais que tes ailes, ailes aimaient + fort. J'avais besoin.

— Tu m'as dit que rien ne se mettrait entre nous jamais et moi je t'ai cru j'ai cru tout ce que tu me disais que ça serait pas grave ce que je te prenais. J'ai pas voulu m'arrêter. J'ai pas su te voir. Te regarder. J'ai pas su te laisser ta place.

— T konne.

Il blinke.

— De mes chutes, tu feras un drapeau, Fifi.

Il prend ma main – l'aiguille.

— Go.

Je reprends la robe en le défaisant, cette enveloppe que tu lui avais faite. Je n'y mets aucun affect. Je suis loin. J'ai bien conscience que je suis en train d'écorcher ton meilleur ami. Je ne pensais pas que j'en arriverais là. Je n'ai pas d'autre choix, parce que je l'aime, que de lui donner toute la douceur et toute l'attention pendant que je fais de lui pelote. Qu'il se tisse en travers. Ne plus le voir, lui parler, le toucher m'est intolérable et pourtant je l'accepte. Ses yeux n'ont jamais été aussi vastes. Ils déchargent du charbon, éclats de miroir, des aiguilles des poires entières. Quand j'ai terminé toute la couche supérieure, je découvre ses douze cœurs. Je les craque un par un. Je les défais encore et encore pour les recomposer dans la grande toile où se combinent les lames disjointes en pointes en enchevêtrement qui s'agrafent. Je plonge en ce qui reste de lui – mon souffle s'y engouffre, il me donne l'élan, il me donne l'inspiration, l'eau où je puise le désir de m'élever, de faire de ce corps le véhicule d'une révolte. Je comprends mon égoïsme. Là, au seuil du monde nouveau. Je suis désolée pour Villon. Il est en moi maintenant, autour de moi. Pas de malheur. Je respire, je me sens fondre. Je prends ce moment, cette disparition. Je m'y immerge tout entière, danse de tout ce qui apparaît dans ce paradoxe où chaud et froid coexistent. L'expérience sur mon corps fragile, dentelle qui se brise. Mes éclats vibrent. J'entre dans le brûlant. La neige tombe en confettis sucrés. Tout autour file lumière. Le ciel se fend, néon. Et je passe la robe. Je m'y glisse comme dans tout ce qui a pris cette place en moi. Ce qui m'a fait tout ce temps. Que j'ai compris. De ma présence j'active ce tissu, je le gonfle de moi et il répond. Il se serre et se connecte là où mes membres peuvent le guider. Notre interaction, limites l'une de l'autre. Je deviens, je tiens debout. Hiératique et fière. L'horizon n'a plus raison.

C'est dans cette robe que je quitterai les vestiges du bois. C'est dans cette robe que je marcherai, relevant toutes nos combattantes et nos courageuses infirmières. Nos ombres, libres. Rien n'arrêtera plus la force dont nous sommes le nom. Les armes imaginaires de l'ennemi n'auront plus d'emprise, car nous serons devenues nos peaux. Nous serons les spectres, nous serons les draps. Nous vous submergerons et votre empire tombera, comme le maudit du parc l'avait prédit. Je brandirai le drapeau fait des restes de la coupe. Nous reprendrons les barricades. À la place des Fêtes nous déracinerons les Pieux et les Pueri tout autour les porteront. Sous leurs pointes pliera le mur ennemi, nous ouvrant les chemins menant au Royaume. Nous bâtirons la plus grande des foules et nous irons par les champs et les villes. Et nous irons brûler le château. Voilà tout ce que je vois, ce que cette robe me dit du futur. Tout ce que mon corps, dans cette robe, représente. De ce que je porte au plus près des dimensions infinies de ma chair et ce qu'il faut rendre au monde. Je ne garderai rien pour moi. Je ne flancherai plus. J'irai jusqu'au bout, je traverserai les mers et les enfers. Je brûlerai tout. Tu comprends ? J'ai fait cette robe pour toi. Regarde-moi, mon frère. Je suis arrivée, au seuil de la maison que je me suis créée. Ma famille, autour de ce mannequin, de ces mystères. Ces visages que j'ai aimés, embrassés. Ces bras. Cette confiance. C'est à ça que je dois me rendre.

À travers les balles, le feu et les hélicoptères, je remonte ces collines puis ces rues que je connais par cœur, pour les avoir arpentées chaque jour en maraude ou en promenade. La Commune frôlée par la robe qui s'enroule et capte et assimile pour transformer. Matière de nous, brodée puis libre en ruban de se disperser dans le quartier, d'entrer en chacune de nous – de reprendre cette part de rêve qui manque. La fatigue désintégrée en vent du matin. Les combats qui continuent, des coups de feu, l'ennemi qui se replie. Des brasiers partout. Des cris et des mains dans le tissu. Des ombres. Et le ciel et la pointe et tout vecteur et tout dos nu quand la cambrure se tord en arc-en-ciel. Gonflements et particules et l'eau lustrale humecte imbibe et détend. Là les éclairs et là les émeutes et là la victoire, sur la grande place passé les pieux. Hymnes et le Parlement des Oiseaux la voix le chœur je prends en lui et je prends en moi pour apaiser et donner à travers moi le vecteur –

à travers moi la peau.

Oh mon souffle

– drapeau noir léché de rose.

##

L'existence de salles de détention dans les parcs de la multinationale aujourd'hui connue sous le nom de Disney n'a pas fait l'objet d'enquêtes sérieuses – tout au plus de quelques témoignages de personnes incarcérées. La juridiction particulière de ces territoires et l'emploi de sociétés de sécurité privée sont partiellement documentés.

La citation d'ouverture de Madeleine Vionnet est reconstituée d'après les témoignages d'époque d'André Beucler.

Les paroles du pieu sont extraites du livret de la CAF, traduit et adapté par l'Estaca.

Après un procès inique, Eulalie Papavoine est morte le 24 mai 1875 à l'asile de Châlons-sur-Marne, condamnée à la déportation et à la dégradation civique.

Je remercie Hellyette Bess, du Jargon Libre, pour la documentation, son amitié et sa tendresse. Merci dilem, pour les cartes et les mises au point nécessaires. Merci aux collectifs de la Cantine, de Qui Vive, de PDF et de la Filasse.

<3 <3 <3 to Stuart & Marius pour la Force. Merci Mathias, merci Nay de m'avoir supportée. Merci à la gang de Clamart, au collectif Zanzibar et à Nicolas Nova.

Merci aux bijoux de fer pour m'avoir fait comprendre tout ça.

Extra love pour m'avoir soutenue pendant ces trois ans vraiment très compliqués : la famille, toujours, les Dangagnons, Élise, Mona et Michèle Rosier, Isa, Chiffon, Paul-Louis, Dani, Eddie, Dana, Anaïs, Amir, Matthias, Cyrille, Stéphane, Lena, Alexia, Aude, Kamala, la team Strahd, Mathilde, Denise, Sezen, Eva, Meli, Ada, Chloé, Marie P., Manu, Marie B., Oskar, Patricia, Will, Alex, Austin, Amanda, Camille Neigeuse, Karine, Brie Code, Jehanne, Jul', Baldine Saint Girons, Omar, Théo, Stella, Astrid, Saloon Paris, MA Garzo, Fleur Marie Fuentes, Esther, Étienne, Mimi, Billie, Carmie, Yanqui U.X.O., et vous !

Bibliographie de Sabrina Calvo à La Volte

Melmoth furieux (2021)

Considère le nénufar (nouvelle in *Sauve qui peut – Demain la santé*, 2020)

Toxoplasma (2017)
Grand Prix de l'Imaginaire 2018
Prix Rosny Aîné 2018

Parfum d'une mouffette (nouvelle dans *Au bal des actifs*, 2017)

Sous la colline (2015)
Prix Bob Morane 2016

Le Cul du Loup (nouvelle in *Faites demi-tour dès que possible*, 2014)

Elliot du Néant (2012)

Effondrement des colonies (nouvelle in *Le Jardin schizologique*, 2010)

Bibliographie chez d'autres éditeurs

Nid de Coucou (nouvelles, 2007) – Les moutons électriques

Minuscules flocons de neige depuis dix minutes (2006) – Les moutons électriques

Acide Organique (nouvelles) – Les moutons électriques

Sunk (2005) – Les moutons électriques

Wonderful (2001, 2021) – Bragelonne

Atomic Bomb (2002) – Le Bélial

La Nuit des Labyrinthes (2003) – J'ai Lu

Délius, une chanson d'été (1997, 2019) – Mnémos

Bandes dessinées

Constellations avec Popcube (2010) – Ankama

La guerre civile mondiale pour le collectif anAmnesie

Le grand doudou avec Krassinsky (2010) – Dargaud

Vorax avec Gabriel Delmas (2010) – Quadrants

Akhenaton avec Thomas Azuelos (2006) – Carabas Révolution

Télémaque avec Thomas Azuelos (2004) – Carabas

AK avec Krassinsky et Schwendimann (2006) – Carabas

Kaarib avec Krassinsky (2002) – Dargaud

Autres ouvrages parus aux éditions La Volte

Collectif

Aux limites du son (2006)
Nouvelles autour des vertus de l'inaudible
avec la bande originale du livre (collectif)

Ceux qui nous veulent du bien (2010)
17 mauvaises nouvelles d'un futur bien géré

Le Jardin schizologique (2010)
Vous sur une rive, nous sur l'autre,
nous resterons des étrangers

Faites demi-tour dès que possible (2014)
Les territoires français de l'imaginaire en 14 nouvelles

Au bal des actifs (2017)
Demain le travail

Sauve qui peut (2020)
Demain la santé

Yvan Améry

Âme sœur (2005)
Premier roman d'Ivan Jablonka
avec la bande originale du livre par Toog

Jacques Barbéri

L'Homme qui parlait aux araignées (2008)
Intégrale raisonnée des nouvelles (1)

Le Landau du rat (2011)
Intégrale raisonnée des nouvelles (2)

Le cycle **Narcose**, trois romans déjantés de la Cité-sphère
Narcose (2008)
avec la bande originale du livre, direction J. Barbéri et L. Pernice
La Mémoire du crime (2009)
Le Tueur venu du Centaure (2010)

Le diptyque des Portes,
l'éternel combat des Araignées et des Mouches
Le Crépuscule des chimères (2013)
Cosmos Factory (2013)

Mondocane (2016)
Roman post-apocalyptique
avec la bande originale du livre par Palo Alto et Klimperei

L'Enfer des masques (2018)
Thriller entre possibles scientifiques et monstruosités de l'amour

Stéphane Beauverger

Le triptyque *Chromozone*, un univers furieux et pessimiste

- **Chromozone** (2005)
- **Les Noctivores** (2005)
- **La Cité nymphale** (2006)
  avec la bande originale du livre par Hint

Le Déchronologue (2009)
Grand Prix de l'Imaginaire 2010
Prix européen Utopiales 2009

Vittorio Catani

Le Cinquième Principe (2017)
Le grand roman italien qui met en scène le paradis du capitalisme

Richard Comballot

Clameurs — Portraits voltés (2014)
Entretiens avec Alain Damasio, Stéphane Beauverger, Jacques Barbéri, Emmanuel Jouanne, Philippe Curval, Sabrina Calvo, Léo Henry
Grand Prix de l'Imaginaire 2015

Philippe Curval

L'Homme qui s'arrêta (2009)
Journaux ultimes (nouvelles)

Juste à temps (2013)
La baie de Somme à l'épreuve des marées du temps

Akiloë ou le souffle de la forêt (2015)
En Guyane, l'itinéraire d'un Indien wayana confronté à la civilisation occidentale

L'Europe après la pluie (2016)
Cette chère humanité (prix Apollo)
Le dormeur s'éveillera-t-il ?
En souvenir du futur

Les Nuits de l'aviateur (2016)
Roman d'apprentissage aux accents autobiographiques

On est bien seul dans l'univers (2017)
Les meilleures nouvelles réunies par Richard Comballot

Black bottom (2018)
De Paris à Venise, l'art terroriste à l'œuvre

Les Nouveaux Mystères de la chambre noire (2019)
Un livre d'art de décollages surréalistes et science-fictifs

Le Paquebot immobile (2020)
De l'utopie à la sotie, il n'y a qu'un pas – que beau.

Alain Damasio

La Horde du Contrevent (2004)
Grand Prix de l'Imaginaire 2006
avec la bande originale du livre par Arno Alyvan

La Zone du Dehors (2007)
Prix européen Utopiales 2007

Aucun souvenir assez solide (2012)
La vision politique de *La Zone* et le souffle poétique de *La Horde* (nouvelles)

Le Dehors de toute chose (2016)
Monologue extrait de *La Zone du Dehors*

Les Furtifs (2019)
avec la bande originale du livre par Alain Damasio et Yan Péchin
Élu meilleur livre de l'année 2019 par le magazine *Lire*
Prix Libr'à Nous de l'Imaginaire 2020
Grand Prix de l'Imaginaire 2020

Alexander Dickow

Le Premier Souper (2021)
Un premier roman qui vous dévore

Valerio Evangelisti

Le cycle romanesque de Nicolas Eymerich, l'inquisiteur pourfendant sans relâche hérésies et phénomènes étranges

Nicolas Eymerich, inquisiteur (2011)
Le Mystère de l'inquisiteur Eymerich (2012)
Le Corps et le Sang d'Eymerich (2012)
Cherudek (2013)
Picatrix (2014)
Mater Terribilis (2013)
Les Chaînes d'Eymerich (2011)
La Lumière d'Orion (2014)
Le Château d'Eymerich (2012)

L'Évangile selon Eymerich (2015)
Eymerich ressuscité (2018)
Le Fantôme d'Eymerich (2021)

Adorée Floupette — **Les Affaires du Club de la rue de Rome**, janvier – août 1891 (2020)
Quatre enquêtes horrifiques dans le Paris fin de siècle

Karen Joy Fowler — **Comme ce monde est joli** (2021)
17 nouvelles au croisement des genres,
choisies avec soin et traduites par luvan et Léo Henry

Angélica Gorodischer — **Kalpa Impérial** (2017)
L'empire le plus vaste qui ait jamais existé

Trafalgar (2019)
Double café, cigarette et hyper-espace

Léo Henry — **Rouge gueule de bois** (2011)
Les derniers jours de Fredric Brown

Le Diable est au piano (2013)
Nouvelles réunies par Richard Comballot

Hildegarde (2018)
Les mondes de Hildegarde de Bingen

Stephen Graham Jones — **Galeux** (2020)
C'est ainsi que nous vivons, si on peut appeler ça une vie

Emmanuel Jouanne — **Nuage** (2016)
Petite planète sans intérêt, s'y attarder serait ridicule

Emmanuel Jouanne et Jacques Barbéri — **Mémoires de sable** (2015)
Le stathouder Arec a-t-il effacé Anjelina Séléné ?

luvan **Susto** (2018)
Au pied de l'Erebus, une société au bord de l'éruption

Agrapha (2020)
Car tout ne peut être dit ici [agrapha]

Doris Lessing Le cycle *Canopus dans Argo : Archives*
Shikasta, Planète colonisée n° 5 (2016)
Les Mariages entre les Zones Trois, Quatre et Cinq (2017)
Les Expériences siriennes (2018)
L'Invention du Représentant de la Planète 8 (2019)
Les Agents sentimentaux de l'Empire volyen (2020)

Momus **Le Livre des blagues** (2009)
Roman freaks

Jeff Noon **Pollen** (2006)
Le Vurt nous envahit

Vurt (2006)
Traduction de l'anglais d'un roman culte

NymphoRmation (2008)
Dom dom domino !

Pixel Juice (2008)
Nouvelles imbriquées, tout un art !

Descendre en marche (2012)
Road novel à travers l'Angleterre malade

Intrabasses (2014)
Si la musique était une drogue, jusqu'où vous emporterait-elle ?

Alice Automatique (2017)
Une suite à *Alice au pays des Merveilles*

Un homme d'ombres (2021)
Une enquête de John Nyquist

Laurent Rivelaygue **Poisson-chien** (2007)
Couché dans ton bocal, Albert Fish !

Karin Tidbeck **Amatka** (2018)
La peur du changement et la plus insensée des révolutions

Will Wiles **Way Inn** (2018)
BIENVENUE M. DOUBLE

Dans la collection *Eutopia*

Philippe Curval **Un souvenir de Loti** (2018)
Quoi de plus beau que de finir ses jours sur Nopal ?

Li-Cam **Résolution** (2019)
Le Monde selon Wen

FSC
www.fsc.org
MIXTE
Papier issu
de sources
responsables
FSC® C022829

Achevé d'imprimer en août 2021
sur les presses de la Nouvelle Imprimerie Laballery
58500 Clamecy
Dépôt légal : août 2021
N° d'impression : 107400

Imprimé en France

La Nouvelle Imprimerie Laballery est titulaire de la marque Imprim'Vert®